Sous le charme du rancher

Une liaison incandescente

JOANNE ROCK

Sous le charme du rancher

Traduction française de
SOPHIE LECOQ

PASSIONS

HARLEQUIN

Collection : PASSIONS

Ce roman a déjà été publié en 2021

Titre original :
THE HEIR

HARPERCOLLINS FRANCE
83-85, boulevard Vincent-Auriol, 75646 PARIS CEDEX 13
Service Clients — https://www.harlequin.fr/contenu/contactez-nous
ISBN 978-2-2805-1339-5 — ISSN 1950-2761

Édité par HarperCollins France.
Composition et mise en pages Nord Compo.
Imprimé en avril 2025 par CPI Black Print (Barcelone)
en utilisant 100% d'électricité renouvelable.
Dépôt légal : mai 2025.

FSC
www.fsc.org
MIXTE
Papier issu de sources responsables
FSC® C159065

Pour limiter l'empreinte environnementale de ses livres, HarperCollins France s'engage à n'utiliser que du papier fabriqué à partir de bois provenant de forêts gérées durablement et de manière responsable.

Prologue

Fatiguée après un long voyage de nuit, Nicole Cruz était encore sous les draps en ce dimanche matin lorsque son téléphone sonna. Elle répondit machinalement, à peine tirée des limbes du sommeil.

Elle avait pris un vol pour San Francisco tard dans la nuit et n'avait retrouvé son lit à San José qu'aux premières lueurs du jour, après deux semaines loin de chez elle.

Elle se hissa sur un coude.

— Allô !

D'une main lasse, elle écarta la mèche de cheveux auburn qui lui tombait devant les yeux pour mieux voir l'écran de son téléphone. Elle n'eut pas une, mais deux surprises.

Tout d'abord, il ne s'agissait pas d'un appel classique, mais d'un chat vidéo.

Ensuite, elle découvrit le visage qui occupait l'écran : Desmond Pierce, riche propriétaire d'un ranch hôtelier dans le Montana et aussi d'un casino, si ses souvenirs étaient bons.

La veille, cet homme au bras très long avait sorti son chéquier pour que Nicole et son neveu Matthew rentrent au plus tôt de Prince Edward Island, où ils étaient partis passer des vacances bien méritées.

Il tenait absolument à les faire venir dans le Montana au plus vite. Nicole avait insisté pour passer par San José afin de pouvoir refaire sa valise.

C'était la version officielle. Elle allait en réalité profiter de cette halte pour déposer Matthew à l'école. Elle ne comptait en aucun cas emmener le garçon au ranch de Mesa Falls.

C'était là qu'elle avait rendez-vous avec Desmond Pierce, un peu plus tard dans l'après-midi. Elle espérait, avec cet homme, lever le voile sur l'identité mystérieuse du père de Matthew, aujourd'hui adolescent.

La voix grave de Desmond emplit bientôt tout l'espace de sa chambre. Ses cheveux bruns avaient été coupés court sur les côtés, légèrement plus long au-dessus, presque en bataille. Sa barbe de trois jours, plutôt bien taillée, contrastait néanmoins avec son costume de créateur.

Un contraste très séduisant.

— Bonjour, Nicole.

Ses yeux gris la fixaient sans détour. Elle se rappela qu'elle ne portait qu'une nuisette rose à peine couvrante.

— Desmond, bredouilla-t-elle, tout en saisissant un oreiller pour masquer son décolleté.

Je n'aurais pas dû décrocher aussi vite.

Nicole sentit son pouls s'accélérer à la vue de cet homme à l'imposante carrure, que sa chemise et sa veste épousaient à merveille.

Elle avait été séduite la première fois qu'elle avait entendu sa voix. Le voir produisit sur elle un effet plus... déroutant encore.

Elle eut bientôt les sens en émoi, ne voyant plus que lui.

Il ne baissa pas le regard vers les parties de son anatomie qu'elle lui dévoilait bien malgré elle. Il lui sembla cependant percevoir une pointe d'amusement dans sa voix lorsqu'il reprit la parole :

— Vous voulez que je vous rappelle à un autre moment ?

Il parlait d'un ton neutre, comme si la situation était on ne peut plus normale. Il poursuivit, sans attendre sa réponse :

— Je vous appelais simplement pour vous donner les détails de votre vol tout à l'heure.

Et sinon, me les envoyer par SMS, ce n'était pas envisageable ?

Nicole préférait en finir tout de suite plutôt que de devoir attendre un nouvel appel et mentir une seconde fois sur sa venue seule, et non à deux.

— Non, ça ira, merci. Il faut que je m'active de toute façon, j'ai beaucoup à faire avant de me rendre à l'aérodrome.

— Je peux encore vous commander un chauffeur, il n'est pas trop tard.

Elle le vit, confortablement installé derrière son luxueux bureau en acajou, taper quelque chose sur une tablette tactile de sa main droite.

Aux montagnes qu'elle aperçut par la fenêtre derrière lui, elle devina qu'il était déjà au ranch de Mesa Falls.

Il n'était pas sur place durant les quelques semaines où elle y avait travaillé. Elle avait été embauchée sous un faux nom peu après Noël, en tant que réceptionniste. Elle avait postulé dans l'unique but d'en savoir plus sur les associés qui détenaient le ranch.

Sa sœur, Lana, était morte quelques mois plus tôt des suites d'une rupture d'anévrisme. Avant sa disparation, elle avait eu le temps de se confier à Nicole et lui avait donné toutes les raisons de croire que l'un des directeurs de Mesa Falls était le père de Matthew, son fils.

Mais Nicole avait été licenciée sans ménagement avant d'avoir pu en découvrir davantage.

Si Desmond Pierce avait depuis précisé que ni lui ni ses associés n'avaient donné leur accord pour cette mise à la porte soudaine, Nicole ne gardait pas un bon souvenir des propriétaires de Mesa Falls.

Elle avait emmené son neveu à Prince Edward Island dans l'espoir de se faire oublier et de souffler un peu.

Elle n'avait pourtant pas tardé à apprendre que Desmond

Pierce avait lancé un détective privé à ses trousses. Ce dernier avait insisté pour qu'elle rappelle son patron au plus vite, ce qu'elle avait fini par accepter.

En ce dimanche matin, c'était la troisième fois que Desmond et elle se parlaient.

Tant qu'elle n'en saurait pas plus sur les intentions de cet homme, elle comptait bien tenir son neveu à l'écart. Matthew était un enfant brillant souffrant de troubles autistiques et que le changement pouvait fortement perturber.

Il avait suffisamment traversé d'épreuves ces derniers mois avec la mort de sa mère.

— Je peux me rendre là-bas par mes propres moyens.

Nicole ne tenait pas à saisir la main tendue. Déjà qu'il avait affrété son jet privé pour elle... L'idée ne lui plaisait pas du tout.

— Je dois bien me rendre à Reid-Hillview ?

C'était le nom de l'aérodrome privé le plus près de chez elle. Desmond confirma.

— Oui.

Il se leva et boutonna sa veste de ses doigts agiles. Elle ne put s'empêcher de laisser son regard glisser sur les mains de cet homme.

— Le pilote sera sur le tarmac à 13 heures pour vous récupérer avec Matthew. Mais on n'est pas pressés, soyez là quand vous le pouvez.

Son estomac se noua. Elle se sentit brièvement coupable de venir seule, avant de chasser ce sentiment. Elle refusait de s'en vouloir alors même qu'elle cherchait à protéger Mattie. Et elle n'avait aucun compte à rendre à cet inconnu.

— Effectivement, ce sera un peu juste pour moi. Je préfère vous dire 14 heures.

Elle se leva à son tour, serrant contre sa poitrine le coussin qu'elle avait saisi en décrochant.

— Parfait.

Un sourire charmant se dessina sur les lèvres de Desmond. Un sourire qui avait dû faire chavirer le cœur de femmes bien plus belles qu'elle.

Il se dégageait de cet homme quelque chose de spécial, au-delà de son physique avantageux.

— Je vous remercie d'avoir accepté cette rencontre.

Il parlait avec une aisance et une autorité naturelles, comme si rien ne lui était impossible. L'apanage des gens fortunés, à n'en pas douter.

Il voulait que Nicole et son neveu se rendent dans le Montana et n'avait cessé sa traque qu'après avoir eu gain de cause.

C'était du moins ce qu'elle lui avait laissé croire. Elle comptait bien maintenir une vraie distance entre Desmond et Matthew tant qu'elle n'aurait pas obtenu des réponses claires à ses questions.

— Cette décision n'a pas été simple à prendre.

Elle tenait à le lui rappeler. Qu'il n'aille pas croire autre chose.

— Vous n'aviez pas besoin d'envoyer votre détective privé à mes trousses pour me parler, vous savez.

Nicole craignait plus que tout de se voir retirer la garde de son neveu par cet homme et ses amis – dont l'un d'eux était peut-être le père de l'enfant.

Elle vit les muscles de sa mâchoire se contracter, mais il ne nia pas.

— Je vous présente mes excuses. Je ne savais pas comment réparer l'injustice dont vous avez été victime en tant qu'employée du ranch. Nous veillerons à vous proposer une compensation à la hauteur des désagréments subis.

Elle étudia les traits de son visage, cherchant la faille, l'intention cachée derrière ses yeux gris. Mais ils ne lui révélèrent rien de plus.

Si ses économies fondaient comme neige au soleil depuis

qu'elle s'était mis en tête de retrouver le père de Matthew, elle n'allait certainement pas accepter d'argent de la part de cet homme.

Il avait déjà bien trop usé de son pouvoir.

— Cela ne m'intéresse pas. Ma venue est uniquement liée à Matthew. Je veux savoir ce qui le rattache exactement à Mesa Falls.

Il n'insista pas.

Il la regarda droit dans les yeux.

— Et je ferai tout ce qui est en mon pouvoir pour vous aider.

Pouvait-elle lui faire confiance ? N'allait-il pas, au contraire, s'arranger pour qu'elle en apprenne le moins possible ? C'était difficile à dire.

Avec ou sans lui, elle comptait bien aller au bout de ses recherches. Baisser la garde face à ce personnage pourtant très charismatique ? Sûrement pas. Sa priorité était de protéger les intérêts de son neveu.

Elle se contenta de hocher la tête.

Il poursuivit :

— Je suis ravi de vous accueillir tout à l'heure. La tempête va se lever, ils annoncent de la neige. Habillez-vous chaudement.

Il venait personnellement à sa rencontre pour des raisons purement pratiques, elle le savait, mais son corps fut parcouru d'un frisson à l'idée de descendre de l'avion pour se retrouver face à face avec cet homme.

Le seul à l'avoir vue au lit depuis plus d'un an.

Elle tenta de penser à autre chose, regrettant que son interlocuteur à Mesa Falls soit beau à se damner.

— Je vous dis donc à tout à l'heure. Et... Merci.

Elle mit fin à l'appel et vérifia son écran par deux fois avant de retirer le coussin plaqué contre elle.

Il lui fallait une bonne douche pour s'éclaircir les idées.

Elle pourrait ensuite enfiler son masque pour jouer au mieux la partie à venir, après avoir déposé Matthew à l'école. Ensuite, elle découvrirait ce que ces messieurs de Mesa Falls lui cachaient, à elle et à sa famille, depuis tout ce temps.

Desmond Pierce n'allait pas être ravi de la voir débarquer seule de l'avion...

1

Après avoir garé son SUV sur un parking désert à l'arrière de l'aéroport Ravalli du comté de Hamilton, au cœur du Montana, Desmond Pierce coupa le moteur.

Il avait suivi l'itinéraire de son Gulfstream privé sur écran et pris la route pour accueillir Nicole Cruz et son neveu à leur arrivée.

Il allait les rencontrer pour la première fois.

À l'ouest, un vent rageur attaquait les contreforts de la chaîne des Bitterroot, dont les sommets enneigés étalaient leurs ombres dans la vallée en cette fin d'après-midi.

Desmond rejoignit le tarmac et s'approcha de l'avion qui venait d'atterrir.

Avec cinq de ses amis, il avait fait l'acquisition du jet en même temps que celle du ranch de Mesa Falls. Ils avaient investi des sommes considérables pour y mettre en place des pratiques agricoles durables, avant de transformer l'endroit en site hôtelier du luxe, pionnier en matière d'écoresponsabilité.

Ils avaient pensé ce ranch en mémoire de l'un des leurs, mort quatorze ans plus tôt alors qu'ils étaient encore au lycée, dans le sud de la Californie.

Les mois d'hiver qui venaient de s'écouler avaient fait resurgir le douloureux souvenir de leur ami.

Le passé l'avait rattrapé à la faveur d'un petit scandale qui avait récemment secoué Mesa Falls.

À son origine, une femme et son neveu de treize ans, Matthew. L'enfant était de père inconnu mais semblait lié à l'histoire de Mesa Falls, de Desmond et de ses amis.

En ouvrant la porte du passé à la recherche de réponses, Nicole Cruz avait éveillé de vieux démons que le riche propriétaire s'était efforcé d'oublier toutes ces années.

Alors, plutôt que de subir, Desmond avait choisi d'inviter cette femme et son neveu au ranch. Il avait décidé d'être l'interlocuteur privilégié de Nicole Cruz.

À dire vrai, elle avait par ailleurs déclenché en lui une… *curiosité* inhabituelle lors de leur premier échange par téléphone.

Pourquoi diable avait-il cédé à la tentation d'un appel vidéo le matin même ?

Depuis, l'image de cette femme en nuisette rose ne cessait de le tourmenter.

Il s'arrêta à l'abri de la corniche métallique du hangar, vit la porte de l'avion s'ouvrir et un membre de l'équipage vérifier l'escalier.

Pendant ce temps, il passa en revue ce qu'il savait au sujet de Nicole Cruz. Elle avait été embauchée au ranch sous un faux nom et profité de sa présence à Mesa Falls pour mener sa petite enquête sur les six associés, dont Desmond faisait partie.

Elle semblait croire que l'un d'eux pouvait être le père de Matthew. Avant de mourir, la sœur de Nicole lui avait expliqué qu'un proche du ranch finançait l'école privée de son fils.

Elle avait alors voulu savoir pourquoi.

Mais Nicole avait été licenciée par son superviseur, qui avait démissionné peu après. Elle avait quitté le Montana avec son neveu, sans laisser de trace. Cet épisode n'avait fait qu'augmenter la méfiance entre elle et les hommes de Mesa Falls.

Aujourd'hui, Desmond avait besoin d'elle s'ils voulaient connaître l'identité du père de l'enfant. Nicole Cruz n'avait accepté de revenir qu'à condition que lui et ses associés se plient à un test de paternité.

Le laboratoire venait d'envoyer les résultats : tous négatifs.

Desmond n'avait d'ailleurs trouvé aucune ressemblance entre l'adolescent et les hommes de son entourage.

Nicole ne le savait pas encore, mais il devinait déjà les interrogations que cela allait susciter. Il ne lui avait rien dit par téléphone, de peur qu'elle ne renonce à venir dans le Montana avec Matthew.

Desmond vit des ombres s'agiter près de la porte et se redressa aussitôt. Il avait vu des photos du jeune adolescent et scrutait l'obscurité tombante à la recherche de ses cheveux blonds, de sa silhouette longiligne.

Nicole avait une longue chevelure ondulée et, comme son neveu, des yeux caramel. Desmond avait enregistré les moindres détails de son visage sur la photo que lui avait remise le détective. Elle était tirée des images de vidéosurveillance du ranch, dont Weston Rivera avait pris les rênes.

Desmond, qui gérait un hôtel casino sur la rive nord du lac Tahoe, n'avait jamais croisé Nicole.

Une opportunité manquée ? Peut-être, au vu de l'agitation qu'elle provoquait en lui. Et pas uniquement à cause du possible lien entre son neveu et le ranch qui lui tenait tant à cœur.

Comment expliquer l'effet que cette femme lui faisait ? Elle était agréable à regarder, certes, mais cela ne pouvait justifier le trouble qu'elle semait en lui.

Desmond était à la tête d'un casino, source intarissable d'argent et de belles femmes, en proportions égales.

Mais Nicole avait quelque chose de différent. Quelque chose de chaleureux. D'incendiaire. Il l'avait perçu dans sa voix quand ils s'étaient parlé, il l'avait lu dans ses yeux quand il l'avait vue.

Il avait eu envie de la rencontrer dès leur première conversation, la voir pour apaiser ce désir troublant de la sentir près de lui. C'était peut-être la raison de son appel vidéo... Il avait certainement espéré que la fascination se heurte à la réalité d'une conversation en face à face.

Mais cet échange n'avait fait qu'attiser ses sens.

Nicole Cruz se tenait à présent en haut des marches, debout, droite, enveloppée dans un manteau beige, bottes noires jusqu'aux genoux. D'une main gantée, elle attrapa la rambarde tandis que, de l'autre, elle retenait la masse de ses boucles rousses chahutées par le vent froid.

S'il avait cru se libérer de son effet magnétique quand il la verrait, il avait fait fausse route.

Bon sang !

Il lui avait fallu huit ans pour se construire un petit empire, autant d'années durant lesquelles ses relations aux autres, hommes comme femmes, avaient toujours été simples et directes.

Il avait monté son casino à partir de rien, y avait investi toutes ses économies. Il ne consacrait que peu de temps à la gent féminine et n'entretenait avec elle que des relations superficielles.

Mais, en cet instant, la morsure glaciale de l'hiver ne parvint pas à éteindre le feu qui monta en lui à la simple vision de Nicole Cruz.

Comme si elle avait senti son appel silencieux, elle leva les yeux et croisa son regard. Penser qu'elle pouvait ressentir cette alchimie entre eux n'était que folie pure. Il se rappela à l'ordre et avança sur le tarmac pour aller à sa rencontre.

Il approchait des escaliers métalliques lorsqu'il remarqua qu'elle était seule. Le pilote était déjà en bas des marches et discutait avec l'un des agents au sol, en faisant le tour de l'appareil.

Le sac de Nicole l'attendait sur le petit tapis rouge au pied de l'escalier.

Un seul sac.

Il lança un coup d'œil interrogateur dans sa direction, avant de se reprendre le temps des salutations.

Il s'arrêta à bonne distance et lui tendit la main.

— Bienvenue dans le Montana, Nicole. Merci d'avoir fait le trajet jusqu'ici.

— Merci à vous de me recevoir.

Elle lui lâcha la main. Son ton se fit plus froid tandis qu'ils se toisèrent mutuellement sous la lumière crue de l'aérodrome.

— Je désire autant que vous connaître les origines paternelles de mon neveu.

Elle semblait ne pas porter de maquillage, pourtant ses lèvres avaient la couleur fascinante des baies sauvages. Il parvenait difficilement à en détacher les yeux…

Il se souvint soudainement qu'elle était là pour défendre les intérêts du fils de sa sœur défunte, et lui pour protéger des hommes qu'il considérait comme ses frères.

Se laisser happer par son attirance pour cette femme ? Impossible. Impensable.

— En parlant de votre neveu… Où est Matthew ?

Lui et ses associés avaient très envie de rencontrer le garçon que leur ancien conseiller principal d'éducation, Alonzo Salazar, avait soutenu financièrement, en secret, toutes ces années.

Une fois qu'il le verrait, Desmond espérait pouvoir établir

des liens, reconnaître les traits ou les gestes de quelqu'un qu'il connaissait, ce que ne permettait pas une simple photo.

Elle leva le menton et se contenta d'une réponse laconique :

— Il est retourné à l'école.

Elle semblait agacée. Elle se baissa pour saisir la poignée de son sac. Desmond voulut l'en soulager, et leurs doigts se frôlèrent.

— Nous avions pourtant un accord.

Il n'était pas habitué à ce que l'on ne suive pas ses directives. Il était ouvert à la discussion et au compromis. Pas au mépris.

— Je parlerais plutôt d'un désaccord. Avais-je envie d'être suivie par votre détective privé ? Non. Et je vous ai expliqué que Matthew n'aime pas beaucoup le changement. Il a besoin d'évoluer dans un environnement qui lui est familier, de retrouver ses repères. Vous avez insisté sans tenir compte de ce que je vous disais.

— Certes, mais j'avais posé des conditions à votre venue.

— Vos conditions, pas les miennes.

Ses yeux caramel lancèrent des éclairs. Desmond y devina une passion qui aurait pu lui malmener le corps et l'esprit dans d'autres circonstances.

Mais cette femme venait de contrecarrer ses plans.

— Je suis là et je compte trouver des réponses à mes questions, avec ou sans votre aide. Donc, que décidez-vous, Desmond. Voulez-vous que je vous accompagne à Mesa Falls ou non ?

Desmond démarra son SUV noir, la valise de Nicole dans le coffre, cette femme surprenante à côté de lui, dans le fauteuil passager. Il roula vers l'ouest, en direction des Bitterroot et du ranch de Mesa Falls.

Nicole pensa à Lana, dont le départ brutal ne cessait de

la hanter. La douleur, encore vive, la surprenait au beau milieu du jour ou de la nuit.

Mais il y avait Matthew, si brillant, dans son monde, tellement attachant. Sa peine à lui était encore plus profonde.

Les frais de scolarité de son neveu étaient couverts par les revenus que générait la vente du livre d'Alonzo Salazar, dont Nicole avait jusque-là ignoré l'existence.

Aujourd'hui, elle voulait découvrir l'identité du père de l'enfant. Sa sœur était morte après ne lui avoir livré que des bribes de son histoire.

Nicole avait mis entre parenthèses son activité de directrice artistique indépendante, mais les semaines s'étaient transformées en mois, et ses finances étaient au plus bas.

Elle n'avait, en réalité, pas le luxe de refuser l'offre de Desmond, qui lui avait proposé de voyager tous frais payés.

Elle se battrait néanmoins bec et ongles dans l'intérêt de son neveu.

Nicole se tourna vers Desmond. Son mécontentement ostensible n'altérait en rien les traits si charmants de son visage.

Ce même visage qui l'avait cueillie au réveil le matin même.

Et cet homme n'était pas que beau à regarder, avec ses yeux gris, couleur de tempête, ses cheveux bruns et sa barbe de trois jours qui ne demandait qu'à être caressée, sa carrure athlétique que l'on devinait malgré son manteau noir et son pull épais.

Quelque chose d'impalpable, dans sa façon de l'observer, de parler, de se mouvoir, la faisait vaciller contre son gré.

C'était la première fois qu'un tel phénomène se produisait en elle. Les quelques hommes qui avaient brièvement partagé sa vie jusque-là avaient été des choix de raison, des choix pratiques.

Les rencontres intenses, passionnées, que semblaient vivre d'autres femmes n'étaient pas pour elle.

Un seul regard posé sur Desmond lui faisait pressentir ce à côté de quoi elle était passée. Pourquoi donc l'univers déposait-il un homme si séduisant sur son chemin alors qu'elle devait se concentrer sur l'avenir de son neveu ?

Lassée de tourner en rond autour de cette question, lassée de tout ce luxe, du cuir moelleux des fauteuils, de cet homme qu'elle savait puissant et charismatique, elle rompit le silence.

— Je ne suis pas sûre que nous arrivions à quoi que ce soit si nous restons ainsi sans dire un mot. Je vous rappelle que nous cherchons tous les deux à découvrir l'identité du père de Matthew.

Elle déboutonna son manteau, maintenant qu'il faisait bon dans la voiture.

Peut-être avait-elle aussi besoin de faire redescendre sa température corporelle.

Desmond jeta un regard en coin sur ses mains et serra fort le volant, accélérant dans la lumière du soir, roulant droit vers les cimes enneigées du Montana.

— J'avais bien prévu des choses, mais nous allons faire autrement. Nous n'avons pas le choix, vu que vous êtes venue seule.

Il serra les dents. Elle s'agaça de plus belle.

— Vous n'espérez pas me faire culpabiliser ? Je ne vais pas m'excuser de privilégier le bien-être de mon neveu. Je le dois à ma sœur.

Elle fut horrifiée d'entendre sa voix trembler à la prononciation de ces derniers mots. Il était hors de question qu'elle fende l'armure devant cet homme. Mais l'idée de ne plus jamais revoir Lana la faisait flancher malgré elle.

Elle battit des paupières et détourna le regard, fixant l'horizon et les paysages du Montana dans le soleil couchant.

Desmond sembla ne pas remarquer son émotion. Du moins il ne la releva pas.

Il reprit toutefois sur un ton plus doux :

— Parlez-moi de Matthew.

— C'est un garçon brillant. Plus je passe de temps avec lui, plus j'admire ma sœur, qui a su déceler ce qu'il y avait d'unique en lui. Il excelle en maths et a une mémoire impressionnante. Il dessine très bien aussi, ce qui nous fait un point commun puisque je travaille dans le graphisme.

Elle avait été subjuguée par la précision des esquisses qu'il avait réalisées de Prince Edward Island. Elle avait organisé leur escapade à la dernière minute, afin qu'il ne soit pas sous le feu des projecteurs si l'information au sujet de l'argent reçu suite aux ventes du livre d'Alonzo Salazar venait à sortir dans la presse.

Mais Desmond lui avait assuré que cela ne s'ébruiterait pas.

Pour le moment.

Son hôte tourna le volant pour s'engager dans une allée privée. Son geste dévoila une montre de luxe, l'équivalent d'une année de revenus pour elle.

— Et comment le vivez-vous ? De devoir soudainement vous occuper d'un garçon de treize ans ?

Sa question, à la fois humaine et juste, la prit par surprise.

Elle repensa aux mois qu'elle venait de vivre. Sa vie avait été bouleversée.

— Disons que ce n'est pas toujours facile.

— J'imagine que les parents d'ados n'iraient pas vous contredire.

— Ce n'est pas vraiment à cause de Mattie.

Elle ne voulait pas lui donner de fausses impressions sur son neveu, qui était aussi adorable qu'intelligent.

— C'est un super garçon. Seulement j'ai peur de mal faire. Je me réveille en pleine nuit en me demandant si j'ai envoyé les bons papiers à l'assurance maladie, si j'ai bien rempli le formulaire exigé par l'école...

La sonnerie de son téléphone résonna dans l'habitacle,

mais Desmond le fit taire d'une seule pression sur le tableau de bord, accordant à Nicole sa pleine attention.

— D'après ce que je crois savoir, c'est à cela qu'on reconnaît les parents qui assurent. Si vous doutez, c'est que vous faites très bien les choses.

Il parut un instant se perdre dans ses pensées. Elle se tourna vers lui pour l'observer. Elle se racontait probablement des histoires à son sujet : Desmond Pierce était sans nul doute né avec une cuillère en argent dans la bouche. Comme ses associés au ranch, il avait fait son lycée puis ses études dans une prestigieuse institution californienne, d'où sortait une partie de l'élite américaine.

— J'espère...

La silhouette du ranch se dessina au loin.

— Votre détective a-t-il trouvé des pistes pour expliquer mon licenciement brutal ?

Elle vit un muscle se tendre sur la mâchoire de Desmond. Un signe de mécontentement sur son visage par ailleurs impassible.

— Oui. Et je peux vous assurer que mes associés n'ont rien à voir dans tout ça. Mais je préfère attendre que vous soyez bien installée avant de vous débriefer.

Il lui jeta un coup d'œil.

— Je sais que nous devons chacun gagner la confiance de l'autre et que ce ne sera pas facile. Mais, croyez-moi, je désire autant que vous obtenir certaines réponses.

La sincérité de ses propos ne faisait aucun doute. Nicole avait pris la mesure de la confiance que Desmond accordait à ses amis et associés du ranch. Elle comprenait sa volonté de vouloir les épargner de tout scandale lié à la publication du livre de leur ancien CPE. Cet homme avait tiré profit du malheur des autres en rédigeant un livre de potins bons à être jeté en pâture à des cochons.

Pourtant, elle ne partageait pas son assurance quant aux

hommes de Mesa Falls. Quelqu'un s'était arrangé pour la faire licencier.

Lana avait-elle choisi de taire le nom du père de Matthew car c'était mieux ainsi ? Cet homme n'avait peut-être rien de recommandable.

— Faisons comme ça.

Le lodge principal se dessina devant eux. Bardé de bois, il faisait l'effet d'un chalet de forêt... en version très luxueuse. L'éclairage nocturne sublimait ses dimensions et donnait un supplément de charme aux élégants balcons du premier étage. De larges baies vitrées dominaient la rivière en contrebas.

— Enfin, je vous rappelle que je ne suis pas une diva cinq étoiles qui doit défaire ses malles et ranger les tenues qu'elle a prévues pour chaque occasion. Je serai prête dans une heure grand maximum.

Desmond se gara devant la porte de l'hôtel, à l'abri d'une grande marquise. Un porteur en livrée vint à leur rencontre, mais il le stoppa d'un geste de la main. Desmond se tourna vers Nicole, la cuisse glissant sur le cuir noir de la voiture à l'arrêt :

— Vous voulez dîner tôt ?

Ses yeux gris se fixèrent sur elle. Elle y lut une invitation interdite, surtout de la part d'un homme avec qui elle devait rester sur ses gardes. Si l'un des associés de Mesa Falls – Desmond inclus – s'avérait être le père de Mattie, il aurait tous les droits, et les moyens, d'en réclamer la garde.

Son estomac se noua.

— J'ai grignoté dans l'avion.

Ce n'était pas exactement un mensonge, puisqu'elle avait avalé une barre protéinée durant le vol.

Elle avait des questions, elle voulait des réponses. Et le plus tôt serait le mieux. Plus vite cela se ferait, plus vite elle pourrait quitter le Montana.

Pour toujours.

— Je peux rencontrer ceux de vos associés qui sont disponibles ce soir.

— Moi. Je suis libre ce soir.

Il darda sur elle un regard déroutant, comme si elle était le seul programme qu'il avait pour la soirée. Pour la semaine. Comme si elle était l'unique plat à son menu.

— Je vous retrouve dans une heure à la réception et je m'occupe de vous.

Nicole sentit son pouls s'accélérer, insensible au fait qu'il ne s'agissait là que d'un rendez-vous formel.

Cet homme brouillait ses radars, alors qu'elle avait un problème important à régler. Son neveu devait passer avant tout, qu'importent les vents contraires et sensuels qui soufflaient entre Desmond et elle.

— Très bien.

Elle posa une main sur la portière que lui avait ouverte le portier. Elle frissonna quand Desmond répondit dans son dos :

— Ce sera un plaisir, Nicole.

2

L'esprit saturé d'images de Nicole Cruz, Desmond longea l'ancien enclos et pénétra dans les magnifiques étables, dont le premier étage abritait désormais les bureaux du ranch.

Les box des chevaux étaient impeccablement tenus. Une plaque dorée affichait le nom de chaque animal. Desmond tendit la main vers Sundancer, son préféré, et le caressa avant de prendre l'escalier pour accéder à son bureau.

Desmond et ses amis avaient racheté le ranch en souvenir de Zach Eldridge. Leur ami avait péri lors d'une balade à cheval quatorze ans plus tôt. Tous étaient présents ce jour-là, mais ils n'avaient jamais pu se mettre d'accord sur les circonstances exactes de sa mort.

Zach et son cheval devaient réaliser un saut ambitieux, mais à leur portée, pour rejoindre une rivière. Le jeune homme savait-il qu'il risquait sa vie ?

Jamais Desmond n'avait eu un ami aussi proche. Leur amitié avait été bien trop courte. Vivre parmi les chevaux lui rappelait cruellement son ami, même si Desmond tenait par là à honorer sa mémoire.

Et à présent ce doute : Matthew pouvait-il être le fils de son ami disparu ? Ce serait presque impossible à prouver.

Il s'installa à son bureau et repensa aux paroles de Nicole

Cruz. Lui qui avait été presque abandonné par ses parents était touché de voir une femme s'occuper ainsi de son neveu. Cet enfant avait de la chance.

Il se sentit mal à l'aise de devoir fouiller dans le passé de Lana Allen, la sœur de Nicole. Et plus mal encore d'imaginer que Zach puisse être le père de Matthew.

L'idée que le fils de son meilleur ami grandisse sans ses parents jouait ses notes douloureuses sur la culpabilité de Desmond, qui estimait n'avoir pas su protéger son ami.

Et ces questionnements masquaient l'attirance physique indéniable qu'il ressentait pour Nicole. La rencontrer en personne n'avait en rien altéré ce trouble qu'elle semait en lui.

Il fut tiré de ses pensées par l'appel d'un assistant qui le prévenait de l'arrivée d'un rendez-vous inattendu.

— Miles Rivera demande à vous voir.

Miles était déjà de retour de la côte Ouest ? Son ami et associé au ranch devait avoir une urgence à traiter pour avoir ainsi laissé à Los Angeles son nouvel amour, Chiara Campagna, star des réseaux sociaux.

— Faites-le monter.

Miles, le plus âgé des frères Rivera et le plus calme des deux, poussa la porte du bureau. Desmond fit le tour de la table pour serrer affectueusement la main de son ami.

— Content de te voir. Tu as une minute pour qu'on discute ?

— Bien sûr.

Miles déboutonna sa veste de créateur et s'installa dans le fauteuil que lui désigna Desmond.

— J'ai pris l'avion ce matin, Chiara est venue avec moi. On a décidé de passer quelques semaines ici pour se retrouver, être tranquilles. Le Montana lui plaît.

Il affichait un sourire radieux. Cela faisait longtemps que Desmond n'avait pas vu son ami heureux.

— C'est une bonne nouvelle, ça me fait plaisir pour vous deux.

— Je suis tellement soulagé qu'elle m'ait donné une seconde chance. Mais, à vrai dire, je voulais te parler de Nicole Cruz. Tu crois qu'elle est là pour nous attirer des ennuis ?

Desmond sentit qu'il se raidissait face à la méfiance de son ami, alors même qu'il était plus que logique de se poser la question. Cette femme était la tutrice du jeune Matthew. Elle avait réussi à se faire embaucher au ranch sous un faux nom !

— Difficile à dire. On a peu parlé pendant le trajet depuis l'aéroport. Je la vois tout à l'heure. Elle veut des réponses, ça c'est sûr.

— Comme nous tous, non ? Rien à voir, mais tu as vu que notre lycée se targue d'avoir dans ses anciens profs l'auteur du livre sur les couples célèbres de Hollywood ? Alonzo Salazar nous a bien surpris sur ce coup.

Desmond avait été trop occupé à faire venir Nicole et son neveu dans le Montana pour s'intéresser à l'actualité.

— Comment ça ?

— L'école organise une levée de fonds à l'occasion de son cinquantième anniversaire. Ils en ont profité pour parler de notre ancien CPE. Tu te souviens qu'ils organisent une soirée là-bas ?

— Oui, ça, je suis au courant. On y va tous ensemble, non ?

— Exact, mais figure-toi qu'ils ont annoncé la venue d'un ancien élève devenu célèbre, qui fera un discours sur le livre de Salazar. Genre venez et vous saurez tout.

— Comment peuvent-ils ainsi exploiter la publication d'un livre qui a tout de même fait du mal à des gens, aussi célèbres soient-ils ?

— Un consultant en médias sociaux a dû passer par là et leur dire que toute presse était bonne à prendre. Je les ai appelés pour leur dire le fond de ma pensée. Je les ai aussi persuadés de nous louer nos anciennes chambres pour l'occasion.

Desmond se sentir défaillir sous le poids des souvenirs.

— Tu ne vas pas me dire que tu as envie dormir là-bas ? Les chambres étaient minuscules. Et il ne pourrait s'empêcher de penser à Zach, avec qui il avait partagé la sienne.

— Je te comprends, Desmond, vraiment. Mais je me dis que c'est justement l'occasion de tirer un trait sur le passé. On n'est pas obligés de dormir sur place, l'idée était plutôt d'organiser un petit apéro là-bas avant d'aller à la soirée.

Desmond hocha la tête. Ce serait peut-être un moyen d'y laisser les fantômes qui le hantaient encore.

— OK, tu as raison.

Miles se leva.

— J'ai promis à Chiara de la rejoindre ce soir. Je file. Elle a prévu de préparer le dîner pour Nicole et Matthew, comme ça, on fera la connaissance de ce fameux garçon.

Desmond le raccompagna à la porte.

— À ce propos...

— Je n'aimerais pas être à ta place. Devoir divertir un ado... À son âge, Weston et moi étions intenables.

Desmond s'agita.

— Nicole ne l'a pas emmené.

Miles, qui jusque-là tapotait sur son téléphone, releva brutalement la tête.

— Attends, ça faisait partie de l'accord ! Le voir en vrai devait nous permettre d'établir d'éventuels liens, de faire des rapprochements.

Ayant eu la même, il comprenait la réaction de son ami. Cependant, il ne pouvait nier que les arguments de Nicole lui avaient paru plus que valables.

— Elle le protège... Elle est différente de ce à quoi je m'attendais.

Miles fit une moue dubitative.

— Alors espérons qu'elle se tienne à bonne distance des journalistes. Je pense qu'aucun de nous n'a envie de voir les projecteurs se braquer sur lui au sujet d'Alonzo Salazar et de son maudit livre.

Desmond acquiesça. Déjà que les recettes servaient à financer l'éducation d'un enfant orphelin. S'il s'avérait que Zach était le père de l'enfant – un homme dont la mort avait été tenue quasi secrète pendant des années –, l'indignation allait être générale.

Les regards se tourneraient vers le ranch, la bonne foi de ses directeurs serait remise en question, leur engagement écologique minimisé face à leur inaction quant à ce pauvre enfant.

— Je compte bien veiller à ce que rien de tout ça ne se produise, crois-moi.

Desmond entendait protéger Mesa Falls et la mémoire de Zach qu'il honorait. Peu importait l'effet que Nicole Cruz pouvait bien avoir sur lui.

— Je proposerai à Nicole de dîner avec vous demain soir si tu veux toujours faire sa connaissance.

Miles promis de lui répondre le lendemain. À peine était-il sorti du bureau qu'une notification de message s'afficha sur le téléphone de Desmond.

Je ne pouvais pas m'asseoir dans le hall. Je vous attends dans le grand salon, près des fléchettes.

Il n'eut pas besoin de vérifier l'identité de l'expéditeur. Ou plutôt de l'expéditrice. Nicole n'avait pas menti au sujet du temps dont elle avait besoin pour s'installer : quarante-cinq minutes à peine s'étaient écoulées depuis son arrivée. Desmond rangea son téléphone dans sa poche, verrouilla la porte de son bureau et partit la rejoindre.

Un œil fermé, Nicole se concentrait sur le centre de la cible au son d'un morceau de musique country. De grands tapis aux motifs aztèques ornaient le salon, surveillé par un énorme bison en peluche.

Un groupe de retraitées discutait gaiement à une table

voisine. Leur conversation était ponctuée d'éclats de rire. Le barman était quant à lui happé par son téléphone. Nicole avait le reste de la pièce pour elle.

La table de billard attendait ses joueurs, et un jeu d'arcade rétro faisait de l'œil à Nicole. Soudain, elle lança sa fléchette dans l'espoir de décharger la nervosité qui s'était emparée d'elle.

Quelqu'un siffla derrière elle. Elle se retourna afin de voir qui venait rompre sa solitude et sa concentration, pour se trouver face à Desmond, visiblement épaté par sa dextérité aux fléchettes.

— Impressionnant.

Elle doutait d'avoir la moindre qualité qui puisse impressionner cet homme, mais il était vrai qu'elle se débrouillait bien à ce jeu que lui avait appris son père.

— Vous jouez ?

— Non. En tant que directeur de casino, j'évite de toucher aux jeux sur lesquels les gens parient.

Elle fixa le poignet de cet homme, autour duquel se trouvait une montre financée par les pertes de ces fameux clients parieurs.

— Sage décision, à n'en pas douter. Cependant il s'agit de fléchettes. Ce n'est pas un jeu de hasard, mais d'adresse.

— On pourrait en dire autant du poker, qui n'est pas uniquement un jeu de hasard. C'est justement le piège dans lequel tombent ceux qui se croient meilleurs qu'ils ne le sont en réalité. Quoi qu'il en soit, vous avez clairement la technique.

— Dans ce cas, jouons juste pour le plaisir.

Elle fouilla dans la boîte posée sur la table et en sortit trois fléchettes, qu'elle lui déposa dans la main. Croisant son regard un peu trop intense, elle s'arrêta dans son mouvement. Ses doigts demeurèrent un court instant contre la peau de sa paume, avant qu'elle ne retire sa main brusquement.

Elle se sentit enveloppée de toute sa présence masculine.

— Quoi ?

Elle avait dit la première chose qui lui était passée par la tête. Le rouge lui monta aux joues.

— Je suis tenté de jouer avec vous, Nicole.

Il se pencha et, d'une voix basse, poursuivit :

— Mais je pense que nous devrions d'abord parler tous les deux.

Elle déglutit péniblement, la bouche soudainement sèche. Son esprit s'emballa. Pouvait-il ressentir la même attirance qu'elle ? Devait-il lui aussi lutter contre ses instincts les plus profonds ?

— Je suis bien d'accord. C'est d'ailleurs pour ça que je suis ici.

Les fléchettes étaient tombées au bon moment pour calmer son impatience et sa nervosité. Elles venaient pourtant de redoubler. Mais pas pour les mêmes raisons que quelques minutes plus tôt.

— Nous pouvons aller dans mon bureau…

Il remit les fléchettes en place dans leur boîte métallique.

— Ou nous installer au calme à une table.

L'idée d'être seule avec lui mit ses sens, déjà torturés, en émoi. Elle ne pouvait pas se permettre de se laisser ainsi distraire. Elle fit la première suggestion sans danger qui lui vint à l'esprit

— Allons dehors voir les patineurs.

Elle connaissait bien le ranch, pour y avoir travaillé. Et un peu d'air frais ne lui ferait pas de mal.

— Vous avez pris de quoi vous couvrir ?

Il regarda autour de lui, repéra le manteau qu'elle avait posé sur le dossier d'un fauteuil, alla le chercher et le lui rapporta.

— La température a baissé depuis tout à l'heure, vous êtes sûre de vouloir aller dehors ?

Elle observa les mains de Desmond sur son manteau, les imagina sur elle...

— Oui, certaine !

Elle avisa la tenue qu'il portait, sans manteau lui non plus.

— Et vous ?

— Mon manteau est à la réception, je vais le récupérer en passant.

Ils sortirent du bâtiment principal et suivirent une allée pavée jusqu'à la petite patinoire aménagée juste derrière.

Desmond désigna un banc en bois, où ils pourraient discuter au calme en observant le ballet des aspirants patineurs.

— Vous n'avez pas froid ?

— Non, ça va.

— Ça vous fait quoi d'être de retour ici ? J'espère que ce n'est pas trop désagréable.

Il s'était assis près d'elle, à distance respectable. Elle n'en ressentait pas moins une irrésistible attirance. Son intérêt sincère la prit par surprise. Elle tâcha de se concentrer sur les vacanciers et la patinoire.

— Pas vraiment. Je ne suis pas restée assez longtemps ici pour me faire des amis. Je ne pense pas que mon départ soudain ait suscité d'interrogations parmi les salariés.

Desmond se tut pendant un long moment. Elle tourna alors la tête dans sa direction et vit qu'il l'observait. Il avait glissé son bras derrière elle, sur le dossier du banc. Il lui semblait sentir la chaleur de sa main, même s'il ne la touchait pas.

— Vous êtes restée un mois ici, il est évident que certains ont remarqué votre absence.

— Je suis plutôt une âme solitaire.

Elle avait parlé trop vite, s'était confiée un peu trop facilement. Il n'avait pas besoin d'en savoir trop sur elle. Nicole se redressa, mettant un peu plus de distance entre elle et la main de cet homme.

— Vous m'avez dit que vous en aviez appris davantage sur la personne à l'origine de mon licenciement ?

— En effet. Notre détective privé s'est penché sur la question. Votre superviseur a remis sa démission dès le lendemain. Il ne nous a pas été facile de le retrouver, mais apparemment il a reçu des ordres de Vivian Fraser.

— Ce nom ne me dit rien.

— C'était l'assistante d'Alec Jacobsen. Elle a été arrêtée la semaine dernière.

Alec était l'un des associés de Desmond.

— Votre superviseur a cru que la décision émanait de lui.

— Que reprochait la police à cette femme ?

L'idée d'avoir côtoyé une criminelle, que Mattie ait pu avoir affaire à elle, la terrifia.

Sans réfléchir, elle posa une main sur le genou Desmond.

— Pensez-vous que Matthew puisse être en danger ?

Il recouvrit sa main de la sienne.

— Non. Elle est derrière les barreaux. Elle a été jugée coupable de harcèlement à l'encontre de Chiara Campagna.

— La star des réseaux sociaux ?

— Voilà.

Elle sentait qu'il lui cachait une partie de l'histoire.

— Apparemment, Vivian était amoureuse d'Alec. Et comme Chiara postait souvent des photos de Mesa Falls, elle craignait que son intimité soit exposée. Du moins c'est ce qu'elle a dit à la police.

Nicole leva les yeux vers le ciel d'hiver étoilé, peinant à rassembler les pièces de ce puzzle décidément troublant. Elle retira sa main, sur laquelle celle de Desmond avait laissé une empreinte sensorielle.

— Pourquoi m'avoir fait licencier, à votre avis ? Elle me percevait aussi comme une menace, vous croyez ?

Nicole se remémora les quelques semaines qu'elle avait passées à Mesa Falls, en quête d'informations sur Alonzo

Salazar et le père de Matthew. Elle n'avait mis qu'une autre personne dans la confidence.

— Seule April Stephens, l'enquêtrice financière qui travaillait sur le dossier Salazar, était au courant de mes intentions réelles.

— Elle en a parlé à Weston Rivera, qui s'en est ouvert aux autres associés.

— Donc vous étiez tous au courant des raisons de ma présence au ranch ? Et vous pensez que Vivian en a eu vent en tant qu'assistante d'Alec ?

— C'est ce que nous imaginons.

Desmond l'observait.

— Nous devrions rentrer, vous allez attraper froid.

Il mit sa main dans le dos de Nicole, aiguisant un peu plus le désir qui planait entre eux.

En elle, du moins.

Ressentait-il la même chose ?

— J'ai encore beaucoup de questions à vous poser. Mais tout cela me dépasse.

Elle parlait des intrigues au ranch comme de cette inexplicable alchimie.

— Je pense que je devrais m'entretenir avec Chiara Campagna, si cela vous semble possible.

— Oui, elle organise le dîner de demain soir. Nous pourrons discuter tous ensemble.

Il lui frotta doucement le dos.

— Rentrons, Nicole. Vous devez être épuisée après votre vol de nuit et celui de cet après-midi.

— Et je me suis levée tôt.

Elle se tut, se souvenant soudain de la manière dont elle avait été réveillée. Il y pensait aussi, elle le devina.

— J'en suis fautif, je vous raccompagne donc à l'intérieur. Allez dormir. Je vous écris demain pour vous donner l'heure du dîner.

Elle se contenta de hocher la tête, craignant d'ouvrir la bouche et d'en dire plus que nécessaire.

Desmond la raccompagna au lodge. Il l'avait invitée à passer une nuit réparatrice.

Le visage de cet homme l'avait surprise au réveil, nul doute qu'il allait hanter sa nuit et demeurer longtemps derrière ses paupières closes.

3

Le lendemain, en fin de matinée, Desmond se rendit au champ de tir aménagé sur le ranch. Il comptait profiter de la quiétude des lieux.

Il espérait surtout pouvoir mettre ses pensées en pause. Il avait passé une nuit agitée, l'esprit tout entier occupé par Nicole Cruz.

Cette séance de tir ne lui était d'aucune aide. Il désirait cette femme comme jamais il n'en avait désiré une autre. Et se répéter qu'elle était un fruit défendu n'y faisait rien.

Il se devait pourtant de revoir ses priorités. Son amitié pour Zach et sa loyauté envers ses amis et associés comptait plus que sa fascination têtue pour Nicole.

Céder à la tentation, c'était risquer d'y voir encore moins clair à son sujet. Il devait pourtant garder la tête froide s'il voulait résoudre le mystère qui entourait Matthew et son père inconnu.

Il était certainement dérisoire de croire que la neige et le grand air auraient raison de ses pulsions. Mais la concentration qu'exigeait le tir lui permettait au moins de souffler.

Une voix familière interrompit sa réflexion.

Gage Striker, l'un de ses associés, venait d'arriver et l'observait, posté non loin de là. Ce Néo-Zélandais que rien n'arrêtait avait déçu les espoirs politiques de sa famille très bourgeoise. Après un début de carrière harassant, il était devenu investisseur et s'était libéré du temps pour son épouse, Elena Rollins, dont le père avait tout fait pour rompre leur union.

— Gage. Comment tu vas ? Tu attends ton tour ? Les coups de vent sont imprévisibles, mais c'est gérable.

— Non, merci. Je voulais te parler, si tu as quelques minutes.

— Et tu savais où me trouver ?

— Tu n'étais pas chez toi, j'ai deviné, oui.

Ils montèrent tous deux dans le quad biplace de Gage. Ce dernier eut la délicatesse de ne pas préciser que Desmond avait tendance à évacuer son stress sur le champ de tir. C'était assez absurde, d'ailleurs, car il avait appris à se servir d'une arme avec son père, qu'il craignait pourtant à l'époque. Associer le souvenir de cet homme à un instant de calme n'était pas très logique.

Desmond avait appris à manier les armes à feu, à viser juste. L'élève avait fini par surpasser le maître. Il y avait eu pour lui quelque chose de rassurant dans le fait de se savoir plus habile que son ennemi – son père – avec une arme à feu.

Son père était mort d'une crise cardiaque dix ans plus tôt, mais son odieux souvenir refaisait parfois surface dans la vie de Desmond.

— Tu es arrivé quand ? Elena est avec toi ?

— Oui. On est arrivés ce matin. Elle se faisait du souci pour Chiara. J'aurais préféré qu'elle reste en dehors de tout ça pour le moment, mais, quand elle a appris la venue de Nicole et Matthew, elle a réservé un vol pour nous deux.

— Vous serez des nôtres au dîner, comme ça.

— Exactement. Je voulais quand même en parler avec toi avant, avoir ton avis.

— Sur quoi ?

— Sur le père de Matthew Cruz. Tu sais, Chiara est certaine

d'avoir vu Zach embrasser la sœur de Nicole, Lana Allen, quand elle était en formation pour devenir professeure.

À cette époque, Chiara était encore Kara Marsh. Elle était amoureuse de Zach et avait eu le cœur brisé de le voir embrasser Miss Allen. C'était une semaine avant la mort prématurée de leur ami.

La sœur de Nicole avait-elle vraiment séduit un mineur ? Si tel était le cas, Zach n'en avait rien dit à ses amis. Lana Allen avait alors vingt ans, Zach dix-sept. Mais il était mineur, ce qui faisait de Lana une criminelle aux yeux de la loi.

— Oui, je le sais.

Desmond sentit son cœur battre dans ses tempes. Fouiller ainsi le passé lui causait un stress difficile à supporter. Miles lui avait parlé de la confession faite par Chiara quelques jours plus tôt, une nouvelle qu'il avait mise de côté lorsque Vivian Fraser avait été arrêtée par la police.

— Je n'ai pas encore abordé le sujet avec Nicole. Je ne veux pas qu'elle se fasse une fausse idée sur Zach, je tiens d'abord à voir ce qu'elle sait. Peut-être a-t-elle une tout autre version des faits ?

Une partie de lui espérait encore que Matthew ne soit pas le fils de Zach. Qu'Alonzo Salazar avait participé financièrement à l'éducation du jeune garçon pour aider son ancienne collègue, pas en tant qu'ami et CPE du père de l'enfant.

— Tu en penses quoi, toi ? Dans tes tripes ? Pourquoi Zach aurait-il fait son *coming out* auprès de nous s'il n'était pas gay ?

— Si seulement je le savais. Il était peut-être bisexuel, sans en avoir encore conscience.

Desmond exprima un doute qui le taraudait depuis quelque temps :

— Et s'il avait fait ça pour nous cacher, cacher à tous, son aventure avec une prof ?

— Je suis convaincu que ce n'est pas le cas.

La réponse de Gage était sans appel.

— Il ne nous aurait jamais menti délibérément. Il n'était pas comme ça.

Le nœud qui lui tordait l'estomac se relâcha sensiblement. La confiance dont Gage faisait preuve le rassurait. Desmond avait toujours pensé que Zach était une belle personne, le meilleur d'entre eux.

— Pourtant, il ne nous a rien dit au sujet de Lana Allen. Et si Zach n'est pas le père de Matthew, que ce n'est pas non plus l'un de nous, qui est cet inconnu que couvre Alonzo Salazar ?

Gage n'avait pas plus de réponse que lui à cette question.

Arrivée devant la vaste demeure de Desmond, construite sur la propriété de Mesa Falls, Nicole se demanda ce qu'une seule personne pouvait bien faire de tout cet espace.

Distribuée sur trois étages, la bâtisse en bois et pierre de taille dominait un joli étang, où des élans venaient boire à l'occasion.

Il lui avait donné rendez-vous le soir même pour leur dîner de groupe, mais elle avait enfourché une motoneige sans attendre la fin de journée, pour obtenir le plus rapidement possible des réponses à ses nouvelles questions.

Pensait-il sérieusement qu'elle allait attendre patiemment toute une journée, alors que l'avenir de Matthew était en jeu ?

Elle appuya par deux fois sur le bouton de la sonnette, posant une main sur la vitre de la porte pour tenter de voir à l'intérieur. La maison était si vaste qu'elle se demanda si le son de la sonnerie lui parviendrait. Elle sortait son téléphone de sa poche pour lui envoyer un SMS lorsque, derrière elle, un bruit de moteur l'interrompit.

Deux silhouettes assises dans un quad. Elle reconnut

immédiatement Desmond et sentit le rouge lui monter aux joues. Elle devait pourtant rester sur ses gardes, ne pas se laisser charmer.

Pourtant, depuis quand n'avait-elle pas été peau contre peau avec un homme ?

Le véhicule ralentit à l'approche de la maison. Desmond défit sa ceinture et descendit pour aller à sa rencontre.

— Nicole.

Son regard gris se posa sur elle, l'enveloppa, plus sûrement encore que deux bras prometteurs.

— Je ne savais pas que vous m'attendiez.

— J'aurais dû vous écrire avant.

Elle ne l'avait pas fait de peur qu'il esquive une entrevue avant le dîner.

— Nicole, je vous présente Gage Striker. C'est l'un de mes associés et il sera avec nous ce soir.

Elle lui offrit un sourire poli et formel.

— Enchantée.

— De même. Merci d'avoir fait le voyage jusqu'au Montana.

Il avait sympathique un accent néo-zélandais. Il leur fit un signe de la main et redémarra le véhicule.

— Je vous dis à ce soir.

Le quad disparut progressivement.

Elle était seule avec Desmond, devant le porche de sa maison. Il s'adressa à elle sur un ton troublant :

— Vous voulez entrer ?

La question était pourtant simple. Se faisait-elle des idées ?

— Si cela vous va. Mais je ne veux pas chambouler votre programme...

— Mon seul programme est de me réchauffer. Suivez-moi.

Elle espéra secrètement ne pas avoir trop présagé de ses forces face à cet homme aux joues rosies par le froid. Ne voulant pas passer sur une note plus familière, elle se garda de lui demander pourquoi il avait si froid.

Elle admira les dalles de pierre au sol, le porche joliment aménagé, les bûches bien rangées sur le côté et les plaids moelleux sur le dossier d'un canapé d'extérieur.

— Vous avez une très belle maison.

— Oh ! je n'y suis pas pour grand-chose. Quand on a acheté le ranch, je me suis contenté d'expliquer au constructeur de quoi j'avais envie. C'est une résidence secondaire, j'y passe très peu de temps, finalement.

Ils entrèrent dans la cuisine, aux meubles blancs et parquet en chêne. Un grand îlot central dominait la pièce, éclairée par un imposant lustre en fer forgé. Tout était impeccable. Trop peut-être. Aucun objet personnel n'ornait les plans de travail, aucune photo n'égayait les murs.

Il la conduisit jusqu'au petit salon à l'arrière de la bâtisse. Elle était meublée d'un canapé, d'une bibliothèque, d'un secrétaire et d'une cheminée, dans laquelle crépitait un feu de bois. Une baie vitrée s'ouvrait sur l'étang et l'étendue enneigée d'un jardin sauvage.

— Si vous voulez bien me donner votre manteau. Je vais vous préparer une boisson bien chaude. Et faites comme chez vous. Il se plaça derrière elle, les mains tout près de ses épaules, mais sans la toucher. Elle sentait malgré tout sa présence, sa chaleur.

L'endroit dégageait une ambiance intimiste qui lui causa un certain émoi. Elle se reprit.

— Ne vous embêtez pas pour moi.

Pourquoi ne lui avait-elle pas donné rendez-vous au lodge, parmi le reste de la clientèle ? Elle aurait été moins tentée de dévorer du regard cet homme qui évoluait ici bien trop près d'elle.

— Moi aussi j'ai besoin de me réchauffer, vous savez. Je viens de passer un long moment au champ de tir et je suis frigorifié.

Un parfum l'enveloppa soudainement : bois de santal et

musc. Il s'éloigna en direction de la cheminée avant qu'elle n'ait pu s'enivrer de son odeur.

— Alors d'accord, merci.

Elle ne lui posa aucune question sur son escapade et ses performances au tir. Elle n'avait pas fait tout ce trajet pour bavarder nonchalamment avec Desmond Pierce, qui pourtant l'intriguait chaque jour un peu plus.

Dès qu'elle l'entendit s'activer en cuisine, elle sortit son téléphone de sa poche et consulta la liste de questions qu'elle avait dressée un peu plus tôt.

Si elle ne souhaitait aucunement aborder des sujets plus personnels avec lui, elle s'avança toutefois vers la bibliothèque, avec l'envie d'en savoir un peu plus sur cet homme.

Dans le but d'imaginer une possible relation avec sa sœur Lana, bien sûr. Des indices permettraient peut-être de la mettre sur la bonne voie.

Il lui paraissait impossible que sa demi-sœur, plutôt collet monté, se soit entichée d'un élève lors de sa première année en tant que professeure. Cette simple idée allait à l'encontre de l'image qu'elle avait de Lana, une battante dont l'ambition était sans égale.

Mais qui d'autre Alonzo Salazar pouvait-il bien avoir secrètement soutenu en finançant l'éducation de Matthew ?

Elle parcourut les titres des ouvrages posés dans la bibliothèque – des guides des galeries de grands casinos à travers le monde, des livres sur l'entrepreneuriat, d'aménagement d'intérieur à l'usage des hôtels.

Cette maison était peut-être souvent vide, mais ce choix semblait bien correspondre à la vie que menait Desmond.

Son regard se posa sur une série d'ouvrages anciens reliés, en cuir, dont les titres en lettres d'or s'effaçaient progressivement : des dramaturges américains, quelques recueils historiques sur le Montana, la biographie d'un artiste local...

Quand elle vit l'exemplaire du *Kama-sutra* qui trônait là, sa bouche devint sèche.

Les joues en feu, elle se retourna vers Desmond qui venait de réapparaître, deux tasses fumantes dans les mains.

— Vous trouvez votre bonheur ?

4

Bonne question…

Desmond se tint immobile et observa Nicole, joues rosies, respiration saccadée, lèvres à demi ouvertes. Il devinait le mouvement de sa respiration à celui de ses seins sous son pull moulant. Quand elle se mordit la lèvre inférieure, il crut sentir la morsure dans sa propre chair.

Le chocolat chaud qu'il tenait encore dans sa main gauche lui parut bien superflu : cette femme était un brasier que sa présence enflammait. Elle balbutia quelques mots, semblant à peine se souvenir de la question.

Par chance, ces quelques mots le ramèrent à la réalité. Il détacha son regard de ses lèvres roses, se sermonnant en silence. Il devait cesser immédiatement se contenter du rôle qui était le sien, celui d'intermédiaire entre cette femme et ses associés. Le moment était venu d'aborder les résultats des tests ADN.

— Je ne sais même plus ce que j'ai ici. Je les ai lus durant l'été qu'on a passé à imaginer ce que serait le ranch.

Il posa les tasses sur le plateau en marbre de la table basse.

— Depuis que ma sœur est morte, je n'ai plus le temps de lire. Ma vie a basculé du jour au lendemain.

Elle s'assit et, sans lâcher son téléphone, prit l'un des coussins du canapé pour le mettre sur ses genoux.

— Je commence tout juste à retoucher terre.

— Je suis désolé pour vous. Vous avez dû vivre un enfer.

Il s'installa à l'autre bout du canapé, pour la laisser respirer. Peut-être aussi pour ne pas éveiller son propre désir.

— Il y a longtemps, j'ai perdu un ami que je considérais comme un frère. Après sa disparition brutale, j'ai erré dans une nuit sans fin pendant près d'un an.

Même plus longtemps, s'il était honnête, car il s'était toujours senti, comme chacun des autres propriétaires du ranch, responsable de la mort de Zach. Ils avaient failli au moment où leur ami avait eu le plus besoin d'eux.

Qu'il ait voulu ou non mettre fin à ses jours en lançant son cheval dans le vide, Zach était mal en point le week-end du drame. Ils étaient partis tous ensemble pour tenter de lui changer les idées, sans savoir réellement quelles étaient celles qui le hantaient. Leur ami n'avait rien voulu dire, hormis qu'il voulait quitter le campus, prendre le large. Alors ils l'avaient suivi.

Le poids de la culpabilité était encore lourd sur les épaules de Desmond. L'heure était venue pour lui de prendre ses responsabilités. S'il y avait la moindre chance que Matthew Cruz soit le fils de Zach, Nicole était en droit d'en savoir davantage sur lui.

Il avait espéré tenir jusqu'au soir, jusqu'à une possible confession de Nicole sur les fréquentations de sa sœur avant la naissance de Matthew. Mais l'impatience l'avait gagné en la présence de cette femme sur son canapé.

— Lana et moi n'étions pas sœurs de sang non plus.

Surpris, il lui jeta un regard interrogateur. Le détective privé n'avait pas encore rassemblé beaucoup d'éléments sur Lana Allen, et le lien de parenté entre Nicole et Matthew ne lui avait été communiqué que quelques jours auparavant.

— Avant ma naissance, mon père a épousé la mère de Lana pour les protéger toutes les deux d'un homme violent.

Nicole et lui avaient donc davantage de points communs que ce qu'il croyait – la mort d'un être de leur famille de cœur, d'abord. Et la violence domestique.

L'idée que quiconque ait pu lever la main sur elle – ou même sur Matthew – le fit bouillonner intérieurement.

Qu'un type comme son père puisse approcher cette femme et l'enfant vulnérable qu'elle gardait à présent sous son aile le fit bondir.

— Il est encore vivant, cet homme dont vous parlez ?

Il avait perdu son calme. Il en avait bien conscience, mais il était incapable de réprimer sa réaction. Il fonça vers la cheminée, dans laquelle il jeta plusieurs bûches alors qu'il y en avait déjà suffisamment.

Nicole reposa sa tasse.

— Non, Dieu merci. Lana ne l'a plus jamais revu. J'ai guetté cet homme à son enterrement, craignant qu'il ait appris la nouvelle. Mais aucun inconnu ne s'est présenté.

— Vous êtes sûre ?

Il serra les dents, furieux d'être ainsi rattrapé par son passé avec son propre père, saisi aux tripes par les souvenirs.

— Sûre et certaine. Mon père était terriblement accablé, mais il l'aurait reconnu tout de suite s'il nous avait fait l'affront de venir.

Elle avança le buste et pencha la tête. Sa chevelure auburn tomba en cascade sur son épaule.

— Pourquoi ?

Il n'avait pas l'intention de se confier sur son passé et ce père qui avait tout fait pour mettre la main sur le patrimoine de sa mère. Sebastian Pierce avait ensuite abandonné femme et enfant. Ce type brutal avait non seulement volé sa mère de ses biens, il l'avait aussi privée de sa stabilité émotionnelle et de sa confiance en elle.

Si Desmond avait largement compensé les pertes financières

depuis, il ne pouvait rendre à sa mère son estime d'elle-même et sa foi en l'avenir. Il fit un effort pour se calmer.

— Je m'inquiète juste pour la sécurité de Matthew.

Il ouvrit le secrétaire et en sortir une grande enveloppe.

— En parlant de lui, j'ai reçu les résultats des tests ADN.

Il déposa les feuilles devant Nicole, sur la table basse.

— Nous savions déjà qu'Alonzo Salazar n'était pas le père.

— Je n'en doutais pas. Lana l'admirait, certes, mais il était bien plus âgé qu'elle.

Nicole porta la tasse à ses lèvres et souffla sur son chocolat encore fumant. Il retint sa respiration, ne pouvant s'empêcher d'imaginer la sensation de fraîcheur sur sa propre peau. Ne parvenant pas à détacher son regard d'elle, il se demanda ce qui lui arrivait. Cette femme avait le pouvoir de le déconcentrer en une seconde.

Lorsqu'elle leva ses yeux caramel vers lui, il dut produire un véritable effort pour revenir à la réalité et à la tâche difficile qui l'attendait.

— Nous sommes d'accord. D'ailleurs aucun de mes associés ne s'imaginait Alonzo capable de violer de la sorte le code de bonne conduite professionnelle. Concernant les tests réalisés sur l'ADN des directeurs de Mesa Falls, ils sont négatifs eux aussi.

L'air confus, elle se pencha sur les analyses étalées devant elle.

— Vous les avez déjà reçus ? Mais alors qu'est-ce que je fais là si aucun de vous n'est le père de Mattie ? C'est retour à la case départ pour moi !

— Pas exactement.

Desmond prit une profonde inspiration pour se donner un peu de force. Évoquer Zach, dont la mort avait changé le cours de sa vie à lui, demeurait un exercice douloureux.

— L'ami dont je vous ai parlé tout à l'heure. Mon frère de cœur...

Nicole hocha la tête. Desmond soupira et poursuivit :

— Zach Eldridge était au lycée avec nous. Il est mort dans un accident de cheval il y a quatorze ans. Mais nous avons récemment eu vent d'une possible histoire avec Lana.

Nicole le dévisagea :

— Il y a quatorze ans ?

— Il est mort à l'automne qui a précédé la naissance de Matthew.

L'enfant était né sept mois après son décès, très exactement.

Sur le canapé, Nicole s'agita.

— Vous avez une photo de lui ? De Zach ?

Elle se leva, se frotta les bras comme pour se réconforter.

— Il avait le même âge que vous ?

Desmond sortit son téléphone de sa poche.

— J'en ai une quelque part. Nous étions dans la même classe, mais il avait un an de plus que moi.

C'était la première fois qu'il parlait de Zach en dehors de son cercle d'amis de l'époque.

— D'accord.

— Mais il était d'une maturité hors du commun.

— Cela me paraît tellement invraisemblable que Lana ait eu une aventure avec un élève. Elle avait toujours un comportement irréprochable.

Elle jouait avec l'anneau doré qu'elle portait à l'index. Secouant la tête, elle avança et se posta devant lui.

— Même si votre ami était plus mature que la moyenne, j'ai du mal à y croire. Lana, allant à l'encontre de ses principes déontologiques ? Au risque de se retrouver en prison, en plus. C'est d'ailleurs pour ça que je n'ai jamais pu me résoudre à penser que l'un des associés de Mesa Falls pouvait être le père de Matthew.

— Je comprends. Ce type de relation peut sembler impensable. Mais cela expliquerait l'état dans lequel se trouvait Zach juste avant sa mort.

Desmond continuait de fouiller son téléphone. Il aurait aimé avoir des réponses plus précises à lui apporter. Des réponses qui éviteraient à cette femme de souffrir davantage.

— Je suis étonnée de ne jamais avoir entendu son nom avant.

Le regard perdu dans le vague, elle répéta machinalement :

— Zach Eldridge.

— Cela ne vous dit rien ?

— Non. Il venait de Californie ?

— Oui, mais il vivait en famille d'accueil.

Un nuage sombre traversa le regard de Desmond. La peine était lisible sur son visage.

— Sa disparation a embarrassé les services sociaux et l'école, au point que l'histoire a presque été étouffée. Cela arrangeait notre prestigieux établissement que rien ne soit ébruité.

Il repensa à son ami, son frère. Il lui avait appris à se battre. Sans lui, il aurait subi la violence de son père, se contentant de survivre au lieu de vivre.

Malheureusement, il n'avait pu partager avec son ami la joie du départ de son géniteur un beau jour de printemps.

Nicole interrompit sa réflexion :

— Merci de m'aider. Vraiment. Surtout maintenant que vous savez qu'aucun de vous n'est le père de Mattie.

De la main, elle effleura son avant-bras. Une décharge parcourut le corps de Desmond. Et son regard...

— C'est gentil de ne pas me laisser tomber.

— Si Alonzo Salazar, qui était plus un mentor qu'un CPE à nos yeux, a mis son et sa réputation en jeu pour financer l'éducation de Matthew, c'est que votre neveu était important pour lui. Donc il l'est aussi pour moi. Pour nous tous ici, à Mesa Falls. C'est tout ce qui compte.

Desmond soupira :

— Si Salazar était encore de ce monde, nous pourrions lui poser toutes nos questions.

Il lui tendit son téléphone. Sur l'écran, Zach Eldridge, posant près d'une installation réalisée pour une exposition d'arts plastiques.

— Son visage vous dit quelque chose ?

Nicole prit le téléphone d'une main tremblante.

La cause en était certes la tension qu'elle subissait depuis des mois, à la recherche du père de Matthew, mais aussi et surtout la présence de Desmond à ses côtés, dans ce petit espace douillet qui sentait bon le feu de cheminée.

Ses doigts vibraient encore du contact de son bras un peu plus tôt. Ressentait-il lui aussi cette électricité dans l'air ? Peut-être l'aurait-elle su si son expérience des hommes avait été un peu plus grande.

Sa sœur avait dû revoir tous ses désirs d'avenir quand elle s'était retrouvée enceinte.

Nicole avait assisté, impuissante et désemparée, au désarroi de sa sœur. Elle était alors jeune et avait été marquée par l'épisode, à la suite duquel elle s'était tenue loin des hommes.

Contrairement à la plupart des autres filles, elle n'avait pas vécu la fac sous le signe des découvertes amoureuses. Seules ses études comptaient à ses yeux.

Plus tard, elle avait fréquenté quelques hommes sans jamais ressentir de vrai frisson.

Elle baissa les yeux vers l'écran et se sentit faiblir quand elle reconnut en effet le jeune homme sur la photo. Des yeux rieurs, des cheveux bruns qui lui tombaient presque sur les yeux, un visage aux traits fins.

Il posait près d'un Desmond Pierce tout jeune, dont le regard était aussi froid et distant que celui de son ami était chaleureux et souriant. Le contraste entre les deux l'interpella et éveilla sa curiosité au sujet de l'homme qui se tenait à présent près d'elle.

Elle cherchait en même temps à établir le lien entre ce lycéen et sa sœur.

— Et dire que sur cette photo il est à peine plus âgé que Matthew aujourd'hui.

Elle avait parlé à voix basse, presque pour elle-même. Les questions s'entrechoquaient en elle. Quels secrets sa sœur avait-elle emportés dans sa tombe ?

— Cela dit, je ne vois aucune ressemblance entre les deux. Et vous ?

— Nicole...

La voix de Desmond était si proche d'elle.

— Vous le reconnaissez bel et bien, n'est-ce pas ?

Elle était bien trop bouleversée pour penser aux conséquences d'une confession, bien trop intriguée pour être sur ses gardes. Desmond semblait par ailleurs lire en elle comme dans un livre ouvert. Elle ne chercha donc pas à lui cacher la vérité.

— Je les ai vus ensemble l'été juste avant la première entrée de ma sœur. Je n'ai pas pensé un instant qu'il s'agissait d'un élève. Je pensais que c'était un garçon du coin.

— Zach a suivi un stage de beaux-arts cet été-là.

Il parvenait difficilement à prononcer ces mots, à faire revivre le souvenir de son ami. Elle perçut combien il lui était douloureux de repenser à Zach après toutes ces années.

— Il vivait sur le campus. Où les avez-vous croisés ?

Elle revit en pensées sa sœur souriant à ce beau jeune homme.

— Nous n'habitions pas sur le campus, même si mon père travaillait dans votre lycée en tant que jardinier. Quand il faisait beau, ma sœur adorait aller se promener dans le village voisin.

Du moins c'est ce qu'elle avait cru à l'époque. Elle aurait prêté plus d'attention aux allées et venues de sa sœur si elle avait su qu'un jour toutes ces questions lui rongeraient les sangs.

— Avaient-ils l'air... proches ?

Il scruta Nicole, comme si les réponses à ses questions se trouvaient dans les yeux de cette femme.

— Peut-être ?

Elle se mordit la lèvre. Elle regrettait de n'en avoir que de vagues souvenirs, l'impression que sa sœur cherchait à plaire à Zach.

— J'étais très jeune à l'époque. Je n'ai pas fait attention.

— Vous n'avez vu Zach que cette fois-là ?

Desmond voulait en savoir plus, tout de suite. Il était si près d'elle qu'il lui aurait suffi de tendre le bras pour le toucher. Son parfum échauffait son esprit et ses sens.

— C'est la seule fois que je les ai vus ensemble.

Elle hésita un instant puis poursuivit :

— J'ai revu Zach seul, vers la fin de l'été, à l'occasion d'une exposition justement.

— Que vous dit votre instinct, Nicole ?

Face à son silence, il insista :

— Pensez-vous que votre sœur a eu une aventure avec lui ?

Nicole sentit son estomac se nouer.

Cela expliquerait beaucoup de choses qui s'étaient passées cette année-là. Lana avait quitté son poste avant d'obtenir son agrément pour l'enseignement. Elle avait déménagé du jour au lendemain, trouvé un travail dans une bibliothèque au cœur de l'Oregon.

Lorsque Nicole avait appris la grossesse de sa sœur, elle avait cru avoir l'explication de ce revirement soudain. Mais si la raison en était autre ? Une histoire d'amour avec un mineur...

S'imaginer un tel scénario lui donnait le vertige. Elle cacha néanmoins son affolement à Desmond.

Elle désirait obtenir des réponses mais craignait tout

autant de découvrir l'histoire paternelle de Matthew. Et si la famille de cet homme cherchait à en obtenir la garde ?

— Je n'en sais rien. Il serait possible de recueillir un échantillon ADN de l'un des proches de Zach ?

— Pour ce que nous en savons, il n'a pas de famille. C'est pour ça qu'il était en famille d'accueil. Après la mort de son père, il a vécu trois mois dans la rue. Les services sociaux se sont occupés de lui. Il a obtenu une bourse pour la fac.

— C'est tellement triste... Dans ce cas, il ne serait pas illogique que Salazar Alonzo soit venu au secours de ma sœur, sachant le père de l'enfant décédé.

— Possible.

Cette réponse laconique lui fit lever un regard suspicieux en direction de Desmond.

— Vous n'êtes pas d'accord ?

— Je me demande simplement si Alonzo était au courant pour sa grossesse dès le début. Elle est partie brutalement et n'a plus jamais donné de nouvelles.

En parlant, il s'était approché d'elle. Nicole sentit la cadence de son cœur grimper en flèche. Elle détourna le regard et posa ses yeux sur la première chose qu'ils croisèrent. Le *Kama-sutra*.

Elle croisa les bras, cherchant à en faire une barrière entre elle et cet homme qui décidément la chahutait plus que de raison.

— Il y a eu une dispute entre ma sœur et mon père. Lana est partie durant Thanksgiving. Peu après, mon père nous a annoncé que nous déménagions à notre tour.

Nicole n'avait alors que quatorze ans, et la colère était montée en elle. Contre son père, contre sa sœur. Elle ne savait pas à quel point la situation avait été douloureuse pour eux aussi.

— Je n'ai jamais compris pourquoi, mais il m'a semblé

à l'époque que cela avait à voir avec le fait que ma sœur refusait de donner le nom du père de l'enfant.

Les parents de Nicole avaient divorcé, et le déménagement l'avait éloignée un peu plus de sa mère, qui ne faisait déjà pas beaucoup d'efforts pour la voir. Cette astronome de métier avait toujours privilégié sa carrière.

— Lana a dû quitter son poste au moment où Zach est mort. C'est ce qui explique que nous n'ayons rien su de sa grossesse.

Desmond posa sur elle un regard pénétrant.

— J'image à quel point vous avez souffert de tout ça.

L'empathie qu'elle lisait dans ses yeux la troubla. Secouant la tête, elle se persuada que ce n'était qu'une illusion.

Rien ne justifiait qu'elle fasse réellement confiance à cet homme. Elle ne se fiait déjà pas à ses propres élans, qui la poussaient irrésistiblement, en pensée du moins, dans ses bras.

À son grand étonnement, elle sentit, sans nul doute possible, à quel point elle avait envie de l'embrasser, de le saisir par le col de sa chemise et de l'attirer contre ses lèvres avides.

Son prénom lui échappa dans un soupir :

— Desmond...

Il était trop tard pour revenir en arrière. Dégoûtée d'elle-même, elle se couvrit la bouche d'une main honteuse. Le regard de Desmond devint soudainement sérieux, presque sombre. Elle fit un geste de la main pour dissiper le malaise.

— Je... J'irais bien prendre un peu l'air.

Elle se fâcha silencieusement contre elle-même : *Bravo, tu ne pouvais pas te retenir ?*

Son cœur battait la chamade, et elle se sentit bientôt rougir.

— C'est une bonne idée.

Il avait prononcé ces mots avec la plus grande banalité, alors même qu'il s'approchait dangereusement d'elle.

— Mais avant je dois faire quelque chose...

Lorsqu'il posa les mains sur ses épaules, Nicole comprit qu'elle n'était pas la seule à ressentir cette alchimie entre eux. Le regard de Desmond en disait long. Il avait faim d'elle. Très faim.

Elle ne lui demanda pas quelle était cette chose qu'il devait faire. Quoi que ce fût, elle aussi en avait terriblement envie. Et tout de suite.

Les lèvres affamées de Desmond vinrent à la rencontre des siennes. Nicole perdit toute capacité de réflexion. Elle ne put que s'abandonner à ce baiser, plus torride que ce tout ce qu'elle avait connu jusque-là.

Des bras puissants l'enveloppèrent, l'attirèrent à lui.

Son corps tout entier s'électrisa, enflammé par la force masculine qui la prenait à présent en charge.

Enivrée par le musc et le bois de santal, elle ouvrit les lèvres pour lui, sentit sa langue s'inviter en elle comme une caresse sensuelle qui se propagea jusque dans son intimité la plus secrète.

Elle frissonna rien que d'y penser. Sous son pull, la pointe de ses seins durcit immédiatement.

Il la fit reculer d'un pas, la plaquant contre un mur qui l'empêcha de défaillir. Elle pencha la tête en arrière pour lui laisser tout le loisir d'explorer son cou.

Elle enroula ses bras autour de lui, perdant ses moyens lorsqu'il plongea ses yeux ardents dans les siens.

L'espace d'un instant, ils respirèrent à l'unisson, reprenant doucement conscience du monde qui les entourait.

Desmond ferma les yeux quelques secondes. Lorsqu'il les rouvrit, le feu avait laissé place à la glace.

— L'air frais ne suffira peut-être pas à éteindre l'incendie.

Il s'écarta d'elle mais lui saisit la main pour la conduire jusqu'à la porte d'entrée.

— Nous ferions mieux d'être prudents, pour ne pas glisser sur une pente dangereuse...

5

Desmond avait pour seul objectif de retrouver la maîtrise de lui-même et de ses sens. Ce dont il était incapable en la présence de Nicole.

Ce baiser.

Il aurait souhaité qu'il dure une éternité. Il était parti chercher leurs manteaux, mais son esprit était encore là-bas, près de la bibliothèque et du feu de cheminée.

Ce goût d'inachevé ne le quittait plus, il n'avait pas eu son compte. Il n'osa pas l'aider à enfiler son manteau, de peur au contraire de lui retirer brutalement tous ses vêtements.

Il revint sur ses pas, attrapa un panier à pique-nique et y déposa le plateau que lui avait livré le service de restauration du lodge.

Nicole apparut dans l'embrasure de la porte.

— Vous voulez un coup de main ?

— Non, je vous remercie.

Elle avait ceinturé son manteau, dont le pli suivait plus que jamais ses courbes alléchantes.

— Je me suis dit que nous aurions peut-être faim dehors.

Il était bel et bien affamé, mais d'elle.

— Où allons-nous ?

Desmond proposa la première chose qui lui vint à l'esprit, tout pour s'éloigner du feu de cheminée et de cette femme.

— J'aimerais vous faire découvrir le ranch sur l'un de nos pur-sang.

— Avec grand plaisir, j'adore monter à cheval.

Elle se pencha pour observer sa tenue.

— Je ne suis pas vraiment habillée pour, cela dit.

Il suivit son regard, le mouvement de ses mains, qu'il aurait voulu remplacer par les siennes. Il serra les mâchoires et se dirigea vers la porte.

— Il y a des vestes dans l'appentis derrière.

Sa voix était presque rêche de désir, malgré les efforts qu'il déployait pour se contenir.

Il lui tint la porte, enclencha l'alarme et invita Nicole à la suivre aux étables. Elles étaient bien moins impressionnantes que celles du lodge ou celles servant l'activité agricole du ranch, mais elles suffisaient amplement aux besoins de Desmond.

L'endroit sentait bon le foin et les chevaux étaient splendides. Elle s'approcha d'une jument à la robe isabelle et la caressa doucement.

— Ils s'appellent comment ?

— Elle, c'est Spirit, là-bas c'est Sundacer. Ce sont mes deux préférés.

Il s'arrêta devant le box pour saluer à son tour l'animal.

— Un employé du ranch les a installés ici hier soir. Je ne suis là que depuis trois jours, je reprends doucement mes marques.

Elle y était pour beaucoup s'il ne parvenait pas à le faire plus vite. Il ne pensait qu'à elle depuis son arrivée.

Nicole l'avait intrigué dès leur premier échange téléphonique. Les instants qu'ils partageaient rognaient à chaque fois un peu plus sur sa volonté de garder ses distances.

— Je ne peux qu'imaginer le grand écart que ça représente, passer de votre casino à ce ranch.

Elle murmura des mots doux à Spirit et vint coller son front contre celui de la jument.

— Je vais vous aider à les seller si vous me dites où se trouve l'équipement.

Il posa le panier près de la porte.

— Vous n'êtes pas obligée.

— J'insiste. Mon père m'a appris à prendre soin des animaux qui nous entourent.

Il lui tendit une veste d'équitation et se retint de l'aider à l'enfiler, par peur d'être de nouveau tenté de l'embrasser. L'empreinte de son corps était encore sur lui et il n'avait qu'une envie : la prendre dans ses bras.

Mais sans manteau, sans veste.

Sans rien que leur peau.

Il prit les rênes, tâchant de dissiper le souvenir de ses seins contre son torse, de l'emballement de son cœur sous son pull en cachemire et de son bref soupir lorsqu'il avait glissé sa langue entre ses lèvres.

— Votre père était un homme de valeurs, apparemment. Vous avez dit qu'il était jardinier ?

— Oui, pendant cinq ans. Sur le campus.

Elle l'aida à sangler la selle de Spirit et guida l'animal hors du box pour lui passer les rênes.

— Je n'étais pas ravie d'emménager là-bas quand il a décroché ce poste. Mes parents venaient de divorcer, et ma mère n'avait aucune intention de réclamer ma garde ni même un droit de visite. Mais j'ai appris à aimer cette petite ville.

— Je suis désolé pour votre mère. Quel âge aviez-vous ?

— Neuf ans. Ma mère est une grande astronome...

Nicole hésita. Son regard se perdit au loin. Elle se mordilla la lèvre inférieure, un réflexe qui fit monter le désir en lui.

— Je suis fière d'elle. Elle dirige une équipe de chercheurs qui s'intéresse au magnétisme dans le système solaire. Vous imaginez qu'il n'est pas facile pour une enfant de trouver sa place près du soleil et des autres planètes. Je me suis promis de toujours donner à Matthew toute l'importance qu'il mérite.

Une telle conviction méritait elle aussi tout son respect. Sa mère à lui avait également été défaillante. Sebastian Pierce la voulait pour lui seul. Il se demanda quelle aurait été sa vie si ses parents lui avaient accordé l'attention dont il avait cruellement besoin.

— Matthew a de la chance de vous avoir.

Desmond s'efforçait d'occuper ses mains avec les chevaux, pour oublier à quel point il désirait les poser sur elle.

— Merci.

— C'est précieux tout ce que vous faites pour lui, le temps que vous consacrez à la recherche de son père.

— Même si c'est en train de me prendre *beaucoup* de temps. J'ai de la chance d'être indépendante et de bien gagner ma vie, mais, au train où vont les choses, je vais devoir rapidement trouver de nouvelles missions pour pouvoir payer sa prochaine année scolaire.

Il retourna la question dans sa tête tout en sellant Sundancer. Il ne voulait pas se montrer trop intrusif, mais le sujet était trop important pour l'ignorer. Il concernait un adolescent dont le père était peut-être Zach.

— Et l'argent du livre ? Je pensais que vous deviez continuer à le percevoir, même après la mort d'Alonzo Salazar ?

— C'est le cas.

Elle se raidit. Se confiait-elle à contrecœur ?

— Mais comment continuer à accepter de l'argent ayant ruiné la vie d'innocents ?

Il comprenait son raisonnement, cependant ses scrupules ne pourraient rendre aux victimes leur vie d'avant. Il fallait qu'il la persuade de conserver cette source de revenus.

— Si Matthew est le fils de Zach, il obtiendra des parts

du ranch. Nous avons développé Mesa Falls en sa mémoire. Il serait tout naturel d'en partager les recettes avec son fils. L'avenir financier de votre neveu serait assuré.

Il n'avait nullement besoin de consulter ses associés à ce sujet. Leur accord allait de soi.

— Comme vous le dites, « si ». Ce sera très dur, voire impossible à prouver. Et je ne compte pas perdre la garde de Mattie pour raisons financières. Je préfère être claire dès à présent.

Sa voix était teintée d'une émotion troublante. Elle sortit de l'étable avec Spirit avant qu'il n'ait eu le temps de la rassurer sur ses intentions.

Il avait voulu faire retomber la température entre eux, mais là les choses se glaçaient.

Il se prépara mentalement à l'après-midi qu'il allait passer à ses côtés. Tous les deux montés à cheval, à bonne distance l'un de l'autre.

Une partie de lui ne pouvait oublier le goût de ses lèvres et criait « Encore ! »

Nicole fulmina durant les vingt premières minutes de la balade, rageant d'imaginer les puissants propriétaires du ranch s'immiscer dans la vie de Matthew.

Elle dut bientôt admettre que, depuis le point de vue exceptionnel dont elle jouissait, au-dessus de la vallée, les cimes enneigées des Bitterroot lui apportaient le bol d'air frais dont elle avait besoin.

L'odeur des pins et les chants des oiseaux accompagnaient cette balade avec Spirit. Conquise par le charme naturel des lieux, Nicole se dit que le Montana plairait beaucoup à Matthew.

Devant elle, Desmond menait la cadence, la contraignant à passer du trot au pas.

Son hôte avait à peine ouvert la bouche depuis qu'ils

avaient sellé les chevaux, mais elle n'avait nul besoin d'un guide pour apprécier la beauté des paysages.

Il finit par rompre le silence.

— Vous avez faim ?

Son estomac répondit par un grondement sourd qui, par chance, ne lui parvint pas.

— Je ne refuserais pas un petit quelque chose, effectivement.

Elle scruta les environs à la recherche d'un endroit où s'installer confortablement.

— Vous voulez qu'on s'arrête ? Il y a une cabane un peu plus loin, si cela vous dit.

— Une cabane ? Loin de tout ?

— Tout à fait. Nous y sommes presque, d'ailleurs. Vous l'apercevrez bientôt.

Ils atteignirent bientôt un bosquet de pins, et Desmond ralentit le pas. Les branches formaient un toit naturel au travers duquel Nicole finit par distinguer une maisonnette perchée en hauteur. Solidement appuyée contre quatre érables, elle était flanquée d'un escalier en bois de cèdre.

Cette cabane était absolument géniale.

Le premier niveau s'ouvrait sur une terrasse aménagée. Les volets, peints en noir, conféraient un supplément de charme à cette petite construction fondue dans le paysage et qui semblait tout droit sortie d'un conte de fées.

Le toit, distribué sur plusieurs niveaux, était lui aussi en bois. En dessous, une petite porte évoquait une maison de Hobbit.

Elle ne put réprimer un soupir admiratif. Sa colère contre Desmond se dissipa malgré elle dans ce décor féerique.

— Est-elle destinée à vos clients VIP pour une petite escapade magique ?

— Non.

Desmond descendit de cheval.

— L'architecte qui a conçu ma résidence au ranch m'a conseillé d'utiliser les chutes de bois pour construire cette cabane. Il m'a fait un prix car il voulait tester un nouveau mode de construction.

— On s'attendrait presque à croiser Hansel et Gretel au détour d'un chemin.

Nicole mit à son tour pied à terre et attacha Spirit aux côtés de Sundancer.

— J'espère qu'aucune sorcière n'a pris possession des lieux en mon absence.

Il détacha le panier à pique-nique de la selle et le glissa sur son bras avant de faire signe à Nicole, l'invitant à le suivre.

— Mais dites-moi si vous voulez que j'aille jeter un œil avant que vous n'entriez.

Elle rit mais se ravisa bientôt en pensant à la possible présence d'ours. Elle examina les alentours à la recherche de mouvements suspects entre les branches.

— Ce n'est pas une mauvaise idée, à vrai dire. Je vous laisse prendre les devants.

Elle accéléra néanmoins le pas afin de rester près de lui.

— Il y a pas mal d'animaux sauvages dans les parages, non ? Mon père m'a appris à aimer la nature, mais je suis quand même une fille de la ville. La citadine que je suis n'est pas exactement à l'aise dans ce genre d'endroit particulièrement sauvage.

— Nous nous sommes efforcés de faire revenir ici autant d'animaux sauvages que possible. Nous menons diverses activités de conservation et sommes fiers de voir qu'ils sont bien plus nombreux qu'il y a dix ans.

Il l'attendit en bas des marches. Le vent jouait dans ses cheveux bruns. Le Montana lui allait parfaitement au teint, on sentait qu'il était ici chez lui. Il paraissait détendu.

Et il n'en était que plus séduisant...

Lorsqu'elle leva vers lui ses yeux interrogateurs, elle sentit son pouls accélérer brutalement.

— Les animaux sauvages ne menacent pas votre bétail ?

Il sourit d'un petit air malicieux.

— Les élans et les biches ne représentent pas franchement de menaces pour nos bêtes. Je vais toutefois vérifier qu'aucun loup ne vous attend là-haut.

Elle le suivit du regard, appréciant le mouvement de ses cuisses sous son jean.

Il l'invita à bientôt à le rejoindre, et elle constata avec plaisir que la présence d'une petite table et de chaises sur la terrasse leur offrait le lieu idéal pour déjeuner en plein air.

Mais Desmond semblait avoir prévu autre chose.

Elle lui emboîta le pas, enivré par le doux parfum des cèdres et des pins. Son hôte appuya sur les touches d'un digicode.

— Il y a même l'électricité dans la cabane ?

Balayant le paysage des yeux, elle chercha l'impossible présence d'un poteau électrique.

— Oui. Et pour tout vous dire, ça m'a coûté une petite fortune de faire passer les câbles souterrains jusque-là.

Il inspecta la maisonnette du regard.

— Cela nous permettra de la louer à nos clients qui pourraient être intéressés.

Il poussa la porte et fit entrer Nicole.

L'intérieur de l'habitation était parfaitement aménagé. Un petit poêle à bois permettait de chauffer la pièce et un canapé en cuir invitait à un moment de détente. À l'arrière une petite cuisine, équipée de deux plaques de cuisson, était ceinte d'un bar et de trois tabourets.

Elle leva les yeux vers le lustre en fer forgé qui éclairait la pièce et aperçut une petite échelle menant à une mezzanine. À droite une porte ouvrait sur une grande chambre avec sa salle de bains en suite.

Son regard fut happé par le lit, et son cœur s'emballa. Par chance, Desmond interrompit sa rêverie interdite.

— Si nous voulions pouvoir accueillir de la clientèle ici nous aurions probablement à passer au gaz pour le poêle. Mais pour l'heure je préfère le bois.

Il déposa le panier à pique-nique sur le plan de travail de la cuisine avant d'enfourner quelques bûches et des brindilles dans le poêle.

Quittant à regret ses pensées inavouables, Nicole s'avança vers les mets qu'il venait de disposer sur le bar.

— Je suis certaine que cette cabane rencontrerait un franc succès auprès de vos clients. Surtout les enfants. C'est vraiment mignon ici, il y a de la fantaisie dans la construction.

Elle retira sa veste et chercha à s'occuper les mains comme elle le pouvait en dressant une table de fortune.

Il y avait là des sandwichs, des fruits et une grande bouteille d'eau pétillante. Elle trouva des verres dans un placard, qu'elle remplit avant d'en tendre un à Desmond.

Elle sourit pour elle-même.

— Mattie serait comme un fou ici.

Silencieux, Desmond craqua une allumette et passa la flamme sur les brindilles.

Nicole se souvint que son neveu était précisément la raison de sa présence dans le Montana. Allaient-ils pouvoir établir un lien filial entre lui et Zach Eldridge ? La question était restée en suspens à l'issue de leur échange chez Desmond.

Les directeurs de Mesa Falls risquaient-ils d'user de leur fortune pour obtenir la garde de Matthew ? Des hommes qu'elle ne connaissait pas.

Perdue dans ses sombres réflexions, elle n'avait pas entendu Desmond approcher. Il posa une main sur la sienne. La chaleur de sa peau lui fit aussitôt oublier toutes ces questions sans réponse.

Depuis la mort de sa sœur, elle se faisait constamment

du souci. Elle ne put s'empêcher de savourer le réconfort que lui apportait Desmond en cet instant. Le sentiment de solitude qui l'accompagnait depuis un an se dissipa doucement.

Il l'interrogea du regard, cherchant à deviner ce qui la rendait si pensive.

— Nicole ?

Il était si près d'elle dans cette petite cuisine, dont il occupait presque tout l'espace de sa carrure imposante.

Ou bien occupait-il plutôt toutes ses pensées à elle ?

Sa main se referma doucement autour de ses doigts, le contact de sa peau comme une promesse rassurante et brûlante à la fois. Cela suffit à réveiller en elle le souvenir de leur baiser ardent. Il l'avait embrassée avec une avidité qui lui avait fait perdre la tête.

Dire qu'ils avaient parcouru tout ce chemin pour échapper à une trop grande promiscuité… et se retrouver dans la même situation, encore un peu plus isolés du reste du monde.

— Je…

J'ai envie de vous. Elle ne pouvait pas décemment lui annoncer une telle chose. Elle attendit que son cerveau se remette en marche et lui propose autre chose que le souvenir des lèvres de Desmond sur les siennes.

Il la scruta intensément, semblant lire dans ses pensées. Sa respiration s'accéléra, trahie par les mouvements de son large torse.

— Moi aussi…

Il avait prononcé ces mots dans un soupir. Il caressa doucement la joue de Nicole et glissa son index sous son menton afin qu'elle le regarde droit dans les yeux. Il lui passa une main dans les cheveux et joua avec une mèche.

— Quelles que soient vos pensées, sachez que je suis là, tout près de vous.

Elle frissonna. Son corps soudainement tendu s'enflamma,

la sensation de sa bouche sur la sienne mit ses sens en émoi. Elle inspira profondément, enveloppée dans le doux parfum du feu de bois et de Desmond. Elle fixa ses lèvres et sentit le désir couler dans ses veines.

— Comment savez-vous à quoi je pensais ?

Elle fit descendre ses doigts le long de son col avant de plaquer la main sur sa poitrine musclée.

— Je ne le sais pas.

De sa main libre, il entoura sa taille et trouva l'interstice entre son pull et la ceinture de son jean. Il traça des cercles indolents sur le tissu qui le séparait de sa peau.

— J'ai juste senti la température monter d'un cran quand vous avez posé les yeux sur moi.

Elle avait la bouche trop sèche pour articuler la moindre réponse, l'esprit happé par l'indomptable envie d'embrasser cet homme.

Il ne combla pas la faible distance qui les séparait à présent, malgré la flamme qui brûlait entre eux. Ses pensées étaient confuses, elle avait perdu ses repères.

— Desmond...

Elle serra un poing fiévreux contre son torse. Elle ne réclamait plus que lui.

— S'il vous plaît.

Il se pencha vers elle, approcha ses lèvres de son oreille.

— S'il vous plaît quoi ?D'une voix rauque, il l'invita à poursuivre :

— Dites-moi de quoi vous avez envie. J'ai besoin de l'entendre.

Son souffle chaud électrisa sa peau. Elle avança vers lui, jusqu'à ce que ses seins heurtent l'imposante masse de son corps, piquant davantage encore son désir sourd.

— Embrassez-moi.

Et, comme une supplique, elle répéta :

— Embrassez-moi comme si vous ne désiriez plus que ça. Encore et encore.

6

S'entendant parler ainsi, Nicole crut avoir perdu la tête et la maîtrise d'elle-même. Elle ne reconnut pas sa voix, son exigence à peine contenue.

La main de Desmond se posa sur la courbe de sa hanche. De l'autre, il saisit sa nuque et l'attira contre lui. Nicole fondit alors contre lui, en lui.

Il partit à l'assaut de ses lèvres comme il l'aurait fait d'un territoire à conquérir. Une tension brûlante s'invita en elle. Il lui mordilla la lèvre inférieure, une vague de plaisir déferla sur son corps.

Il lécha les traces de sa morsure avant de glisser sa langue conquérante dans l'antre chaud et humide de sa bouche.

Elle perdit pied.

Elle ne put retenir un gémissement tandis que sa chair cédait au plaisir défendu de leurs bouches en parfaite symbiose. Elle vacilla, le corps tout entier en proie à la plus délicieuse des souffrances. Au plus impérieux des désirs.

Il l'enserrait d'un bras puissant, la portait presque. Il serra plus fort, scellant leurs lèvres, lui apportant la preuve indéniable de son désir. Indéniable et puissante.

Elle enroula ses bras autour de lui, pour s'ancrer à cet homme et sentir sa bouche sur la sienne, encore et encore. Rêvant à présent qu'elle s'aventure ailleurs.

Depuis un an, elle se battait pour ne pas s'effondrer. Elle avait tant besoin de cet instant de répit, de jeter sa peine et sa souffrance dans la fournaise du plaisir charnel.

Il émit un soupir rauque, auquel les pointes de ses seins réagirent sans tarder.

Il retira brutalement ses lèvres des siennes, sans desserrer son étreinte.

— Si on continue, je vais faire bien plus que vous embrasser, Nicole. Dites-moi si cela vous dérange.

Elle apprécia sa délicatesse, à laquelle elle répondit sans hésiter.

— Cela ne me dérange pas le moins du monde. Bien au contraire.

Elle se mordit la lèvre.

— Ne vous arrêtez pas. C'est tout ce que je vous demande.

Elle en viendrait peut-être, bien plus tard, à regretter ces paroles, son avidité exposée au grand jour. Mais comment renoncer à ses mains sur elle ? Une fois, juste une fois. Se perdre en lui...

Cette femme !

Desmond parvenait difficilement à reprendre sa respiration et encore moins à retenir sa fougue. Si Nicole avait hésité, un peu plus tôt chez lui, à suivre son désir, elle était de toute évidence en proie aux mêmes tourments charnels que lui. Une moindre hésitation de sa part, et il aurait tout de suite arrêté. Mais sa demande était sans équivoque. Définitive. Et il n'avait pas l'intention de lui refuser quoi que ce soit quand lui aussi désirait plus que tout la posséder. Tout entière.

— Rien ne me fait plus plaisir que d'accéder à votre réclamation pressante.

Les mains de Nicole étaient croisées sur sa nuque. La sensation lui était si agréable qu'il ne chercha pas à s'en défaire : il se pencha doucement et la souleva. Glissant une main sous chaque cuisse, il la porta ainsi, jambes enroulées autour de lui, jusqu'au lit.

Elle répondit avec une volupté non retenue à la rencontre intime de leurs corps. Chaque pas provoquait une friction entre leurs points d'incandescence, aussi délicieuse que la chaleur sensuelle de leur étreinte impatiente. Il dut lutter pour ne pas la plaquer contre le mur le plus proche et arracher de leurs corps le plaisir qu'ils réclamaient tous deux.

« Ne vous arrêtez pas. »

Ces quelques mots continuaient de résonner en lui, provoquant un vertige érotique auquel il ne pouvait que se soumettre. Il ne s'arrêterait qu'une fois qu'il l'aurait pleinement comblée, qu'elle se serait entièrement donnée à lui.

La soutenant d'une main, il arracha de l'autre le pull dont elle n'avait désormais plus besoin, exposant une dentelle fine qui enveloppait des seins généreux.

Cette simple vision aurait fait défaillir le plus chaste des hommes, ce qu'il n'était pas. Encore moins en sa présence.

Il fit glisser une bretelle, puis l'autre, le regard envoûté par les deux vallons sublimes qui s'offraient à lui.

De l'index, il parcourut le délicat le sillon qui les séparait.

— Je ne voyais plus qu'eux dès que je fermais les paupières.

Il leva les yeux vers elle, sentant sa respiration saccadée, son désir aussi pressant que le sien.

— Depuis que vous avez décroché votre téléphone et que votre image est apparue sur mon écran. Ensommeillée, tellement sexy. Vous revoir, vous toucher, était comme une fièvre qui ne me quittait plus.

D'un geste sûr et doux, il la déposa sur le lit. Sa chevelure auburn incendia la couette blanche.

Son fantasme prenait vie de la façon la plus sublime.

— Vous avez un temps d'avance sur moi.

Elle défit son étreinte et passa ses deux mains fébriles

sur son torse si masculin avant de les laisser explorer à leur guise le territoire brûlant sous le coton de sa chemise.

— Car vous en avez vu bien plus de moi que l'inverse.

Il prit avec une profonde satisfaction la mesure de son désir. Le simple contact de leurs peaux transforma sa chair en une braise incandescente.

Il parvenait à peine à y croire : elle était là, elle avait dit oui. L'heure n'était plus aux questions, le moment était venu de cueillir ce qu'elle lui offrait.

D'un geste fluide, il ôta sa chemise, serrant les mâchoires pour ne pas céder dans l'urgence à son envie de prendre possession d'elle tout de suite.

Il se força à ne pas aller trop vite. S'ils ne vivaient là qu'une parenthèse sacrée, Desmond voulait en faire un instant mémorable.

Il ne s'attendait pas à ce qu'elle se redresse pour tracer de sa langue un sillon torride sur son torse nu. La sensation le fit momentanément oublier tout ce qu'il avait prévu de lui faire.

— Oh ! Bon sang.

Il avait articulé ces mots dans un râle langoureux, osant à peine bouger tandis que Nicole posait les mains sur sa ceinture, avant de déboutonner lentement son pantalon.

Il lui fallut rassembler toute la volonté du monde pour retirer sa main avant qu'elle ne la pose sur le coton tendu de son boxer, que sa bouche ne s'aventure plus loin.

Il replia ses doigts autour des siens et, tant bien que mal, se releva.

— Ne bouge pas.

Il déposa un baiser sur sa crinière si sexy et lui tourna le dos. Le tutoiement qu'il venait d'employer impliquait une proximité soudaine qui fit grandir un peu plus l'impatience de Nicole.

— Je vais chercher de quoi nous protéger.

Il entra dans la petite salle de bains attenante, espérant de toutes ses forces y trouver des préservatifs.

Son regard tomba sur la boîte tant convoitée, rangée au fond d'un tiroir. Fébrile, il consulta la date d'expiration et... *Merci !* Elle n'était pas passée.

Il revint au lit, à Nicole, contournant la branche d'érable qui s'imposait de toute sa vigueur dans la pièce.

Il se pencha au-dessus de Nicole.

— Permets-moi.

Il referma ses doigts autour du jean de Nicole et le fit doucement glisser le long de ses cuisses. Il embrassa la courbe vertigineuse de sa hanche, enivré par l'odeur de sa peau.

D'un geste vif, elle le repoussa et passa au-dessus de lui. Il se laisse faire, fasciné de la voir ainsi prendre les rênes.

Il dégrafa son soutien-gorge et admira les seins voluptueux qu'il venait de libérer.

Elle se courba pour approcher de son oreille et confessa tout bas :

— Ça fait longtemps que je n'ai pas...

Il sentit la pointe de seins caresser son torse. Un délicieux supplice.

— J'en ai tellement envie. Envie de toi.

— Je vais m'occuper de toi... Mais avant ça...

Il l'enlaça et la fit basculer afin de reprendre le dessus.

— Si tu enfiles ce préservatif sur moi, je risque d'exploser sous le contact de tes mains. Moi aussi ça fait longtemps.

Il se leva pour retirer le reste de ses vêtements, sans quitter Nicole des yeux. La passion qu'il lisait dans son regard hurla en lui comme une sirène du désir, et il se hâta d'enfiler le préservatif. Il n'ôta pas – pas tout de suite – la dentelle qui couvrait ses chairs en émoi. D'un doigt avide et précis, il suivit la fente de son intimité et constata avec délice qu'elle était aussi prête que lui.

Mais il ne pouvait pas faire fi de ce qu'elle venait de lui

avouer ; elle n’avait pas connu d’homme depuis longtemps. Il allait donc veiller à rendre ce moment agréable pour elle. *Très* agréable.

Il sentit à quel point il avait envie, malgré lui, malgré tout ce qui lui dictait sa raison, d’imprimer son souvenir en elle.

— Desmond.

Elle lui attrapa le poignet, guidant sa main, suffoquant sous l’effet de sa caresse. Tendue comme un arc.

— Fais-moi confiance.

Un murmure comme une promesse soufflée à son oreille. Il glissa sa main sous la dentelle, observa sa réaction sous la lumière dorée d’un rayon de soleil qui perça en cet instant à travers les carreaux.

— Je connais exactement ma destination.

Elle relâcha son poignet, se détendit doucement jusqu’à ce qu’il trouve les caresses qu’elles semblaient le plus apprécier. Il l’embrassa doucement sur la joue, continuant à honorer de sa main le cœur battant de son désir.

Ses lèvres s’ouvrirent pour laisser passer un gémissement de plaisir.

Elle était incroyablement sexy.

De son pouce, il flatta la pointe dure de ses seins, avant d’y poser la bouche, la langue. Elle se cambra sous lui. D’un doigt, il s’invita en elle, continuant de goûter à sa poitrine voluptueuse, aux boutons roses et enflés qui ne demandaient que sa bouche.

Un spasme puis deux secouèrent le corps de Nicole, qui s’abandonna à lui dans un ultime cri de plaisir. Il poursuivit sa caresse aussi longtemps qu’il le put pour prolonger l’instant, savourant la scène qu’elle lui offrait. Lorsque la vague d’extase se retira, il fit glisser sa culotte de dentelle jusqu’à ses chevilles et la laissa retomber au sol.

Puis il prit place entre ses cuisses.

Leurs regards se croisèrent. Il observa ses joues rosies, ses lèvres humides et ne put résister à son envie de l'embrasser au moment où il entra en elle avec délice.

La sensation était divine.

Il résista à l'urgence de progresser toujours plus profondément en elle, lui laissant le temps de trouver son rythme à elle aussi. Il respira pour tempérer ses ardeurs.

— Tout va bien ?

Il lui caressa les cheveux en laissant son pouce parcourir la courbe douce de ses lèvres.

— Oui.

Elle ondula des hanches comme pour s'ajuster à sa pleine présence en elle.

— Très bien, même.

Ce petit mouvement de bassin lui fit l'effet d'une onde de choc, sous laquelle il manqua défaillir.

Il lui retourna la politesse en mettant ses hanches en action, acceptant ce qu'elle lui offrait.

Elle était généreuse. Désinhibée. Passionnée. Il se demanda s'il pourrait un jour éteindre la soif qu'il avait d'elle. Cette pensée le déconcentra l'espace d'un instant, mais il la balaya pour se concentrer sur Nicole. Sur ses besoins, ses désirs. Son corps magnifique.

Il la fit basculer au-dessus de lui, l'observant, découvrant ce qu'elle aimait, comment lui faire plaisir. Il sentit bientôt, trop vite la jouissance approcher. Il n'allait plus pouvoir se retenir.

Le corps de Nicole se raidit, tendu comme un arc tandis que l'orgasme montait en elle. Il s'abandonna à son tour, dans un râle délicieux et tourmenté.

Pantelant, il laissa la marée de plaisir l'envahir puis se retirer. Il roula sur le côté et passa une main tendre dans les cheveux de Nicole.

Repu – pour le moment –, il la serra dans ses bras et arrangea la couette autour de leurs corps nus, tâchant de croire que cet instant de grâce n'allait pas nuire à leur bonne entente future. Car ils allaient devoir faire front s'ils espéraient découvrir la vérité au sujet du père de Matthew. De Zach.

Cette pensée fit souffler une brise froide dans la pièce et en lui. Si son ami défunt était bel et bien le père de l'enfant, il lui faudrait garder le lien avec Nicole pour veiller au bien-être et à la sécurité financière de son neveu. Venait-il de tout gâcher en cédant à leur attirance réciproque ? Il ne pouvait pas la laisser penser que cette aventure sensuelle annonçait une suite plus sérieuse, une vraie...

À côté de lui, Nicole bougea.

— Ne pense pas à tout ça. Quelles que soient les pensées qui te traversent là, tout de suite, mets-les de côté. Ne te fais pas de souci.

Elle l'avait observé tout ce temps. Compris ce qui se tramait en lui. Bon sang. Il parvenait habituellement à très bien masquer ses sentiments. Il regretta qu'elle ait pu lire quoi que ce fût de négatif sur son visage. Il s'éclaircit la gorge et tenta de reprendre pleinement ses esprits.

— Je me disais simplement que nous devrions peut-être...

Elle posa un index sur ses lèvres.

— Que nous devrions aller manger.

Elle se releva, s'enroula dans le drap et partit en direction de la cuisine. Elle tourna la tête vers lui.

— Non ?

Elle ne tenait visiblement pas à revenir sur ce qu'il venait de se passer.

Il aurait tellement voulu l'avoir rencontrée dans un autre contexte. Ils n'auraient pas eu à réfléchir aux conséquences de leurs actes, seulement à profiter l'un de l'autre toute la nuit.

Il enfila une armure protectrice, se refusant à rêver ainsi.

— Nous pourrions sinon évoquer ce petit glissement de

terrain entre nous, alors même que nous devons collaborer dans les jours à venir.

Son ton s'était fait sec. Trop sec. Il alluma la lampe de chevet à sa main gauche.

— Cela va forcément affecter la dynamique entre nous.

Elle ferma les paupières un court instant. Lorsqu'elle les rouvrit, elle planta les yeux dans les siens.

— D'abord, on mange. Après on abordera les sujets qui fâchent. J'ai faim et je ne pourrai rien faire le ventre vide.

Il soupira et acquiesça.

Nicole s'habilla à la hâte et, sachant qu'elle déplorait peut-être leur petite sortie de route, Desmond s'efforça de détourner le regard.

Essaya.

Quand elle fut prête, il s'extirpa à son tour du lit, devinant à ses gestes empressées qu'il était vain de l'inviter à passer la nuit avec lui. À se délecter l'un de l'autre jusqu'à l'aube. C'était probablement elle qui avait raison. La sagesse voulait qu'ils referment tous deux ce chapitre sensuel.

Il comprenait parfaitement ce qu'elle ressentait. Lui-même avait des réticences compte tenu de la difficile mission qui les attendait. Tant que tous deux acceptaient le caractère très provisoire de leur rapprochement, tout irait pour le mieux.

Il ne servait à rien de regretter ce qu'ils venaient de partager. Surtout quand tout son être n'avait qu'une envie : recommencer.

Les sandwichs étaient bons, à n'en pas douter, mais Nicole avait comme perdu le goût depuis qu'elle avait quitté le lit. Elle avait vécu un moment incroyable, comme une révélation. Il lui faudrait en retour supporter le souvenir du regard sombre de Desmond une fois leur étreinte relâchée.

Elle n'avait pu lire dans ses pensées, mais devinait combien il se reprochait d'avoir commis une grossière erreur.

Elle allait profiter de ce déjeuner pour recouvrer le plein usage de son cerveau. Par chance, Desmond avait pris les choses en main et les avait tous deux servis. Ils mangèrent en silence, assis l'un à côté de l'autre sur les tabourets du bar.

Desmond finit par lancer la conversation sur des sujets sans danger : le ranch, les bêtes, la démarche écoresponsable de l'hôtel.

Nicole l'écoutait d'une oreille absente, s'inquiétant de sa capacité à retrouver une place plus normale dans cette relation. Jamais elle n'avait vécu un tel moment d'intimité avec un homme.

Elle avait traversé ses relations précédentes sans passion. Desmond avait fait naître une vie dévorante en elle. Cet homme devant qui elle n'aurait pas dû baisser la garde. Mais dans quoi s'était-elle donc embarquée ?

Elle nageait dans l'absurde. Elle n'aurait jamais cru faire partie de ces femmes qui se laissaient tout simplement... consumer par le désir.

C'était certainement un effet du stress intense qu'elle subissait depuis de longs mois. La mort de sa sœur avait fissuré le sol sur lequel elle tentait aujourd'hui tant bien que mal de tenir debout, avec un père à consoler et un neveu à protéger.

Elle l'interrompit doucement :

— Desmond. Je sais que ce qu'il vient de se passer ne doit plus se reproduire.

Elle se félicita de ne pas avoir flanché en prononçant ces mots.

— Tu n'as pas à t'inquiéter, je ne me fais pas de fausses idées.

— Ce n'est pas ça. Si ça ne tenait qu'à moi, nous...

Il posa sur elle un regard enflammé qui raviva son désir. Il déglutit et poursuivit tant bien que mal :

— Je ne veux simplement pas que tu interprètes tout ça de la mauvaise manière.

Elle prit sa remarque comme un coup de poing. Ses paroles l'atteignirent plus qu'elle ne l'aurait voulu. Elle se contenta de hocher la tête, en espérant qu'il n'ait rien perçu de son désarroi soudain.

— Ne t'en fais pas pour ça.

Elle changea de sujet, comme pour s'éloigner du champ de mines qu'était l'évocation de leurs ébats.

— Je peux te poser une question qui n'a rien à voir ?

— Bien sûr.

Elle vit qu'elle avait toute son attention.

— Tu m'as dit que vous aviez construit le ranch en souvenir de votre ami Zach.

— C'est exact.

— Pourquoi ici ? Pourquoi Mesa Falls ? Ça m'a intriguée que vous choisissiez le Montana alors que vous venez tous de Californie.

— Il y a deux raisons, à vrai dire. Tout d'abord, Zach adorait le livre de Henry Thoreau sur la vie en pleine nature. Il y pensait pour lui. Trouver une petite cabane et y vivre loin de tout pendant quelque temps.

Desmond semblait affecté. Lui était-il pénible de parler de son ami mort quatorze ans plus tôt ?

— Et il adorait les chevaux. Notre dernière sortie ensemble a été une randonnée à cheval.

— Il s'est tué lors d'un saut ?

Elle lut la douleur dans les yeux de Desmond et comprit que oui, évoquer le souvenir de son ami lui faisait toujours aussi mal. Comme le souvenir de Lana continuerait certainement de la faire souffrir elle aussi pendant de longues années.

— Zach est mort ce week-end-là, celui où nous sommes

partis en randonnée. Il a sauté dans une rivière, un coin que nous connaissions pourtant bien. Mais il avait plu la veille et le niveau d'eau avait grimpé.

Desmond avait le regard plongé dans le vide, happé par son passé.

— Il n'allait pas très bien, mais il ne voulait pas nous en dire plus. Il n'avait pas eu une vie facile, on a tous cru qu'il était rattrapé par son histoire.

Une idée terrible s'imposa à Nicole.

— Tu penses qu'il pouvait en réalité être tourmenté parce que...

— Parce qu'il venait d'apprendre que Lana était enceinte ?

Il secoua la tête, pour nier cette hypothèse ou pour chasser le désespoir qui montait en lui.

— Je me suis posé la même question. J'imagine qu'une telle nouvelle a de quoi perturber un adolescent, surtout lorsqu'il s'agit d'une relation avec une adulte majeure. Mais je n'arrive pas à croire à ce scénario.

— Si Zach s'était tué juste après l'annonce de cette grossesse, Lana aurait été dévastée. Elle n'aurait pas été capable de garder le secret sur le père de l'enfant. J'en suis certaine.

— Elle ne l'a peut-être pas su, tout simplement. Je n'arrivais plus à me souvenir de la période à laquelle elle a quitté l'école, mais tu m'as dit qu'elle avait déménagé durant Thanksgiving. Zach est mort ce même week-end. Et l'administration s'est bien gardée d'ébruiter l'information. Quand ils ont enfin daigné annoncer son décès, ils ont juste inscrit son nom, sans mentionner l'école.

— Et Lana était partie en Oregon, elle n'avait aucune chance d'apprendre la nouvelle.

Nicole sentit son estomac se nouer. Cette relation avait-elle réellement existé ? Elle avait toujours cru que Lana avait été abandonnée par son amant. Mais si Zach était le père de Matthew, la réalité était bien loin de ce qu'elle s'était imaginé.

— Je suis étonnée qu'elle n'ait pas essayé de prendre contact avec lui après la naissance de Mattie. Ou alors elle l'a fait et...

Nicole se perdit dans ses pensées, cherchant à esquisser une histoire dont elle ne connaissait rien. Pas plus qu'elle ne connaissait sa sœur, semblait-il.

Comment Matthew recevrait-il cette nouvelle ? Que sa mère avait eu une liaison avec un élève mineur.

— Nous ne sommes même pas certains que Zach ait été au courant de sa grossesse. Elle a peut-être rompu avec lui pour les protéger tous les deux d'un possible scandale. Leur rupture a sans doute été la cause de son malaise à l'époque.

Desmond se leva pour débarrasser la table, la mine sombre, les dents serrées.

Il avait vraisemblablement raison.

— C'est possible.

Cette grossesse non désirée avait pu déclencher une prise de conscience chez Lana.

— Ma sœur a probablement pris la mesure du pétrin dans lequel ils risquaient se trouver tous les deux.

— Si nos hypothèses sont justes. Après tout, nous ne sommes même pas sûrs qu'ils aient eu une relation. Nous n'avons aucun moyen de vérifier le lien filial entre Zach et Mattie.

Il rageait de ne pas avoir de réponse. Nicole comprit alors pourquoi il était si important pour Desmond de découvrir qui était le père de Matthew. Cette histoire le touchait en plein cœur.

— Nous en découvrirons peut-être davantage en discutant avec tes amis tout à l'heure ?

Elle fut étonnée de constater combien elle voulait le rassurer, alors qu'elle-même était perdue. Elle chercha à se convaincre qu'elle faisait simplement preuve d'empathie, de charité humaine. Mais, au moment de quitter la cabane et de remonter en selle, elle se demanda si leur union sensuelle ne l'avait pas un peu trop rapprochée de lui.

— Avant que nous rejoignions mes associés pour le dîner, je tiens à te préciser que je n'ai jamais cru à un suicide pour Zach.

Juste avant de sortir de la maisonnette, Nicole aperçut un dessin encadré et fut intriguée. Elle ne l'avait pas remarqué à son arrivée.

— Desmond ?

Elle fit glisser son doigt sur la crinière du cheval que l'artiste avait brillamment esquissé.

— C'est quoi, ce croquis ?

Son cerveau fut soudain en ébullition.

— Où l'as-tu trouvé ?

— C'est un dessin de Zach.

Les épaules de Desmond et Nicole se touchèrent. Elle sentit son souffle chaud près d'elle. Chassant la délicieuse sensation, elle leva les yeux vers lui, à la recherche d'une réponse qu'elle connaissait déjà.

Desmond s'expliqua :

— Il te dit peut-être quelque chose parce que Alec Jacobsen, l'un de mes associés, l'a repris dans un jeu vidéo à succès.

Nicole secoua la tête. Il s'arrêta net.

— J'ai presque le même dessin à la maison.

Elle n'avait jamais joué à la console de sa vie.

— Il appartenait à ma sœur...

7

— Toi, tu as besoin d'un petit remontant.

Disant cela, Gage Striker remplit le verre de Desmond.

Un petit remontant ? Cela n'allait pas suffire à le calmer. Il avala néanmoins d'un trait le bourbon que venait de lui servir son ami.

Il avait emmené Nicole chez Miles Rivera pour un dîner qui s'annonçait relativement paisible, avec des hôtes ouverts et souriants.

L'arrestation de Vivian Stephen avait mis fin au battage médiatique qui avait entouré l'affaire Chiara Campagna, et les journalistes s'étaient contentés de l'explication que les associés leur avaient fournie au sujet des recettes du livre de Salazar Alonzo : elles servaient à financer des actions humanitaires.

Jonah Norlander était rentré au lac Tahoe avec son épouse et sa fille. Alec Jacobsen était parti en tournée mondiale pour la promotion de son nouveau jeu vidéo. Les autres associés étaient présents, et l'ambiance était plutôt bonne.

La fiancée de Gage, Elena Rollins, s'efforçait de mettre Nicole à l'aise en évoquant la vie dans le Montana et les charmes de la Californie.

Desmond était curieux de découvrir plus amplement la splendide femme avec qui il venait de vivre des instants torrides, mais il fut alpagué par l'un de ses amis qui voulait parler business.

Il ne parvenait cependant pas à détacher son regard des courbes sensuelles de Nicole.

Gage interrompit ses rêveries.

— Tu peux me dire ce que tu contemples comme ça ?

Desmond lui jeta un coup d'œil surpris.

— Tu n'es pas discret, ton attirance pour elle saute aux yeux. Il y a quelque chose entre toi et cette femme. Et cela va au-delà de son neveu au père inconnu. Nous l'avons tous senti dès que vous êtes entrés.

Gage baissa la voix, plaçant son verre devant ses lèvres comme pour en masquer le mouvement.

— Donc n'essaye même pas de nier.

Desmond s'en voulut d'avoir laissé filer cette alchimie si particulière. Il aurait dû faire attention devant Nicole, ne rien laisser transparaître de ses doutes devant elle.

Il regrettait d'avoir cédé à son besoin de mettre leur relation dans une case, de lui faire comprendre qu'elle ne pouvait rien attendre de plus. À cause de lui, plus rien n'était possible.

— C'est le grand amour qui te rend si sensible ? Ou as-tu toujours eu un sixième sens ?

— Tu plaisantes, mais moi je suis sérieux. Tu n'es plus très objectif, on dirait.

Desmond pensa à Gage et Elena, qui avaient été séparés pendant six ans suite à une manœuvre pitoyable de son père à elle. Mais leur attirance mutuelle avait été la plus forte. Quand Elena était venue à Mesa Falls pour un reportage sur les mystérieux propriétaires du ranch mentionnés dans le livre d'Alonzo Salazar, le couple n'avait pas tardé à se reformer.

Trois de ses associés avaient d'ailleurs trouvé l'amour

ces derniers mots. Mesa Falls semblait être frappé par les flèches de Cupidon.

Mais ils ne devaient certainement pas compter sur lui pour se mettre dans le rang.

— Moi, pas objectif ? S'il y a une tension entre Nicole et moi, c'est simplement parce qu'on n'a pas arrêté de parler du passé. De Zach.

Ce qui était vrai. En partie. La révélation au sujet du dessin de Zach tournait en boucle dans sa tête, tout comme les souvenirs de leurs ébats.

Gage lui posa une main amicale sur l'épaule.

— J'imagine comme ça peut être dur pour toi. Ça l'est pour nous tous. J'espère que nous pourrons trouver des réponses et laisser la vie reprendre son cours, en gardant en nous tout ce que Zach nous a apporté.

Desmond leva son verre en silence pour valider les vœux de son ami. Il décida ensuite de ne plus avaler une goutte, car il devait garder les idées claires.

Il devait reconduire Nicole au lodge après le dîner. Ils se retrouveraient de nouveau seuls, tous les deux. Et il ne pouvait plus se permettre de prendre des décisions à l'instinct, dictées par la flamme qu'elle allumait en lui.

— Fut un temps, nous n'espérions que ça en développant ce ranch. Nous souvenir de Zach, ne conserver que les meilleurs souvenirs.

— Oui, mais depuis il y a eu le livre d'Alonzo, le lien trouble avec Matthew Cruz. Reste à déterminer si ce gamin est le fils de Zach ou non.

— Et si c'est le cas, quel est notre rôle auprès de lui ?

Nicole n'avait rien voulu savoir au sujet d'un possible partage des parts entre les associés du ranch et son neveu. Desmond savait pourtant que ses amis auraient le même réflexe que lui.

Mais si cela allait à l'encontre du désir de Nicole, de sa

sérénité et des bons rapports avec son neveu, pouvait-il lui imposer leur choix ? L'idée qu'elle puisse être inquiète de leur place à tous dans la vie de Matthew le dérangeait. Lui ne voulait pas d'enfant, mais il ne tenait en aucun cas à déstabiliser le jeune adolescent, qui n'avait rien demandé.

Il observa Chiara et Nicole, penchées sur un écran de téléphone. Il devina que Nicole lui montrait la photo du dessin, celui qu'elle avait reconnu dans la cabane. Elle avait les sourcils froncés : il eut soudainement envie de poser ses lèvres sur ces plis soucieux pour les effacer.

Mais enfin ? D'où lui venait une pensée pareille ? Il avait cru, espéré même, que céder à la tentation permettrait de dissiper la tension sexuelle entre eux. Mais l'inverse s'était produit. Il était de plus en plus attiré par elle, quoi qu'il ait pu en dire.

— Messieurs.

Chiara s'avança vers le bar et la table de billard, autour desquels ils étaient rassemblés. Elle semblait tout droit sortie de son compte Instagram. Chiara était l'une des femmes les plus photographiées au monde. Pourtant, elle n'arrivait pas à la cheville du diamant brut posté à ses côtés. Tout du moins aux yeux de Desmond.

Miles s'approcha de sa future épouse.

— Que se passe-t-il ?

— Il faut que vous voyiez ça. Je peux, Nicole ?

Nicole hocha la tête en guise de réponse. Desmond dut se retenir d'aller la rejoindre, de passer un bras autour de sa taille et de la rassurer. Même s'il avait été clair sur le fait que leur relation n'aurait aucune suite.

— Nicole a demandé à son père de prendre en photo le dessin qu'elle a chez elle.

Chiara fit glisser son doigt sur l'écran afin de permettre la comparaison instantanée des deux clichés, celui du dessin encadré dans la cabane et celui qui avait appartenu à Lana Allen.

— Il semble évident que ces deux dessins sont du même artiste. Nicole se souvient que sa sœur avait fait encadrer le sien pour l'accrocher dans la chambre de son fils. Elle l'avait donc en sa possession avant la naissance de Matthew.

Un murmure stupéfait parcourut la petite assemblée. Le regard de Desmond se posa immédiatement sur le visage de Nicole. S'en voulait-elle de ne pas avoir partagé la nouvelle avec lui d'abord ?

Il ne lut aucune réaction dans ses yeux. Il en fut irrité, et une certaine impatience le gagna.

— Et il y a mieux. Nicole a retrouvé un carnet de croquis dans les affaires de sa sœur.

Chiara afficha une nouvelle photo sur l'écran de son téléphone. Elle était tirée du jeu vidéo pour lequel Alec avait utilisé des dessins de Zach. On y voyait, outre un cheval, un renard, un sanglier et un coq.

— Vous voyez ces dessins d'animaux en arrière-plan ? On retrouve les mêmes sur les croquis dessinés dans le fameux carnet.

Miles prit le téléphone et zooma.

— Les dessins ne sont pas signés ?

— Non. Mon père a fait le trajet jusque chez moi pour prendre ces photos. Je lui ai demandé de poster le carnet ici pour que vous puissiez examiner les dessins par vous-mêmes.

Un silence lourd de sens s'installa entre eux. Desmond finit par prendre la parole, exprimant tout haut les questions que chacun des associés se posait tout bas.

— Il faut qu'on discute de ce que cela implique pour nous, et pour Mesa Falls, si Matthew Cruz est bien l'héritier de Zach.

S'il ne tenait pas à aborder le sujet durant le dîner, en présence de Nicole, Desmond se devait d'établir officiellement le probable lien de sang entre Matthew et Zach. Alec et Jonah participeraient à distance aux discussions.

Nicole prit la parole. Son ton était tranchant.

— Allez-vous aussi discuter du fait que votre ami s'est servi de dessins dont il n'avait pas la propriété intellectuelle ? Ou bien allez-vous également mettre ça sous le tapis, comme vous l'avez fait avec l'existence de Zach ?

Cette accusation visait tous les hommes présents, mais Desmond fut certain qu'elle s'adressait avant tout à lui.

Il leva la main pour protester.

— Tu es injuste.

Mais Nicole ne semblait pas intéressée par ce qu'il avait à dire. Elle fit volte-face et quitta la pièce.

Debout dans la nuit glaciale sur le porche de la maison, Nicole entendit quelqu'un approcher derrière elle.

Elle n'avait aucune envie de parler à Desmond. Elle reconnut le bruit de talons hauts sur le sol en bois et se retourna.

Chiara Campagna s'avançait vers elle, si belle qu'elle semblait précédée par son propre filtre Instagram.

Nicole lui sourit tristement.

— J'espère ne pas t'avoir heurtée tout à l'heure. Tu as été tellement bienveillante avec moi.

— Mais pas du tout. Au contraire. Cela fait des semaines que je tanne Miles avec les mêmes questions.

Chiara soupira.

— Crois-moi, j'ai autant que toi envie d'obtenir des réponses.

Nicole lut de la douleur dans le regard de la star des réseaux sociaux, qui s'empressa de la masquer.

— Et je pense que c'est aussi le cas de Miles, de Desmond

et des autres. Mais ils sont pris par le doute. Ils ne savent pas bien dans quelle direction avancer.

— Pourquoi se sont-ils tous mis d'accord pour cacher l'existence de Zach au monde entier ? En tant que personne et en tant qu'artiste, aussi. S'ils ont repris le ranch en souvenir de leur ami, pourquoi aucune plaque commémorative n'a-t-elle été installée dans l'hôtel ? Pourquoi ne pas le mentionner sur leurs supports de communication ? Ils disent penser à leur ami, mais c'est comme s'il n'avait jamais existé !

Nicole frissonna. Chiara lui fit signe de la suivre pour se mettre au chaud à l'intérieur.

— Je crois qu'ils ont choisi le silence comme solution il y a bien longtemps. À l'époque, la famille de Gage Striker a tout fait pour que cette mort, accidentelle ou non, ne soit pas ébruitée. Le père de Gage surtout avait des ambitions politiques pour son fils. Et il ne voulait pas que son fils soit mêlé, de près ou de loin, à cette disparition et à une possible enquête. Personne n'a aidé ces adolescents à se remettre de la mort de leur ami. Ils se sont débrouillés comme ils ont pu. Le ranch a réellement été une forme d'hommage à leurs yeux.

Observant cette histoire sous un jour nouveau, Nicole voulut croire à une issue favorable. Elle-même avait terriblement souffert de la mort de Lana.

Qu'aurait-elle fait si tout cela s'était produit durant son adolescence ? Elle repensa aux confessions de Desmond sur la mort de son ami, de son *frère* de cœur.

— Que vont-ils faire à présent, selon toi ? Ils ne peuvent pas fermer les yeux sur le fait qu'Alec a exploité les œuvres de Zach sans mentionner leur ami ?

— Quand te souviens-tu avoir vu ce carnet de croquis pour la première fois ?

— L'année où Mattie est né. Je l'avais vu dans un tiroir

un jour où je le gardais. J'avais fait le déplacement pour les voir en Oregon.

— Parfait. Personne ne pourra prétendre que ces croquis ont été réalisés après la sortie du premier jeu vidéo. Quelle que soit l'identité de leur auteur, et je suis persuadée que c'est Zach, il a largement contribué au succès de la saga.

Les yeux de Chiara s'embuèrent.

— Mais il leur faudra un peu de temps à tous, y compris à Desmond, pour accepter que l'un des leurs les ait trahis, a trahi le monde entier.

— J'espère que cela ne les empêchera pas de chercher à établir un possible lien de sang entre Zach Eldridge et Matthew. Le fait que ma sœur ait accroché ce dessin dans la chambre de son fils est un signe. Du moins à mes yeux. L'unique raison de ma présence ici est de découvrir la vérité, de savoir qui est le père de Mattie.

Des pas résonnèrent derrière elle. Une voix d'homme la questionna :

— Nicole, es-tu prête à partir ?

Desmond se tenait à quelques mètres d'elle. Il avait, à n'en pas douter, saisi quelques bribes de la conversation entre elle et Chiara.

Son regard était distant, il était sur la réserve. Il ne restait plus aucune trace de la passion qui les avait étreints quelques heures plus tôt. C'était certainement mieux ainsi.

Très certainement.

Il avait d'ailleurs été très clair à ce sujet. Elle ne comptait pas se faire de « fausses idées » sur leur relation. Elle devait concentrer toute son attention sur le père de Mattie, plutôt que de céder ainsi à ses pulsions physiques.

Peu importait ce que Desmond pouvait penser d'elle à présent.

L'étreinte de ses bras lui manquait. Sa bouche. Ses mains. Elle n'allait pas le nier, mais tâcher de l'oublier.

— Tout à fait.

Elle aussi savait se montrer froide si besoin.

— Laisse-moi juste dire au revoir aux autres et j'arrive. Je ne serai pas longue.

— Entendu, je t'attends là.

Elle lui tourna le dos, se persuadant qu'il valait mieux tuer ainsi toute relation dans l'œuf plutôt que de risquer, tôt ou tard, de souffrir. À cause de l'homme le plus séduisant, le plus attirant qu'elle ait jamais rencontré.

8

Installé à son bureau, Desmond fixait l'écran de son ordinateur, examinant en détail les croquis que Nicole avait, d'après ses dires, trouvés dans les affaires de sa sœur.

Il n'avait pas voulu attendre le lendemain et la livraison du carnet en question. Il l'avait donc priée de lui envoyer les photographies que son père avait prises.

La veille, leur conversation sur le chemin du retour s'était limitée à ces détails pratiques. Aucun d'eux n'était d'humeur bavarde.

« L'unique raison de ma présence ici est de découvrir la vérité, de savoir qui est le père de Mattie. »

C'est ce qu'il l'avait entendue dire à Chiara. Il n'aurait pas dû s'en étonner, car rien n'était plus vrai.

Il le savait pertinemment.

Il aurait cependant aimé que l'alchimie de leurs corps y soit aussi pour quelque chose, que les charmes du Montana – et les siens – aient opéré leur magie sur elle.

Ce n'était pas le cas, en tout état de cause.

Il chassa ces pensées de son esprit, encore une fois. Il était lassé de lutter contre son envie d'elle.

On frappa à la porte. Il ne leva pas la tête.

— Entrez.

Une femme de ménage entra timidement.

— Monsieur Pierce ? Une certaine Mme Cruz vous attend au salon.

Son pouls s'emballa, comme en plein looping sur un manège à sensations. Il se contenta d'éteindre son écran et de se lever. Hors de question que l'employée du ranch le voie dans tous ses états.

— Je vous remercie.

Il hocha la tête pour lui signaler qu'il s'occupait de son invitée.

— Je m'en vais de ce pas la rejoindre.

— Bonne soirée, monsieur.

— Bonne soirée à vous aussi.

Si Nicole était venue à lui, cela ne pouvait être que pour une question pratique ou pour évoquer Matthew et Zach. Le savoir n'empêcha pas sa peau de frissonner, l'avidité de lui mordre les tripes. Il avait encore envie d'elle.

Encore et encore.

Il referma la porte de son bureau derrière lui, se répétant que cette attirance était purement physique.

Ce qu'il ressentait en sa présence, il ne l'avait jamais ressenti auparavant. Aucune femme ne lui avait jamais fait un tel effet. Penser à Nicole suffisait à éveiller en lui les souvenirs torrides de leur après-midi à la cabane. Il revivait la scène au ralenti, zoomait sur les détails, se rejouait chacun de leurs mouvements.

Les sensations étaient encore vivaces en lui, à tel point qu'elles occupaient son esprit tout entier. Cette immersion charnelle, sensorielle, le fit craindre d'avoir bien plus qu'une simple fascination sexuelle.

L'instinct protecteur qu'elle manifestait pour Matthew lui donnait une force incroyable. Elle prenait son rôle au sérieux, alors même qu'aucun lien du sang n'existait entre elle et sa sœur, et à plus forte raison son neveu.

Desmond était admiratif de sa fidélité de cœur, surtout

après avoir grandi dans un foyer où régnait tout l'inverse. Il se sentait bien petit face à l'amour et aux efforts que cette femme déployait pour son neveu. Nicole forçait le respect. Son respect.

Avant d'ouvrir la porte du salon, il prit une profonde inspiration, se préparant à l'effet que Nicole aurait, encore une fois, sur lui. Il pensait avoir craqué pour cette femme après l'avoir aperçue en nuisette. Il comprenait à présent que des couches de vêtements, un pull hideux ou un bon vieux pyjama n'y auraient rien changé. Il était captivé par elle. Irrésistiblement.

— Nicole.

Il avait prononcé son nom dans un souffle. La voir soulageait – momentanément – le désir impérieux qui lui rongeait les sens.

Elle portait un pull bleu pâle et une jupe portefeuille grise frappée d'un grand iris violet. Ses longs cheveux lui tombaient en cascade sur les épaules. Dieu qu'il avait envie d'enrouler ces mèches douces autour de ses doigts.

S'était-elle faite belle pour lui ? L'idée était plaisante, mais ses mots lui revinrent en mémoire : « L'unique raison de ma présence ici est de découvrir la vérité. »

Il était grand temps de se le rappeler.

— Je ne te dérange pas, j'espère ? Si tu veux, je peux repasser plus tard ?

Elle tourna le dos à la chaîne des Bitterroot et au splendide sommet de Trapper Peak.

— Je viens de recevoir le carnet de croquis que mon père a envoyé en express. Je me suis dit que ça pourrait t'aider de l'avoir entre les mains, pour pouvoir l'examiner de tes propres yeux.

Elle sembla chercher à se justifier.

— Mon père n'en avait pas photographié toutes les pages.

De l'index, elle désigna une grosse enveloppe posée sur la table près de lui. Il ne l'avait pas remarquée.

Nicole semblait distante, comme elle l'avait été la veille lorsqu'ils étaient rentrés de chez Miles. Il aurait certainement dû s'en réjouir, mais il ne cessait de se dire combien il aurait aimé, à la place, qu'elle se jette à son cou.

Qu'elle le touche, lui arrache sa chemise. Qu'elle plante ses ongles dans la peau de ses épaules en réponse au plaisir qu'il lui donnerait. Bon sang, il détestait la froideur polie qui s'était installée entre eux.

— Tu ne me déranges pas.

Il fit un pas vers elle, comme mû par une force invisible.

— J'étais justement en train de visionner les images que tu m'as envoyées. Donc l'arrivée des originaux tombe à pic.

Le père de Nicole n'avait par exemple pas photographié la couverture du carnet de croquis. Il se demanda si elle pourrait leur apporter des indices sur l'identité de son propriétaire.

— Que recherches-tu exactement dans ces dessins ?

Se méprenait-il ou était-elle, tout comme lui, perturbée par leur promiscuité ? Il l'espérait.

— Je ne sais pas vraiment, admit-il en regrettant de ne pas avoir de réponse plus concrète à lui apporter. Mais découvrir quelque chose qui a, vraisemblablement, appartenu à Zach, quelque chose dont je ne connaissais pas l'existence jusque-là, me touche. C'est comme si j'entendais de nouveau sa voix.

Elle le suivait du regard. Elle leva bientôt la tête pour le fixer droit dans les yeux, et il s'aperçut par son mouvement qu'il s'était approché un peu plus encore d'elle.

— Je comprends très bien.

Elle hocha la tête, faisant malgré elle danser ses boucles auburn sur ses épaules.

— Après sa mort, j'ai passé des heures à trier les affaires

de Lana. J'avais besoin de le faire, de prendre le temps de tout passer en revue, de toucher des objets qu'elle avait tenus entre ses mains avant moi, découvrir des petits trésors qui devaient être importants pour elle. Un petit mot dans une boîte à bijoux, des fleurs séchées rangées entre les feuilles d'un cahier, un ticket de cinéma...

Elle lui parut si triste soudainement qu'il ne put réprimer un mouvement de compassion. Du bout des doigts, il caressa ses cheveux, entremêlant ses doigts aux mèches soyeuses, légèrement bouclées.

— Je ne peux qu'imaginer l'enfer que tu vis depuis un an. J'en suis tellement désolé.

Il l'admira de tenir bon, de garder le cap dans la tempête émotionnelle et logistique qu'elle traversait depuis le décès de sa sœur.

Elle avait dû se battre avec l'administration pour obtenir la garde de Matthew. Tous ces papiers à remplir, ces courriers à envoyer, ces appels à passer. En plus du chagrin.

— Cela n'a pas dû être facile de recueillir un enfant du jour au lendemain. De devenir parent, d'une certaine manière.

Nicole se tint immobile pendant un long moment. Sans s'approcher de lui, mais sans reculer non plus. Il lutta pour ne pas poser ses lèvres sur sa belle chevelure, embrasser son front.

Il avait tellement envie de la tenir contre lui et de lui offrir le réconfort de ses bras compatissants.

Dans un léger sursaut, elle s'éloigna brutalement de lui pour se poster devant la baie vitrée ouverte sur la montagne au loin.

— Oui, ça a été horrible.

Son émotion s'entendait dans sa voix. Touché par sa peine, il se sentait en même temps perturbé de constater son besoin d'espace. Elle ne voulait pas être près de lui.

Elle enroula ses bras autour de sa taille, dans un geste d'autoprotection.

— Mon père n'est plus que l'ombre de lui-même. Il est inconsolable et n'a pas pu m'aider avec Matthew. Je me suis retrouvée absolument seule.

Elle tourna la tête pour le regarder.

— Et Mattie a géré le deuil à sa manière, différemment des ados de son âge. Il a son monde à lui.

Desmond secoua la tête.

— Si la mort de Zach m'a appris une chose, c'est que chacun de nous fait ce qu'il peut face à la mort d'un proche. Chacun réagit à sa manière, se débrouille pour ne pas sombrer. À l'époque, Alonzo Salazar a trouvé de bons exutoires pour les adolescents que nous étions.

— Comment ça ?

Sa curiosité le prit par surprise. Il hésita à lui en dire davantage. Il n'avait jamais abordé ce sujet facilement, ni avec lui-même ni avec d'autres. Mais, s'il voulait se rapprocher de nouveau d'elle, il ne pouvait pas continuer ainsi à se murer dans une tour d'ivoire invisible. Un palais d'argile, plutôt.

Il était la cause de cette distance qui s'était installée entre eux. C'était à lui de réparer les dommages qu'il avait engendrés, à son plus grand regret.

— Les bonnes œuvres.

Il traversa le salon pour la rejoindre devant la baie vitrée.

— Pendant des mois, j'ai consacré tout mon temps libre à une association qui venait en aide aux femmes battues ou isolées, et à leurs enfants. Il fallait que je m'engage dans une démarche positive. Cela a été ma façon d'honorer Zach, en œuvrant pour une cause qui lui tenait à cœur.

Nicole le dévisageait, elle semblait lire en lui comme dans un livre ouvert.

— Je me souviens de ta réaction quand j'ai dit que le père de Lana était violent.

Elle avait parlé avec toute la douceur du monde.

— Zach venait d'une famille sans amour ? Où les coups remplaçaient les mots doux et l'affection ?

— Oui. Comme moi.

C'était la première fois qu'il se confiait ainsi à une femme. Seuls ses amis connaissaient son histoire.

— Zach a été le premier à saisir, à concevoir très précisément ce que je subissais au quotidien. Il avait vécu la même chose. Il...

Le souvenir de leur lien si fort, de l'écoute attentive et de l'empathie dont son ami avait fait preuve, le fit chanceler. Il n'avait pas besoin d'expliquer à Zach ce qu'il vivait. Son ami le comprenait. Il avait ressenti un tel soulagement, une telle gratitude d'avoir trouvé quelqu'un d'aussi précieux. Ceux qui n'avaient jamais vécu avec un parent violent ne pouvaient pas se figurer les souffrances infligées aux enfants.

— Il m'a aidé à traverser beaucoup de choses. Et il m'a appris à ne pas me laisser faire.

Elle glissa ses doigts entre ceux de Desmond, un contact d'une chaleur bienvenue, auquel il répondit en serrant fort sa main. Sa compassion était d'autant plus délicate qu'elle n'était teintée d'aucune pitié.

Il prit une profonde inspiration et poursuivit :

— Bref, j'ai mis toute l'énergie du désespoir dans mon action auprès de ce foyer. Je triais les vêtements que les donateurs nous apportaient, j'animais des jeux et des sorties pour les enfants, je faisais le ménage. Je me rendais utile autant que je le pouvais. J'ai organisé une collecte de fonds avec l'école. Avec l'argent récolté, l'association a pu acheter un nouveau bâtiment d'accueil.

— Tu as été bien plus productif que moi durant ta période de deuil. Certains jours, il m'arrive de me noyer dans un verre d'eau. Je ne sais alors même plus comment je tiens encore debout.

Elle baissa la tête et étudia leurs deux mains entrelacées.

— Quand je m'autorise à penser à Lana, au fait que je ne pourrai plus jamais lui parler, je n'arrive plus à respirer. C'est atroce.

Il passa un bras autour de ses épaules et l'attira contre lui. Ils restèrent ainsi un long moment, reposant l'un contre l'autre. Il aurait tellement voulu pouvoir la soulager de sa peine. Il savait pourtant que le processus de deuil devait se faire, qu'on ne pouvait accélérer la guérison du cœur.

Il ne pouvait même pas lui dire que la peine s'atténuait avec le temps, car ce n'était pas vrai. On apprenait simplement à vivre avec, tant bien que mal.

Elle changea de position, et il relâcha son étreinte afin de lui laisser le champ libre. Elle se passa une main dans les cheveux, provoquant un délicat mouvement de sa jupe contre ses mollets, que couvraient ses bottes en cuir.

— Attends, je vais te montrer le carnet de croquis.

Elle alla chercher l'enveloppe, ajoutant tout bas :

— J'étais quand même venue là pour ça.

Elle sortit le carnet et le lui tendit.

— Chiara n'a aucun doute. Pour elle, il s'agit bien des dessins de Zach. Elle ne se souvient pas l'avoir vu avec celui-là en particulier, mais elle m'a fait remarquer les petits dessins griffonnés sur la couverture. Il le faisait sur tous ses carnets, elle se le rappelle très bien.

— Tu lui as montré le carnet, déjà ?

Elle s'installa dans le fauteuil le plus proche, et il vint s'asseoir près d'elle. Leurs genoux se touchaient. La sensation suffit à faire naître en lui les réminiscences de leur étreinte dans la cabane, où il était parti à la découverte de son corps tout entier. Leurs regards se croisèrent, et il sut qu'elle pensait à la même chose.

— Non, mais hier soir elle m'a envoyé quelques esquisses qu'elle a réalisées de mémoire. Quand le paquet est arrivé ce matin, je lui ai envoyé en retour une photo de la couverture.

Nicole sortit son téléphone de son sac et lui montra l'écran.

— Voilà ce qu'elle avait dessiné.

Desmond prit le téléphone, examina avec attention les croquis de Chiara et lut les quelques notes qu'elle avait rédigées pour les accompagner.

Il s'agissait de motifs simples et répétitifs : des plumes, des écailles, des pétales, des feuilles.

— Tu reconnais son style ? Pour toi, ça lui ressemble ?

Nicole se pencha sur l'écran pour inspecter de nouveau les photos envoyées par Chiara. Le parfum de sa chevelure bouleversa Desmond, qui n'eut bientôt plus qu'une envie : plonger son visage dans cette masse soyeuse.

Il se reprit, le sujet était bien trop important pour qu'il se laisse ainsi distraire.

— Ça me dit quelque chose, enfin je crois. Mais je serais bien incapable d'affirmer quoi que ce soit. En revanche, on peut faire confiance à Chiara. Elle était au stage d'arts plastiques avec lui l'été avant sa mort. Et, d'après ce que j'ai compris, elle s'intéressait beaucoup à ce qu'il faisait.

Nicole sourit, se souvenant d'une confession que la star des réseaux sociaux lui avait faite.

— Elle avait un très gros faible pour lui, à l'époque. Elle me l'a dit hier soir. Je suis sûre que l'ado de quinze ans qu'elle était collectionnait le moindre croquis réalisé par l'artiste en herbe adulé par elle.

Nicole se tourna vers Desmond.

— Maintenant, regarde les dessins ici.

Il porta son attention sur le carnet, qu'il avait posé devant lui. Il le saisit avec délicatesse et l'ouvrit, en prenant soin de faire glisser son élastique le plus doucement possible. Sur la couverture, il vit une tête de lion partiellement recouverte.

Sa crinière était composée de tous les éléments esquissés par Chiara : des feuilles, des écailles, des pétales et des plumes.

Il se souvint que Zach dessinait tout le temps. Entre les cours, pendant les cours, même le soir dans sa chambre lorsque les autres s'amusaient.

Desmond avait oublié à quel point son ami aimait sortir ses crayons et laisser libre cours à son imagination. Il en avait sous les yeux la preuve irréfutable. Grâce à Nicole. Elle avait permis à ce souvenir de se retisser en lui.

Elle se pencha pour étudier avec lui les croquis de Zach. Ses cheveux caressèrent l'épaule de Desmond.

— Cela ne peut pas être une coïncidence.

Elle l'interrogea du regard.

— Tu en penses quoi, toi ?

Il hésita, sachant qu'elle attendait de lui qu'il confirme son hypothèse, à savoir que Zach était bien le père de Matthew. Il aurait tellement voulu aller dans son sens, mais il n'était pas entièrement sûr.

— J'aimerais te dire que ces dessins sont bien de lui. Mais tout ce que nous faisons, c'est tenter de constituer un puzzle à partir de pièces éparses. Ce ne sont que des suppositions, Nicole. Toutes les personnes qui détenaient la vérité sont mortes.

Elle fronça les sourcils et redressa le buste pour mieux l'observer.

— Pour toi, il ne s'agit pas du carnet de ton ami ?

— Si, je pense que c'est le cas.

Il se souvenait avec une précision nouvelle de Zach en train de dessiner. Il le revit au lycée, comme si tout cela s'était produit la veille.

— Et pas seulement parce que Chiara a fait le lien. À cause des dessins à l'intérieur, aussi. Et du cheval dans la cabane, la ressemblance frappante avec celui repris par Alec.

— Alors pourquoi avoir hésité, dans ce cas ?

Elle récupéra son téléphone et le rangea dans son sac, installant une plus grande distance entre eux.

Il savait qu'il devait lui laisser sa liberté. Il avait beau désirer plus que tout la tenir encore une fois dans ses bras, il savait que cela ne risquait pas de se reproduire.

Si seulement il avait pu revenir en arrière, remonter le cours du temps et tenir un autre discours après leur instant magique. Remonter le cours du temps pour y trouver les réponses aux questions qui la tourmentaient autant que lui.

Mais c'était impossible.

— Parce que même si je sais que ce carnet appartenait à Zach, cela ne prouve pas qu'il est bien le père de Matthew. Et, au bout du compte, c'est la seule information qui t'intéresse.

Elle se raidit, et un silence pesant s'installa entre eux. Lentement, elle replaça le carnet dans l'enveloppe.

— Attends, je vais t'aider, ce sera plus facile.

— C'est bon, je peux le faire toute seule.

Elle se leva. L'envie de la retenir fut si forte qu'il coinça ses mains dans ses poches pour ne pas qu'elles s'agrippent à la taille de Nicole.

— L'un de vous a contacté Alec pour lui demander d'où il tenait les visuels qu'il a exploités pour ses jeux vidéo ?

— On a essayé. Il devait passer quelques jours dans mon casino pour y faire la promotion de son jeu et s'assurer que tout se passe bien en mon absence, mais personne ne l'a vu depuis hier soir.

— Quoi ? Tu veux dire qu'il se fait tout petit depuis que l'un de vous l'a informé discrètement. Il a été mis au courant pour les croquis de Zach et il a déguerpi aussitôt.

Desmond se leva.

— Non ! Je suis certain que ce n'est pas pour ça.

— Ah, vraiment ?

Elle se planta à quelques centimètres de lui. Il n'avait qu'à tendre le bras pour la toucher.

— Pourtant c'est une drôle de coïncidence, tu ne trouves pas ?

— Personne ne l'a prévenu en cachette.

— Qu'est-ce que tu en sais, après tout ?

— Parce que j'ai fait appel au même détective privé que pour toi. Je lui ai demandé de garder un œil sur Alec tout ce temps.

— Si tu le fais suivre, comment se fait-il que tu ne saches pas où il se trouve ?

La colère de Nicole avait quelque chose de terriblement sensuel. Sa respiration saccadée n'était-elle due qu'à son emportement ? Il espérait en être aussi un peu la cause.

Pouvait-elle lui faire confiance ?

Elle croisa les bras, comme pour mettre une barrière entre eux.

— Je n'ai pas dit ça.

Desmond gardait les mains dans ses poches, les épaules tendues.

— Pardon ?

— J'ai dit que personne ne l'avait vu au casino.

Elle leva un sourcil interrogateur, attendant la suite avec une impatience teintée d'un franc agacement.

— Il est à New York. J'espère qu'il a une bonne raison d'être parti là-bas. Je n'ose me résoudre à croire en sa culpabilité, mais j'ai l'impression qu'il cherche à quitter le pays plus tôt que prévu. Et pas pour sa tournée de promotion.

Desmond la dévisagea. Il prit le temps de quelques respirations avant de tendre le bras en direction du canapé.

— Tu ne veux pas te rasseoir et qu'on discute de tout ça plus calmement ?

Pouvait-elle *se* faire confiance ? Se retrouver de nouveau si près de lui...

— Je suis très bien ici, je te remercie.

Elle n'avait pas eu l'intention de répondre si sèchement. Mais il était trop tard. Elle reprit leur fil de leur échange sur un ton plus calme :

— Qu'est-ce qui te fait croire qu'il cherche à quitter le pays ?

Desmond se mordit l'intérieur de la joue. Il s'apprêtait à lui révéler des informations très sensibles.

Elle méritait la vérité, après tout.

— Le détective privé m'a dit qu'il venait de renouveler son passeport. Et il a rendez-vous avec son conseiller financier cet après-midi.

— Pourquoi l'as-tu fait suivre ? Est-ce parce que, comme moi, tu penses que ton ami a exploité l'œuvre de Zach et détourné ses droits d'auteur ?

— Je l'ai fait suivre parce que je ne suis pas entièrement convaincu que Vivian Fraser ait agi seule et menacé Chiara de son propre chef.

Son regard se perdit dans le vide. Lassé, il ajouta :

— Et, pour ce que ça vaut, Alec a mentionné Zach comme source d'inspiration. C'était dans une vidéo qui a fait des millions de vues.

— Il l'a publiée sous couvert d'anonymat ! Je l'ai vue, cette vidéo.

Cette histoire ne la concernait pas directement, pourtant elle ne pouvait s'empêcher d'être violemment indignée.

Elle venait tout juste de découvrir l'existence de Zach Eldridge, ce jeune homme mort bien trop tôt. Et elle avait envie de protéger sa mémoire.

— D'ailleurs, il ne mentionne pas le nom de Zach, il évoque juste un ami. Pas de nom, pas de droits d'auteur à payer.

Desmond soupira.

— Si Matthew est le fils de Zach, je remuerai ciel et terre pour le mettre à l'abri financièrement. Je t'en fais la promesse.

Tout dans sa voix et dans sa posture témoignait de sa sincérité.

Elle sentit alors une peur familière l'envahir : que se passerait-il si les hommes de Mesa Falls en venaient à user de leur influence pour prendre sa place dans la vie de Mattie ?

9

Elle le remercia, sincère elle aussi, pour cet engagement fort. C'était la première fois que quelqu'un lui tendait réellement la main depuis la mort de Lana.

— Mais cela ne te donnerait en aucun cas le droit de remettre en cause la garde de Mattie.

Il lui répondit par un sourire triste.

— Cela va sans dire. Après l'enfance que j'ai vécue, je n'ai aucune envie d'être père, crois-moi.

Ils échangèrent sur la suite des événements et les démarches qu'ils allaient entreprendre pour prouver, si c'était le cas, la paternité de Zach. Nicole devait contacter les services sociaux de Californie afin d'identifier la famille de Zach et de récolter des échantillons d'ADN.

Desmond accepta de faire appel à un avocat pour l'aider à déposer une plainte. L'empire d'Alec Jacobsen valait une fortune, et si Mattie était bien le fils de Zach, une part lui en revenait.

Lorsqu'elle sortit de chez lui, Nicole ne pensait pourtant qu'à une seule chose : la façon avec laquelle Desmond lui avait assuré qu'il n'aurait jamais d'enfant.

Cela ne la regardait pas, à dire vrai, mais elle ne pouvait s'empêcher d'être désolée pour lui. Il avait eu une histoire familiale difficile, il lui était impossible de se projeter dans un avenir avec enfant. Elle avait été touchée qu'il partage ces douloureux souvenirs avec elle. Si elle se sentait plus proche de lui à présent, le fait qu'il ne veuille jamais être père était un frein à tout vrai rapprochement entre eux.

Dans l'après-midi, Nicole retrouva Chiara et Elena chez Gage. À peine était-elle arrivée que les deux femmes lui montrèrent des photos du carnet de croquis.

— Tu sais, nous pensions tous que ces dessins n'étaient pas signés ? Eh bien regarde ça !

— Les points et tirets, ici ?

— C'est du morse !

— Deux traits et deux points : c'est un Z.

Nicole sentit la joie et l'appréhension se mêler en elle. Les croquis ne prouvaient en rien le lien filial entre Zach et Matthew, mais ils mettaient en lumière le lien particulier qui avait uni Lana et ce jeune artiste.

Nicole était triste pour Matthew. Il ne connaîtrait jamais son père, mais il pourrait mettre un nom et un visage sur ce qui, jusque-là, n'avait été qu'un grand point d'interrogation.

D'après les dires de ses amis, Zach avait été un jeune homme rayonnant, malgré les obstacles que la vie avait mis sur son chemin. Il n'avait pas pu se suicider, Nicole en était désormais persuadée. Sa mort avait été un accident. C'était aussi l'avis de Desmond, qui le connaissait mieux que quiconque. Elle faisait confiance à son instinct.

Au sujet de Zach, du moins. Pour ce qui la concernait, elle était moins convaincue. Le voir avait ravivé son attirance pour lui et, si elle était honnête, ses sentiments envers lui. Elle ferma les yeux et inspira, se rappelant pourquoi elle était à Mesa Falls.

— Cette histoire de code Morse va beaucoup plaire à Mattie. Il va trouver ça très cool quand je lui montrerai le carnet.

Une pensée lui vint soudainement à l'esprit, et elle se tourna vers Chiara.

— Est-ce que Zach s'est confié à toi sur un possible trouble autistique ?

— Non, jamais. Et j'imagine que si Miles et les autres avaient su quelque chose, ils en auraient parlé.

Chiara lui posa une main amicale sur l'épaule.

— Mais si tu peux prouver le lien de sang entre Zach et Mattie, les services sociaux devront te remettre son dossier médical. Ils pourront peut-être te dire si des tests ont eu lieu à l'époque.

— Ils ont au moins un point en commun : Matthew adore dessiner, il a une vraie fibre artistique.

Dans sa poche, son téléphone vibra pour la troisième fois. Nicole se résolut à consulter son écran : les appels en absence étaient de Desmond.

— Ah, c'est super, ça !Chiara avait accueilli l'information avec un grand sourire.

— J'espère que nous aurons l'occasion de le rencontrer un jour. Quelle que soit l'issue de cette enquête, j'ai l'impression que Mattie fait un peu partie de sa famille.

La gentillesse de Chiara touchait une corde sensible chez elle. Elle arrêta quelques instants de penser à Desmond.

Elle espérait pouvoir inscrire Matthew dans une vraie histoire familiale. Il avait grandi sans père, et sa mère était morte maintenant. Son grand-père, pourtant très proche de lui, était accablé par le chagrin et peinait à le soutenir.

Nicole sourit à l'idée de présenter Matthew à quelqu'un comme Chiara. Elle avait connu son père, si c'était bien lui, et pourrait lui parler de Zach, partager avec lui les souvenirs qu'elle en avait.

Tout comme Desmond.

Son esprit ne comptait donc pas la laisser en paix, mais plutôt lui servir du Desmond encore et encore ?

Il était certain que lui et Matthew s'entendraient très bien. Mais était-ce une raison suffisante pour les présenter l'un à l'autre ?

Avant qu'elle n'ait eu le temps de remercier Chiara pour sa bienveillance, quelqu'un frappa à la porte.

— Elena ?

Gage entra sans attendre d'y être invité.

— Désolé de vous couper, mais Desmond vient de m'annoncer une nouvelle qui devrait vous intéresser. Il a essayé de te joindre en premier, Nicole. Il voulait te dire qu'il a reçu un message de l'avocate qui représente Vivian Fraser.

Chiara laissa échapper un petit bruit d'étonnement. Elle se tourna vers Nicole.

— C'était l'assistante d'Alec, tu te souviens ? Celle qui a piraté mes comptes sur les réseaux sociaux, cherché à me faire taire et tenter de me dissuader de fouiller le passé de Zach.

— Desmond m'en a parlé, en effet. Que voulait l'avocate, Gage ?

— Vivian prétend qu'elle a de nouvelles informations à livrer au sujet d'Alec… et de Zach. Mais elle refuse d'en dire plus à la police pour le moment. Elle veut que tu sois là, Nicole. Elle a demandé à voir la personne qui a la garde de Matthew Cruz.

Nicole se sentit soudainement mal à l'aise. Que lui voulait cette femme exactement ?

— Elle ne doit pas être ravie de voir que son ancien amant est prêt à quitter le pays en la laissant se débrouiller toute seule. Elle a peut-être des choses à nous dire sur les manœuvres d'Alec pour empêcher que des droits d'auteur soient versés à Matthew, l'héritier légal, et légitime, de Zach.

— Vivian est toujours en prison à Nevada City ?

Gage hocha la tête et s'adressa à Nicole :

— Desmond a prévenu notre pilote. Si tu veux y aller, un chauffeur t'attend pour te conduire à l'aérodrome.

Nicole fut touchée par son geste, mais piquée de constater qu'il n'avait pas l'intention de l'accompagner. Il ne lui devait rien, bien sûr, mais elle aurait aimé l'avoir à ses côtés. Elle devait bien admettre qu'elle souffrait d'une pointe d'envie devant la complicité évidente entre Gage et Elena. Les gestes tendres qu'ils avaient l'un pour l'autre éveillaient en elle le souvenir des bras de Desmond, des instants partagés avec lui.

Ce n'était cependant pas la même chose, elle en avait conscience. Desmond avait été très clair à ce sujet : il ne s'était agi que d'une parenthèse. Il n'avait aucun projet d'avenir pour eux.

Nicole pensait beaucoup à lui, malgré tout. Peut-être pourraient-ils au moins s'offrir un nouvel instant volé, un instant de plaisir.

Elle sursauta quand elle se souvint que Chiara, Elena et Gage avaient les yeux rivés sur elle, attendant une réaction et une réponse de sa part.

— J'ai besoin de savoir ce qu'elle sait.

Elle saisit le carnet de croquis et le glissa sous son bras.

— Merci, vraiment merci pour tout. Votre accueil et votre soutien me sont très précieux.

Elena la prit dans ses bras. Elle sentait bon la lavande.

— Bonne chance, Nicole. Appelle-nous si tu as besoin. Nous attendons de tes nouvelles.

— C'est gentil. Je vous tiens bien sûr au courant dès que j'en sais plus.

Chiara s'avança à son tour vers elle.

— J'espère que nous te reverrons bientôt ici et que tu nous présenteras Mattie.

Elle se tapota la lèvre avec son index.

— Remarque, je peux aussi venir vous rendre visite si c'est plus simple pour toi. J'ai hâte de faire sa connaissance.

Nicole la remercia et suivit Gage, qui la raccompagna à la porte d'entrée. Une voiture l'attendait devant la maison. Une fois installée, elle écrirait à Desmond pour lui dire qu'elle acceptait son offre et le remerciait. S'il mettait son jet à sa disposition, elle ressentait un pincement au cœur – un peu plus, même – de voir qu'il avait prévu son départ de Mesa Falls sans perdre une minute. Avait-il à ce point hâte qu'elle sorte de sa vie ? Elle se rappela à l'ordre : c'était certainement mieux ainsi. Qu'aurait-elle fait avec un homme qui ne désirait pas d'enfant dans sa vie ? Il y avait Matthew. Son Mattie. Son quotidien ne se ferait plus sans lui désormais.

Ce ne fut qu'une fois installée sur la banquette arrière du SUV qu'elle le vit : Desmond était assis sur le siège passager. Sa présence raviva la flamme en elle, mit tout son corps en émoi.

Il fit descendre la vitre qui séparait les sièges avant et arrière, puis se tourna vers elle, téléphone dans une main.

— Désolé, je suis en ligne. Je dois passer quelques coups de fil pour le travail avant le vol. Je me suis mis devant pour te laisser un peu d'intimité à l'arrière, tu as peut-être envie d'appeler ton père ou des amis.

Il avait dû mettre son appel en attente, car toute son attention était portée sur elle.

— Tu veux qu'on repasse au lodge avant d'aller à l'aérodrome.

— Oui, je veux bien, pour récupérer mes affaires. Donc tu m'accompagnes à Tahoe, si j'ai bien compris ?

— Je compte bien découvrir ce que Vivian sait et semble prête à dévoiler. Je désire autant que toi obtenir des réponses, Nicole.

Elle se perdit dans son regard gris, couleur tempête.

— Sauf si tu ne préfères pas que je vienne ? C'est toi qui vois, on fait comme tu veux.

Elle ouvrit la bouche pour lui répondre, mais fut incapable d'articuler le moindre mot, prise de court par l'idée de passer de nouveau du temps avec lui. Seul à seul.

Elle lui répondit donc d'un hochement de tête.

Une fois dans le jet privé, Desmond installa Nicole et veilla à ce qu'elle ne manque de rien. Il s'assit du côté opposé, afin de lui laisser suffisamment d'espace pour respirer et profiter du calme. Il avait observé sa réaction lorsqu'il lui avait annoncé sa venue avec elle à Tahoe. La perspective de passer du temps avec lui semblait avoir semé la confusion en elle. Il avait donc préféré se faire discret. Elle n'était pas la seule à se sentir perdue. Desmond avait la sensation que les choses lui échappaient. Il n'avait plus la maîtrise de ses pensées, encore moins de son attirance pour Nicole. Tenter d'ignorer cette alchimie entre eux ? Il s'y était efforcé, encore et encore. En vain. Il avait ensuite cherché à mettre un peu de distance entre eux : cela n'avait fait que jeter de l'huile sur un feu déjà ardent. Était-il stimulé par l'interdit, ou au contraire demandeur car il avait goûté à elle et ne pouvait plus s'en passer ?

— Dans combien de temps devrions-nous atterrir ?

Il consulta son téléphone.

— Un peu moins de trente minutes.

— Tu as une idée de ce que veut Vivian ?

Nicole jouait avec le pendentif du collier en or qu'elle portait au cou.

— Ou de ce qui peut bien la motiver à faire de nouvelles révélations ?

Elle leva les deux mains dans un signe d'incompréhension.

— Pourquoi parler maintenant alors qu'elle n'a rien voulu dire de plus à la police la première fois ?

Desmond dut se retenir pour ne pas franchir les quelques mètres qui le séparaient de Nicole et poser une main rassurante sur ses doigts agités.

Une excuse pour la toucher ? Sentir sa peau contre la sienne ?

Il se recentra sur la conversation.

— J'ai pris contact avec son avocate pour lui signaler qu'Alec avait plus ou moins disparu des radars, avec l'intention probable de quitter le territoire.

Le comportement de son ami lui donnait la nausée. Il avait agi en traître, leur cachant une précieuse vérité.

— Je lui ai conseillé d'en parler à sa cliente et de creuser un peu cette piste.

Les doigts de Nicole s'immobilisèrent enfin.

— Très malin de ta part.

Il lut du respect dans ses yeux.

— Tu la connais bien ?

— Pas du tout. Avec le recul, je pense que c'était voulu de la part d'Alec. Vivian était au lycée de filles, juste à côté du nôtre. Il la connaissait depuis tout ce temps mais n'a jamais cherché à nous la présenter hors de notre contexte professionnel.

— Donc elle n'était pas uniquement son assistante. Ils étaient amis.

— Oui, et amants aussi, d'après ce qu'ont dévoilé les journalistes. Une histoire d'amour en pointillé, apparemment.

Nicole secoua la tête, effarée par le comportement d'Alec Jacobsen.

— Tu sais, il a toujours pensé business avant tout. Il voulait se faire une place dans le monde du jeu vidéo.

— Il s'est taillé la part du lion.

— Oui, et tous les moyens ont été bons. Il avait une ambition démesurée. Il n'a jamais cherché à avoir une vie amoureuse.

Pas plus que moi.

— Cela vous fait un point commun.

Elle croisa rapidement son regard avant de se tourner vers le hublot.

Il l'observa longuement, ne sachant pas exactement comment lui répondre.

Il se leva et s'installa en face d'elle.

— Ce n'était peut-être pas ma priorité jusque-là, mais les choses bougent.

Il se tut, pour leur laisser à tous deux le temps de digérer les paroles qu'il venait de prononcer. Car lui-même était surpris. C'était pourtant la vérité. Il pensait sans cesse à elle, et pas uniquement en raison du lien torride entre eux. Il avait envie de l'aider, de la connaître davantage.

— Depuis quelques jours, je repense à ce que notre CPE, Alonzo, m'avait dit au sujet d'une vie consacrée au travail, dans laquelle il n'y a pas de place pour s'amuser.

Il tendit la main vers elle, saisit délicatement une mèche de ses cheveux entre ses doigts. En sa présence, son corps semblait agir de son propre chef.

— Je ne peux pas me permettre de m'amuser, Desmond.

Elle avait parlé doucement, sans heurt, mais cette phrase lui fit l'effet d'un coup de poing dans le ventre.

— J'ai un enfant à charge, à présent. Je dois me montrer responsable et prendre les bonnes décisions.

— Et je ne me fais aucun souci pour toi. Tu as déjà fait en sorte d'assurer un bon avenir à ton neveu. Je te trouve admirable, tu sais.

De son pouce, il lui caressa la joue, savourant le contact de sa peau si douce. Il se promit d'arrêter ensuite. Une fois qu'il serait certain de l'avoir perdue pour toujours.

— Il nous reste encore un peu de temps à passer ensemble avant de devoir reprendre le cours de nos vies respectives. Quel mal y aurait-il à profiter encore un peu l'un de l'autre ?

À nous offrir ce moment dont nous avons tous les deux très envie.

Paupières closes, Nicole garda le silence durant de longues secondes.

— Une fois que nous aurons atterri, nous irons voir Vivian, écouterons ce qu'elle veut nous dire, et après ça nous retrouverons chacun nos vies.

Elle planta son regard dans le gris tempête des yeux de Desmond.

— Je croyais que c'était ce que tu voulais ?

Elle se passa les doigts sur les lèvres.

— Tu craignais que je me fasse de fausses idées sur ce qu'il venait de se passer entre nous.

Combien de fois depuis s'était-il maudit d'avoir prononcé ces mots !

Il n'avait pas su lui masquer sa confusion, ses doutes, signe qu'elle le perturbait plus que de raison.

— Je voulais être honnête avec toi. Et c'est toujours le cas. Je sais que je n'ai rien de plus à t'offrir que la soirée qui nous attend, mais je ne vais pas faire semblant de ne plus rien ressentir pour toi.

Car c'était tout l'inverse. Elle occupait constamment ses pensées, ses souvenirs et ses rêves fiévreux.

— Le parloir de la prison sera fermé à l'heure où nous arriverons. Nous ne pourrons pas aller voir Vivian, son avocate et la police avant demain matin.

Elle se mordilla la lèvre inférieure, signe d'indécision chez elle. Quand, enfin, Nicole posa des yeux avides sur sa bouche, Desmond sut qu'il avait gagné. Mais il voulait l'entendre.

— Veux-tu passer la nuit avec moi, Nicole ? Me laisser te toucher, goûter à ton corps. Te faire du bien.

L'accélération de sa respiration, le mouvement de son

buste qui montait et descendait sous l'effet du désir, étaient une réponse à eux seuls.

Mais il voulait l'entendre de sa bouche.

— Avec plaisir.

Elle se pencha vers lui, ses cheveux auburn lui caressèrent le visage. Elle plongea son regard dans le sien, égarée volontaire dans la tempête de ses yeux, et ajouta dans un souffle :

— Oui, s'il te plaît.

10

Le chauffeur les déposa devant la splendide demeure de Desmond, au bord du lac Tahoe. Nicole admira un instant la pierre et le bois qui composaient cette bâtisse aux lignes modernes, avant de revenir à l'homme qui l'accompagnait. Sa carrure imposante, l'effet de son corps sur elle.

Savoir qu'elle n'était pas la seule à être ainsi aimantée, que Desmond partageait son attirance, pansait un peu la blessure qu'il avait infligée à sa fierté de femme lors de leur premier au revoir.

Elle prit une profonde inspiration. L'air était frais, les lieux tranquilles. La maison était nichée en pleine nature, entre les arbres. Sur la route, Desmond lui avait montré où se trouvait son casino, à quelques kilomètres de chez lui.

Elle le suivit dans la vaste pièce ouverte qui accueillait le salon et un bel espace repas.

Nicole fit place au chauffeur qui déchargeait leurs affaires du coffre pendant que Desmond reprenait les commandes de sa maison. Tout autour d'elle, les volets des baies vitrées descendirent doucement, silencieusement, créant un écrin d'intimité pour elle et lui.

Près de la table à manger, de belles suspensions vinrent éclairer le grand îlot central, suivies par une lampe à l'étage inférieur, où Nicole devina la présence d'une suite conjugale. La pièce était dominée par une cheminée en brique blanche, dans laquelle brillèrent bientôt quelques flammes allumées par le gaz.

Desmond reposa la télécommande sur la console de l'entrée. Il remercia le chauffeur et lui souhaita une bonne soirée, avant de refermer la porte et d'enclencher l'alarme. Il enleva ses chaussures en cuir et rentra dans le salon. Pour une étrange raison, le voir ainsi en chaussettes rendit la scène plus crue et réelle que jamais aux yeux de Nicole.

Elle prit conscience, non sans une certaine délectation, de ce qu'ils s'apprêtaient à faire. Et ce geste simple, celui d'ôter ses chaussures, relevait presque de l'intime. Il était à l'aise devant elle.

— Nicole.

Il s'avança vers elle, retirant sa veste au passage. Il la jeta sur le dossier de l'un des fauteuils du salon.

— Je veux que tu te sentes bien. Tu peux te détendre.

Il fit descendre la lanière de son sac à main et le posa dans le fauteuil près de sa veste.

Il se posta devant elle et la regarda avec douceur.

— Et sache qu'il n'est pas trop tard pour changer d'avis.

— Je me sens mieux maintenant.

— Parce que ça n'allait pas jusque-là ?

Il défit ses boutons de manchette.

— Tu veux m'en parler ?

Son attention à ce qu'elle pouvait ressentir faisait danser les papillons dans son ventre, autant que son physique viril. Ce n'était pas une bonne idée de se laisser ainsi toucher l'âme.

Elle se promit de ne pas y prendre goût, de ne pas s'habituer au bien-être qu'elle ressentait à ses côtés.

— Je craignais peut-être que nous ne puissions pas faire encore mieux que la dernière fois. Que tu ne puisses pas m'offrir plus de plaisir. Je me suis demandé si je n'avais pas sublimé cet instant parce que cela faisait longtemps que je n'avais pas...

Elle avait trouvé une ribambelle d'explications pour justifier le fait qu'elle se soit ainsi abandonnée à lui, sans aucune barrière.

— Je suis désolé d'entendre que tu t'es fait du souci.

Il lui caressa les bras, remonta jusqu'à ses épaules, sa nuque. Il attrapa les pans de sa veste et les écarta pour avoir plein accès à son cou.

Il commença par un baiser juste derrière l'oreille avant de passer sa langue au même endroit. Il souffla quelques mots sur sa peau humide :

— Crois-moi, cette première fois était mémorable.

Une bouffée de plaisir s'empara d'elle, et Nicole dut s'agripper à la chemise de Desmond pour ne pas vaciller. Une lave en fusion lui coulait dans les veines, réveillait chez elle chaque parcelle de peau.

— Je te crois.

Elle frissonna lorsqu'il lui retira sa veste d'un geste sûr.

— Très bien.

Il posa un chapelet de baisers dans le creux de son cou et s'arrêta juste au coin de ses lèvres. Il mordilla sa chair, la lécha puis l'aspira. Il s'écarta d'elle, glissa son index replié sur son menton et lui fit lever la tête.

— Et cette nuit va être encore plus mémorable.

Elle sut qu'il disait vrai car ces quelques mots suffirent à envoyer une décharge électrique dans tout son corps. Côté cœur et sentiments, elle ne lui faisait pas confiance. Mais côté charnel ? Oh que oui.

Après des mois de souffrance, de stress et de solitude, elle était plus que ravie de mettre son plaisir entre les mains d'un homme aussi beau et sexy, qui la regardait comme il aurait admiré un joyau brut.

— Tu mets la barre très haut.

De la pointe des doigts, elle dessina des sillons sur son torse, sur ses abdominaux et entreprit de descendre un peu plus bas. Il cueillit sa main avant qu'elle atteigne sa ceinture. Leurs doigts s'entrelacèrent. Lentement.

— Multiplie ce que nous avons vécu dans la cabane par le nombre d'heures que nous avons devant nous, et tu verras pourquoi je n'ai aucun doute sur le fait que tu seras…

Il se pencha pour lui parler à l'oreille :

— Comblée.

Oh.

Voilà une leçon d'algèbre qui lui plaisait.

Desmond la prit par la main et l'entraîna dans la chambre avec la cheminée. Elle tâcha de se concentrer sur ses gestes, et non sur ses attentions envers elle. Car penser à lui au-delà du plaisir qu'il pouvait lui donner risquait de la conduire sur la dangereuse pente des sentiments. Pour lesquels ni lui ni elle n'étaient prêts.

Parce qu'il rejette tout engagement, lui susurra une voix cruelle à l'oreille. Elle refusa catégoriquement de laisser ce genre de pensées lui gâcher sa nuit à venir. Elle méritait qu'on s'occupe d'elle ainsi. Après l'année qu'elle venait de vivre, elle en avait même *besoin*.

Une fois qu'ils furent dans la chambre, Desmond lâcha sa main et ferma la porte. Elle souleva ses cheveux et se tourna.

— Tu peux ouvrir ma robe ?

Il l'étudia en silence, prenant son temps, avant de l'enlacer soudainement et de l'attirer contre lui. Nicole laissa échapper un petit cri de surprise lorsqu'elle le sentit derrière elle. Son envie d'elle se manifestait dans toute sa force. Il posa une main sur sa nuque, l'autre dans le bas de son dos.

Dans un geste lent, il fit glisser la fermeture de sa robe jusqu'au creux de ses reins.

Nicole relâcha sa chevelure et caressa le bras de Desmond qui la tenait encore fermement.

— Merci…

Elle tourna la tête et aperçut leur reflet dans le grand miroir de la chambre, leurs corps éclairés par les lueurs orange du feu de cheminée. Elle ne portait plus que ses sous-vêtements et ses bottes en cuir.

Desmond, quant à lui, était encore entièrement habillé.

— Garde tes yeux sur ce miroir, lui murmura-t-il à l'oreille.

Il fit glisser son index sur la courbe de sa hanche, avant de suivre la fine frontière entre sa peau et le tissu qui recouvrait l'objet de sa convoitise.

— Tu y verras à quel point tu aimes que je te touche.

Incapable de détourner le regard, elle le vit aventurer une main sous la dentelle blanche. De son bras libre, il la serra encore plus fort. Il prit un sein dans une main, puis l'autre, caressant leur pointe pour la mettre au garde-à-vous.

Piégée de la plus délicieuse des manières, elle ne respirait plus que par saccades. Elle bascula la tête en arrière et ferma les paupières, abandonnée à ses mains habiles.

— Non, ordonna-t-il dans un souffle. Ouvre les yeux. Regarde.

Elle s'exécuta.

— Je n'ai jamais rien vu d'aussi excitant. Je n'arrête pas de repenser à cet instant où tu as joui pour moi.

La tension se fit plus grande au creux de ses cuisses. Sa vue se brouilla sous les assauts répétés de ses doigts là où elle ne désirait plus qu'eux.

— Je t'en supplie.

Voulait-il qu'il ralentisse ou qu'il accélère sa chute dans le précipice ? Elle était bien incapable de le dire. Tout comme elle ne savait plus si elle préférait faire jaillir la lumière en elle ou rester ainsi, suspendue à son bon vouloir, jusqu'à la fin des temps.

— C'est si…

Le plaisir lui arracha la fin de sa phrase, lui fit cambrer le dos et perdre tous ses moyens.

— Voilà, comme ça.

Il la félicita à voix basse tout en glissant deux doigts conquérants dans son intimité chaude et humide.

— C'est de ça dont je rêve toutes les nuits.

Desmond la souleva, pantelante et à sa merci, l'allongea sur le lit et lui retira ses bottes. Elle voulut protester, lui apporter à son tour le plaisir dont il avait besoin, mais les mots s'évanouirent dans sa gorge. Perdue dans les limbes du contentement, elle ouvrit une paupière et le regarda se déshabiller.

Il n'avait jamais été aussi pressé d'être nu. Desmond se débarrassa de ses vêtements aussi vite qu'il le put. Il voulait être en elle. Cette femme qui lui tendait des bras quémandeurs. Cette sirène entièrement offerte à lui. Il eut la présence d'esprit d'aller chercher un préservatif avant de se repaître d'elle.

Plus tard, il pourrait revenir sur l'attraction qu'elle exerçait sur lui, se poser des questions. Pour l'heure, il était tout à sa passion dévorante. Sur le lit, elle fit quelques mouvements du bassin pour retirer le petit bout de dentelle qui l'avait rendu fou au point de lui faire oublier son propre nom. Quand elle dégrafa son soutien-gorge, il ne tint plus et se plaça entre ses cuisses, exactement là où il avait envie d'être. De son genou, il écarta un peu plus la cuisse déjà ouverte pour lui. Il s'apprêtait à plonger en elle lorsqu'elle posa sa main sur sa joue.

— C'est de ça dont je rêve toutes les nuits. De toi en moi. Me comblant pleinement.

Il ne lui en fallut pas plus pour perdre tous ses moyens et s'inviter en elle, loin, toujours plus loin. Elle l'enserrait de ses cuisses, le corps tout entier tendu vers lui, pour lui. Il s'emparait de ce qu'elle lui offrait et le lui rendait au centuple. Elle gémissait sous son étreinte, lui soufflant à l'oreille des paroles interdites. Il se perdit en elle, se rapprochant d'un plaisir qu'il ne trouverait jamais qu'en elle.

Cette pensée le surprit en plein effort. Il ralentit sa cadence pendant un long moment, sentant son cœur cogner fort dans sa poitrine, le sang lui monter à la tête. Le regard de Nicole, noyé de plaisir et de passion, rencontra le sien.

Sa bouche avait rougi sous ses baisers affamés. La voir ainsi, plongée dans le même abîme que lui, le ramena dans l'instant présent, renouvela son désir de tenir ses promesses sensuelles.

De lui donner tout ce qu'elle réclamait.

Il posa ses lèvres avides sur ses seins, tortura délicieusement leur pointe rose de sa langue. Nicole se cambra pour mieux aller à sa rencontre, serra les cuisses plus fort autour de lui.

Comprenant ce que son corps exigeait, il glissa sa main entre elles et la caressa exactement comme elle en avait besoin, dessinant des cercles sur son tendre bouton, sans cesser ses assauts. Toujours plus rapides, toujours plus profonds, les envoyant tous deux tutoyer les étoiles.

Cette fois-ci, lorsqu'elle se cambra de nouveau, le corps tendu comme un arc, il était prêt lui aussi. Les délicieux spasmes de son orgasme vinrent à la rencontre de sa fougue. Il était au bord de l'explosion.

Bientôt, il ne toucha plus terre. La délivrance vint, et il se laissa choir, corps vaincu, aux côtés de celle qui avait embarqué avec lui.

Ils étaient satisfaits, repus.

Pour combien de temps ?

Nicole se plaça au creux de lui, à l'abri sous son bras.

La caresse de ses cheveux sur son torse était si agréable,

la courbe de sa hanche si plaisante à dessiner du bout des doigts. Il laissa son corps savourer l'instant.

Il admirait la force de Nicole. Son amour et sa façon de se battre pour un enfant que lui, Desmond, aurait dû protéger depuis tant d'années. En son for intérieur, il avait toujours remercié Zach pour le courage qu'il lui avait donné. Celui de ne plus courber l'échine face à son père. Qu'avait-il fait en retour ? Rien. Il avait été incapable de protéger son fils. Son héritier.

Car oui, il le sentait dans ses tripes : Matthew était bien le fils de Zach.

11

Nicole s'installa aux côtés de Desmond dans la petite pièce que leur avait réservé l'administration pénitentiaire de Nevada City.

La rencontre allait être enregistrée, car Vivian avait promis des révélations sur Alec et la police aurait besoin de preuves.

Nicole s'était réveillée avec un nœud à l'estomac et avait été incapable d'avaler quoi ce que ce soit au petit déjeuner.

Dans la voiture qui les menait à la prison, elle avait échangé des messages avec la psychologue scolaire que voyait Matthew. Elles avaient convenu d'un rendez-vous la semaine suivante. Il n'y avait rien d'urgent, avait-elle affirmé, elle tenait simplement à faire le point après l'année difficile que Matthew venait de traverser.

Ce bref échange avait eu l'avantage de remettre les choses à leur place dans l'esprit de Nicole, et de lui rappeler quelles étaient ses priorités : rien ne comptait plus pour elle que de s'assurer du bien-être de son neveu. Avait-il bien pris ses marques dans sa nouvelle vie ? Recevait-il l'aide dont il avait besoin ? Elle tenait certes à retrouver le père de cet enfant, mais rien ne comptait plus que le confort et l'équilibre de Mattie.

Desmond, ou plutôt l'empreinte émotionnelle et physique dont il l'avait marquée au fer rouge, ne l'empêcherait pas de rentrer à San José et de retrouver sa vie à elle.

Il s'était montré distant après la nuit qu'ils venaient de passer ensemble, plus froid avec elle. Encore une fois. Cela en disait long sur ce qu'elle représentait à ses yeux. Elle avait accepté de l'accompagner chez lui en pensant suivre son instinct charnel.

S'il avait bien fait hurler, fondre, pétiller et mourir son corps de plaisir, elle avait découvert avec lui une source souterraine de tendres émotions.

Mais, au petit matin, il avait fait machine arrière, s'était caché dans ses retranchements. Nicole avait alors su, de manière irréfutable, que ce genre de petites sorties de route purement sexuelles n'étaient pas pour elle.

Le plaisir physique s'accompagnait immanquablement de sentiments. Le premier était intimement lié aux seconds, et vice versa. Du moins en ce qui la concernait. Elle s'était menti à elle-même en se persuadant du contraire.

Une femme en uniforme de police ouvrit grand la porte et fit entrer une petite femme brune en habit carcéral deux fois trop grand pour elle. Derrière elle apparut une femme en tailleur, mallette à la main. Un gardien fermait la marche.

La policière alluma le microphone, brancha la caméra et, une fois que tout le monde fut assis – à l'exception du gardien –, se tourna vers Vivian.

— On vous écoute.

L'accusée interrogea son avocate du regard, qui lui répondit par un rapide hochement de tête.

Desmond mit sa main sur celle de Nicole. Elle se retourna vers lui, ne comprenant pas ce geste d'affection soudain après son attitude au petit matin. Elle se rappela aussitôt pourquoi elle était là et posa les yeux sur Vivian.

— Pour la faire courte, Alec m'avait promis qu'il payerait ma caution si je me dénonçais à sa place pour le piratage des comptes de Chiara Campagna sur les réseaux sociaux. Je savais qu'il aurait besoin de quelques jours pour se retourner. Mais là ça fait des semaines.

La policière l'interrompit d'un geste de la main et se pencha vers elle. Son badge heurta la table dans un bruit sec.

— Êtes-vous en train de dire qu'Alec Jacobsen a lui-même piraté les comptes de Mme Campagna avant de la menacer directement ?

L'avocate tenta de faire valoir le droit au silence de sa cliente et allait poursuivre quand Vivian elle-même reprit le cours de son récit. Tout le monde se tut, afin que l'enregistrement puisse se faire sans bruits parasites.

— Ça fait quatorze ans que je garde pour moi les secrets d'Alec, parce que je suis...

Elle s'arrêta net, fit une moue grimaçante, teintée de colère. Un rictus ironique barra son visage.

— Parce que *j'étais* amoureuse de lui. Mais je ne vais pas lui servir de rempart plus longtemps.

Elle soupira.

— Alec a exploité les dessins et les idées de Zach pour ses jeux vidéo. Il était au courant pour son fils, celui de Lana Allen. Il fallait à tout prix qu'il l'empêche de réclamer un jour des droits d'auteur, de l'accuser de plagiat ou de vol.

Nicole déglutit péniblement. Elle se força à articuler la question qui la taraudait depuis tout ce temps :

— Comment pouvez-vous en être sûre... Pour l'enfant ?

Vivian se tourna vers son avocate, qui lui fit signe de poursuivre.

Elle regarda Nicole droit dans les yeux.

— Un jour, Alec a piraté la messagerie de Zach et lu tous les mails qu'il avait échangés avec Lana. Avec votre sœur.

Il n'y avait aucune ambiguïté : ils étaient ensemble. Quand elle a su pour sa grossesse, votre sœur a rompu avec Zach.

L'accusée s'agita sur son fauteuil puis haussa les épaules.

— La réalité a peut-être fini par la rattraper, enfin sa mauvaise conscience. Ou alors elle ne s'est pas sentie d'élever un enfant avec un lycéen. Je ne me souviens plus exactement de ses arguments. Enfin vous voyez, quoi.

Nicole rebondit sur les informations que Vivian venait de leur livrer :

— Et vous avez vu ces mails ? De vos propres yeux ?

Le témoignage de cette femme pouvait-il établir sans doute aucun le lien de filiation entre Zach et Mattie ? Cette femme était bien capable de coudre un tissu de mensonges pour se tirer d'affaire et rester le moins de temps possible derrière les barreaux.

Vivian se pencha vers le micro pour répondre :

— Certains, mais je ne les ai pas tous lus.

Elle ricana soudainement.

— Alec aimait me les montrer pour me prouver qu'il n'en avait plus rien à faire de Lana Allen. Zach et lui étaient raides dingues d'elle. Ils ont passé beaucoup de temps ensemble, tous les trois, avant la première rentrée de Lana en tant que professeure.

Vivian réclama un verre d'eau et attendit de l'avoir bu pour poursuivre :

— Au début, Zach et Lana étaient juste amis, parce que Zach croyait qu'il était gay. Mais, après un temps, ils ont commencé à se voir, juste tous les deux. Et puis une chose en entraînant une autre… Ils se sont mis ensemble avant la fin de l'été. Et ensuite, je crois savoir que Lana a voulu le quitter dès qu'elle a su pour son poste au lycée.

Elle n'avait donc pas totalement jeté sa déontologie aux orties, pensa Nicole avec un vague sentiment de soulagement. Penser que sa sœur avait pu faire les yeux doux à un élève, mais à peine plus jeune qu'elle, lui avait retourné l'estomac. Si leur amitié avait commencé avant qu'elle soit nommée dans le lycée, cela changeait un peu la donne.

Nicole se demanda dans quelles circonstances Lana avait fait connaissance avec Zach et Alec. Mais, dans une petite ville, tout le monde se croisait un jour ou l'autre.

Vivian poursuivit son récit avant qu'elle ait pu poser de nouvelles questions.

— Bref, Alec a émis cette histoire, parce que Lana a mis de la distance entre elle et lui, mais elle a continué de voir Zach. Il a commencé à noter les idées de Zach pour un jeu vidéo. Il allait jusqu'à le motiver pour qu'il imagine les niveaux, les batailles, les personnages.

Le visage de la prisonnière s'illumina.

— Zach avait vraiment de super idées. Il était brillant, ce type.

Desmond intervint :

— Insinuez-vous par là que le premier jeu, et la saga qui a suivi, c'est lui qui les a imaginés ?

Si son ton pouvait paraître, de l'extérieur, calme et composé, Nicole perçut la colère sous la surface.

Cette fois-ci, l'avocate de Vivian leva une main en guise de stop.

— Ma cliente va s'arrêter là, merci.

La policière imprima des documents et les fit signer aux personnes présentes. Et leur désigna ensuite la sortie. Nicole et Desmond obtempérèrent, un peu sonnés par cette fin brutale.

Dans le couloir, Nicole pâlit.

— Je vais aller me passer un peu d'eau sur le visage. Je reviens tout de suite.

— Prends ton temps.

— Merci, mais je vais faire vite.

— Je t'attends là.

Elle avait besoin de s'isoler pour souffler un peu.

Pour ne plus voir le visage de cette femme, Vivian, danser sous ses yeux.

Pour se recueillir en mémoire de sa sœur qui avait dû tant souffrir.

Pour Matthew, fruit des amours de Lana et de Zach.

Pour elle-même.

Deux heures plus tard, sur le chemin du retour, Desmond s'inquiéta du silence de Nicole, assise à côté de lui sur le siège passager.

— Tu es sûre que tout va bien ?

Il regrettait de ne pas avoir demandé à son chauffeur d'assurer la course. Il aurait pu accorder toute son attention à Nicole. Mais après la nuit très... agitée qu'ils venaient de passer, il s'était dit que prendre lui-même le volant du Range Rover était le meilleur moyen de s'occuper les mains et l'esprit.

À présent, il devait se tordre le cou pour étudier le visage de Nicole, si pâle en cette fin de soirée. Et il devait rester concentré sur la route.

Il avait craint qu'elle ne s'écroule dans les toilettes de la prison et se blesse. Il l'avait donc suivie, mais une gardienne lui avait enjoint de quitter les toilettes des femmes. Elle l'avait tranquillisé en lui jurant de veiller sur elle en son absence.

Il avait patienté quinze minutes devant la porte, repensant aux aveux de Vivian.

Elle avait promis de leur donner accès aux mails prouvant la paternité de Zach. Elle avait en effet pris soin d'en conserver quelques-uns sur disque dur, qu'elle avait ensuite déposé au coffre de sa banque, afin de se protéger si Alec venait à renier son engagement.

Elle n'avait pas eu tort : il n'était jamais venu payer sa caution.

— Oui, ça va.

Elle posa la tête sur la vitre, ses paupières se fermèrent progressivement.

— Je suis juste rincée après ces vingt-quatre heures chargées en émotions.

Elle soupira tout bas.

— Heidi, la gardienne qui est restée avec moi dans les toilettes, m'a dit que je faisais une crise d'angoisse. Je ne sais pas ce que c'était, mais j'ai eu peur. Je ne me sentais vraiment pas bien. J'avais l'impression d'étouffer. J'avais beau inspirer et expirer, rien n'y faisait.

Desmond sentit le poids de la culpabilité s'abattre sur ses épaules. Nicole traversait un moment difficile, pas seulement ce jour-là, mais depuis des semaines, des mois. Elle s'était battue pour découvrir la vérité sur le père de Matthew, quand lui avait été incapable de voir ce qui se tramait sous ses yeux.

Il avait fait confiance à Alec, bon sang ! Sa loyauté, dictée par une amitié de longue date, l'avait rendu aveugle.

Alec avait agi dans l'ombre, volé le travail de Zach, spolié Matthew de son héritage. Tout ce en quoi Desmond croyait jusque-là venait de voler en éclats. Les implications légales et financières pour les autres associés de Mesa Falls – qui allaient racheter les parts d'Alec – étaient le cadet de ses soucis. Il rageait de savoir que le fils de Zach avait grandi sans connaître les gens qui avaient aimé son père.

Nicole avait rouvert les yeux. Desmond lui parla doucement :

— Je suis tellement désolé de ne pas avoir vu qu'Alec était un sale type doublé d'un menteur. Et dangereux, en plus ! Je suis désolé de ne pas t'avoir facilité la vie alors que tout ce que tu voulais, c'était la vérité.

Les poings serrés sur le volant, il prit le virage qui conduisait chez lui.

— J'ai croisé l'avocate de Vivian pendant que je t'attendais. Elle a avoué avoir été à l'origine de ton licenciement quand tu travaillais au ranch. Alec a appris que tu posais des questions et s'est arrangé pour se débarrasser du petit caillou dans sa chaussure que tu représentais.

Son détective privé n'était pas remonté jusque-là. Il faut dire qu'Alec avait veillé à évincer le superviseur qui avait mis Nicole à la porte. Il lui avait signé un gros chèque afin qu'il parte en vacances très loin. Un autre raté que Desmond mettait sur son propre compte.

Nicole répondit d'un air las, le regard perdu vers l'horizon.

— En même temps, ce sont mes questionnements et mon insistance qui les ont poussés à l'action, donc à la faute. Je ne suis pas mécontente de moi.

Elle soupira tristement.

— Mais là, tout de suite, je suis juste heureuse de rentrer chez moi.

Elle se tourna vers lui au moment où il s'engageait dans la côte menant au garage.

— Tu ne trouves pas ça étrange qu'Alonzo Salazar ne vous ait rien dit au sujet de Zach et Lana ? Et de Matthew surtout, dont il connaissait l'existence.

— J'imagine que Lana n'a jamais dévoilé le nom du père à quiconque. Si elle ne t'en a pas parlé à toi, pourquoi s'en serait-elle ouverte à son supérieur au sein du lycée ? Alonzo lui a tendu la main comme il la savait seule avec un enfant. Du moins c'est ce que je me dis.

Desmond se souvint de l'aide précieuse qu'avait été son CPE après la mort de Zach. Il avait remis sur pied l'adolescent dévasté qu'il était.

— Il avait le cœur sur la main.

Nicole joua avec le pendentif de son collier.

— Avec un peu de chance, je vais pouvoir déposer plainte et obtenir pour Matthew une compensation sur les recettes qu'Alec a engrangées avec ses jeux vidéo. Même s'il ne reçoit qu'une petite part du butin, cela suffira amplement à couvrir ses frais de scolarité. Il a besoin d'être accompagné et d'évoluer dans un établissement adapté à son trouble autistique. Je prendrai un crédit pour avancer les sommes que j'espère gagner avec un procès. Tout reviendra à Mattie, bien sûr.

Desmond n'avait jamais été aussi content de rentrer chez lui. Simplement parce qu'il allait pouvoir se garer et répondre à Nicole les yeux dans les yeux.

Il avait tourné le sujet dans tous les sens et en était à chaque fois parvenu à la même conclusion.

— Nicole…

Il coupa le moteur et profita de ce court instant pour aborder la question de la bonne manière.

— Tu n'auras pas à emprunter le moindre centime. Mattie est l'héritier de Zach. À ce titre, il possède désormais des parts du ranch. Ça prendra effet dès que notre notaire aura rédigé les actes avec notre avocat. Cela fait des années que Mesa Falls est rentable.

Sur le fauteuil passager, Nicole se raidit. Elle se passa les mains sur les cuisses, joua nerveusement avec ses doigts.

— Zach n'a jamais compté parmi les propriétaires de ce ranch. Nous ne voulons pas de votre pitié, simplement obtenir gain de cause d'un point de vue légal. Matthew a des droits, je veux juste les faire valoir.

Ses paroles, sincères et prononcées sans colère, lui brisèrent le cœur.

Ils venaient de passer une dure journée, durant laquelle le chagrin l'avait disputé à la colère en lui. Pourtant, ce refus de cette main qu'il lui tendait le heurtait davantage encore. Il prit alors la mesure de l'importance que Nicole avait à ses yeux. Dans sa vie.

Il dut ravaler son émotion, et un peu de sa fierté aussi.

— Nous avons choisi le Montana pour Zach. Ce ranch lui est dédié. Parce que nous avons été incapables de le sauver. Parce que nous l'aimions, nous le respections. Et parce qu'il a vécu ses derniers instants avec nous. Nous devions l'entourer, être là pour lui. Au lieu de ça, nous l'avons conduit à sa mort. Nous, ses amis.

La mort de Zach était restée comme une plaie béante en lui. Il avait construit sa vie autour de cette faille douloureuse, s'arrangeant pour ne jamais plus tomber dedans.

— Il m'a sauvé, Nicole. Veiller à ce que son fils soit à l'abri est la moindre des choses. Ce n'est pas de la pitié, pas de la charité. C'est une dette. Tu comprends ?

Il crut déceler une lueur d'empathie dans le regard sombre de Nicole. Ou alors une volonté très temporaire de l'apaiser en faisant preuve de compréhension. Elle se tordit de nouveau les mains, attrapa son pendentif et le fit glisser le long de sa chaîne.

— Je peux me figurer ce que tu ressens.

Elle se tenait immobile.

— Mais tu m'as déjà proposé de prendre un avocat pour suivre la plainte. C'est amplement suffisant. Je n'ai pas fait le trajet jusqu'à Mesa Falls pour récupérer des parts du ranch. Je voulais juste découvrir la vérité, mettre un nom et un visage sur ce père que Mattie ne connaîtra jamais. Et maintenant que c'est chose faite, nous pouvons chacun reprendre le cours de nos existences respectives.

Les coups pleuvaient. Et il était très mal placé pour se plaindre.

Le matin même, il s'était montré distant avec elle afin qu'elle ne se fasse aucune illusion. Il se demandait à présent s'il ne l'avait pas fait par réflexe d'autoprotection.

Il savait parfaitement qu'elle rechignerait à accepter une quelconque aide financière pour son neveu.

— Tu es si pressée que ça de partir ?

Il scruta son visage, regrettant que cette conversation ait lieu dans la voiture, alors que Nicole était épuisée et que tous deux venaient de vivre une journée harassante à bien des égards.

— C'est ce qu'il y a de plus sage à faire, si tu veux mon avis. La nuit que nous venons de partager m'a fait douter de ce que nous étions l'un pour l'autre.

Il crut voir une vague de tristesse traverser ses yeux. Elle se retira trop vite pour qu'il en soit certain.

— Passer du temps ensemble ne nous conduira nulle part. Je ne vois pas l'intérêt de prétendre le contraire.

Il n'avait vraiment pas voulu la blesser. Il se sentait coupable. Il allait tout faire pour se rattraper. Il lui était tellement redevable de tout ce qu'elle avait fait pour le fils de Zach. Matthew était son neveu, mais il était aussi le souvenir le plus précieux du passage de son ami sur cette planète.

Un garçon qu'il n'avait pourtant jamais rencontré.

Il s'y était tellement mal pris. Cela lui sauta aux yeux au moment où il comprit qu'il avait besoin de faire la connaissance du fils de Zach. Mais, avant cela, il devait trouver un moyen de prolonger le séjour de Nicole, afin d'imaginer avec elle les circonstances idéales pour une première rencontre.

— Passer du temps ensemble pourrait nous permettre de faire le point sur l'avenir de Matthew.

Il tendit une main vers elle.

— La garde de ton neveu…

Elle le coupa abruptement.

— J'en ai la garde. Et ça, c'est non négociable.

Elle s'écarta pour ne pas qu'il la touche.

— Je crois avoir été très claire à ce sujet depuis le début.

Il ne voulait rien d'autre que lui préparer un bon dîner, autour duquel ils pourraient échanger, partager leurs points de vue respectifs et trouver la meilleure issue à cette situation.

Mais il craignait qu'à peine rentrée dans la maison elle se précipite pour faire ses valises.

Desmond avait bâti ce mur entre eux de ses propres mains. Il avait été le maçon de cette distance que rien ne semblait plus pouvoir vaincre. Il n'aurait pas dû se montrer si définitif au sujet de leur relation, des attentes de chacun.

Il avait simplement eu peur de la blesser. Ce qu'il avait malgré tout réussi à faire.

— Je comprends.

Il tenta de nouveau une approche en douceur, posant ses mains sur celles de Nicole.

Elle ne les retira pas, alors il les caressa délicatement.

Il savait qu'il n'y aurait pas de deuxième chance. Il lui fallait trouver un moyen de faire perdurer le dialogue entre eux tout en protégeant le fils de Zach. Il le devait à son ami de jeunesse. À Nicole, dont la vie avait basculé du jour au lendemain, entre douleur profonde et nécessité immédiate de s'occuper de son neveu adolescent. Endosser le plus vite possible un rôle de mère, un phare solide, rassurant et protecteur.

— Jamais je me permettrais de remettre en question tes droits en tant que parent de Mattie.

Une toute petite fraction de son corps se détendit. Ses mains s'apaisèrent.

— Merci.

Elle expira profondément.

— Cela représente beaucoup de responsabilités. J'essaye juste de faire de mon mieux. C'est un gamin super. Il mérite, comme tout enfant, d'être heureux, de s'épanouir dans un contexte sécurisant. D'être aimé.

Entendre Nicole parler ainsi l'aida à prendre conscience qu'il désirait la même chose qu'elle.

Le bonheur et la sécurité de Matthew étaient devenus ses priorités absolues. Une responsabilité qui, aujourd'hui, pesait uniquement sur les épaules de Nicole. Desmond eut alors envie de lui proposer son aide de façon plus directe et plus concrète. Il devait bien y avoir un moyen de lui assurer un avenir stable et hors de toute inquiétude matérielle...

La réponse lui sauta violemment aux yeux. Légalement, il y avait bien une solution pour que Matthew soit protégé et financièrement à l'abri. Une solution pour que Nicole puisse embrasser à bras ouverts son rôle de tante, de mère parfois, sans avoir à se ronger les sangs pour l'argent ou à se battre pendants des années pour prouver le lien de sang entre Matthew et Zach.

Serait-elle seulement disposée à accepter son offre ? Troublé, Desmond se souvint qu'elle avait déjà refusé toute aide financière. Il ne voulait pas la braquer davantage, mais il n'avait plus exactement le temps de chercher à lui présenter les choses sous leur meilleur jour.

— Je suis on ne peut plus d'accord avec toi.

Desmond esquissa un timide sourire.

— Ton neveu est le fils de Zach... Je parviens à peine à y croire. Si tu savais comme cette nouvelle me touche.

Nicole ne fut pas insensible à son émotion.

— J'imagine comme ça peut être fort pour toi.

— Et tout ce que tu dis est vrai. Mattie mérite d'être entouré et de recevoir toute l'attention dont il a besoin.

Plus il la retournait dans sa tête, plus sa solution lui paraissait idéale. Simple, évidente.

Il reprit tout haut le fil de ses pensées :

— Rien n'est plus important que ça aujourd'hui. Lui apporter un cadre, lui donner les clés de son propre bonheur. Et il a le droit de savoir qui était son père sans que cela ne vienne altérer le lien si profond qui vous unit lui et toi.

Nicole leva un sourcil. Elle était intriguée par son discours.

Le cœur de Desmond s'emballa à l'idée de lui dévoiler son plan. Il espérait qu'elle l'écouterait jusqu'au bout, car ses intentions étaient louables. Jamais il n'avait envisagé d'endosser un vrai rôle auprès d'un enfant. Mais là c'était différent : on parlait du fils de Zach Eldridge ! Un garçon qui, pendant bien trop longtemps, n'avait pu bénéficier de l'affection et du soutien des plus proches amis de son père.

— Où veux-tu en venir exactement ?

Il puisa en lui la force de prononcer des mots qu'il n'avait jamais pensé formuler un jour.

— Épouse-moi, Nicole.

12

— Je te demande pardon ?

Elle se retourna vers lui, dans un bruit de cuir froissé. Elle avait besoin de l'entendre répéter ce qu'il venait de dire. Elle avait perdu pied quelques heures plus tôt à la prison, peut-être que la fatigue lui jouait des tours.

Parce qu'il était tout bonnement impensable qu'il l'ait fait. La demander en mariage.

— Tu resterais l'unique décisionnaire concernant Matthew, son éducation et son quotidien. Cela va de soi.

Il parlait vite. Il paraissait avoir beaucoup de choses à dire et à expliquer.

— Ce que je veux dire, c'est que d'un point de vue légal, ce mariage assurerait la sécurité financière de Mattie. Il aurait mon nom, aussi. Nous pourrions passer une partie de l'année au ranch afin qu'il fasse la connaissance de...

Nicole l'interrompit :

— Es-tu en train de suggérer que je t'épouse ? Qu'on se marie, toi et moi ?

Elle voulait en être bien sûre. Elle n'avait pas encore complètement recouvré ses esprits. Sa vie venait – de nouveau – de basculer. Les révélations de Vivian allaient être lourdes d'implication pour elle et Mattie. Elle se réjouissait d'avoir enfin levé le voile sur ce passé trouble, mais cela faisait beaucoup à encaisser pour une seule personne. Elle n'avait pas encore pris toute la mesure de ce qui l'attendait. Elle pensait beaucoup à Lana, à ce que sa sœur avait dû traverser en silence.

— Oui, toi et moi.

Il se força à respirer calmement, comme pour ralentir la machine, apaiser son stress et son emballement.

— Je pense que cela nous serait bénéfique à tous, surtout Matthew.

Nicole sentit son cœur se serrer. Se déchirer. Ah ça, elle n'allait plus jamais se faire de fausses idées. Il n'y avait rien entre eux. Ni sentiment ni lien particulier.

La main qu'il avait posée sur la sienne pesa soudainement lourd. Trop lourd. Elle s'en libéra. Pourquoi s'autoriser à savourer le contact de leurs peaux, à profiter de cet instant de réconfort qu'il lui offrait, lorsqu'il tournait toute leur relation au ridicule en lui proposant... un arrangement. Oui, c'était le mot. Un arrangement. Pour le bien de Matthew, selon lui.

Elle eut envie de hurler.

De lui jeter sa proposition au visage. Ce visage qui se voulait calme et composé. Ce visage si séduisant, dont les lumières du tableau de bord épousaient les contours.

Comment oses-tu ?

Mais ce serait lui montrer combien cette offre contractuelle, froide et calculée, lui faisait mal.

— Je croyais que tu ne voulais surtout pas être père ? Aucune aspiration à avoir un tel rôle dans la vie d'un enfant ?

Elle se souvenait parfaitement de sa déclaration solennelle, qui avait fait éclater le stupide ballon qu'avait été son espoir d'une vie à deux. Elle s'était emballée et l'avait laissé gonfler trop vite, trop fort.

— Je ne suis pas sûre que Matthew mérite ça. Une figure paternelle réticente à jouer ce rôle.

Desmond reçut sa réponse comme un coup au visage. Aux

tripes. Elle le devina immédiatement. Cela ne lui apporta aucune satisfaction. Desmond était visiblement désemparé.

Oui, la question se posait. Il ne voulait faire de peine à personne, elle pouvait au moins lui rendre ça.

Il secoua la tête comme pour chasser une idée ridicule.

— Tu as raison.

Il serra les dents.

— Ton neveu mérite mieux que ça. Mieux que moi. Mais je suis là. J'essaye de trouver une solution qui réglerait bien des choses. Et ma précipitation ne sert pas exactement la cause.

Tout cela n'avait été qu'une offre creuse, qu'il retirait déjà. Nicole ressentit un grand vide en elle.

Desmond semblait comprendre pourquoi cette idée ne tenait pas debout. Il n'avait pas réfléchi aux conséquences de ses paroles, alors même qu'elles étaient comme des flèches dans le cœur de Nicole.

Il venait de lui rappeler tout ce qu'il n'était pas près de lui offrir. Pas intéressé.

De l'amour, du bonheur, une famille.

Ils ne se connaissaient pas depuis longtemps, mais Nicole le cernait suffisamment pour savoir qu'il était temps de partir. Elle ne pouvait pas se permettre d'accepter les miettes.

Certes, leurs corps s'entendaient à merveille. Leurs étreintes avaient même été magiques. Il avait bien plus à donner encore que ça. Pourtant elle ne comptait aucunement s'engager dans une relation où elle risquait à tout moment de se retrouver sur le carreau. Sa mère défaillante lui avait bien appris la leçon.

— Cela ne sert à rien de se précipiter si c'est pour avoir des regrets après.

— J'ai pensé à Matthew, à ce qui serait le mieux pour lui.

Nicole s'impatienta.

Il fallait que cette conversation se termine.

Elle voulait être seule, s'isoler avant qu'il ne puisse voir à quel point son offre lui faisait mal. À quel point elle tournait en ridicule les sentiments qu'elle s'était bêtement autorisée à avoir pour lui.

— Nous pourrons communiquer à distance et nous arranger pour que tu puisses rencontrer Matthew. Peut-être qu'un jour, quand il sera un peu plus grand, il pourra venir dans le Montana et faire la connaissance des meilleurs amis de son père.

C'était ce qu'elle voulait pour lui. Il méritait de voir par lui-même combien son père était aimé et respecté par les propriétaires de Mesa Falls. Alec était une exception, une mauvaise herbe dans cette histoire.

— Un jour ?

Desmond lui jeta un regard où se mêlaient la peine et l'incompréhension.

— Nicole, je ne plaisante pas quand je dis que j'ai envie de le rencontrer dès que possible.

Sa sincérité ne faisait aucun doute. Elle transparaissait dans ses yeux gris tempête.

Était-il blessé ?

— Je voudrais pouvoir passer du temps avec lui pour apprendre à le connaître.

Elle agrippa le cuir du siège pour s'empêcher de tendre la main vers lui. Elle ne pouvait pas supporter de croiser son regard, qui contenait tant de confessions muettes.

Elle craignait d'y voir des émotions et sentiments qu'il lui avait jusque-là cachés. Et qui concernaient son neveu. Pas elle.

Elle était tombée amoureuse de lui. Une erreur dont elle ne pouvait le tenir responsable. Une erreur mais un amour sincère, à en juger par la peine qu'elle ressentait à l'idée de le quitter.

C'était pourtant ce qu'elle devait faire, et le plus tôt serait le mieux. Elle devait se protéger, s'épargner une nouvelle déception en imaginant des choses, en voyant en lui des sentiments qui n'existaient pas.

— Bien sûr que tu pourras le voir. C'est une demande légitime.

Elle ne comptait pas empêcher Mattie de faire sa connaissance. Son ressenti à elle ne devait pas être un frein au bonheur de son neveu.

Elle allait sortir de la vie de Desmond, mais Mattie pouvait y entrer.

— Je vais organiser ça. Peut-être dans son collège, c'est là qu'il se sent le mieux.

Il se sentait encore mieux chez elle, à la maison, aux côtés de sa tante. Elle aimait son neveu de toutes ses forces, mais elle ne pouvait supporter l'idée de voir Desmond chez elle, d'y passer des moments de joie à trois. D'enregistrer l'image de cet homme dans sa maison sans que rien ne soit jamais possible avec lui.

Le simple fait de visualiser la scène risquait de la faire flancher. Elle se jetterait alors au cou de Desmond pour le supplier de revenir sur son refus d'être père. Son refus de la laisser approcher trop près de lui.

Desmond ouvrit la bouche pour prononcer quelques mots. Pour la remercier, peut-être. Mais Nicole sentait que les larmes brûlantes, qui lui étaient montées aux yeux, menaçaient de couler à tout moment.

Pour la deuxième fois de la journée, elle eut besoin de s'isoler.

— Je suis désolée Desmond, on terminera cette conversation plus tard.

— Entendu. Je... Je vais sortir nos bagages. Prends les clés, pars devant, je vais t'allumer la lumière du porche.

Elle s'efforça d'articuler une réponse :

— Merci.

Le flot de larmes enflait.

— Je vais nous préparer un bon dîner. Ça nous permettra de discuter et de souffler un peu.

— Je dois faire mes valises.

— Nicole…

Sans se retourner, elle annonça dans un soupir :

— Je crois que c'est mieux que je m'en aille. Je vais rentrer chez moi.

Il était étrange de retrouver son lycée après toutes ces années. Comme promis, Desmond et ses associés – à l'exception d'Alec – avaient fait le trajet jusqu'en Californie à l'occasion des cinquante ans du prestigieux établissement.

La soirée était plutôt festive. Après un petit cocktail privé dans leurs anciennes chambres, Desmond et les autres s'étaient rendus au grand salon, à l'autre bout du campus. La soirée était l'occasion pour le lycée d'organiser une collecte de fonds.

La question du livre d'Alonzo Salazar fut posée. Comment un ancien professeur de cette institution respectée avait-il pu donner dans le documentaire à scandale ?

Weston avait alors pris la parole et expliqué que leur ancien CPE, celui qui avait joué un si grand rôle auprès des adolescents qu'ils avaient été, s'était fait violence et avait rédigé ce livre dans le but de venir en aide à une mère isolée. Certes, des stars hollywoodiennes avaient vu leur image s'écorner, mais les faits lui avaient semblé acceptables s'ils permettaient de tendre la main à une jeune maman et son fils, dont l'histoire était intimement liée à celle du prestigieux lycée.

L'assemblée s'était montrée compréhensive. On avait trinqué à la mémoire d'Alonzo Salazar et salué ses fils qui avaient eu le courage de répondre à l'invitation. La soirée se poursuivait dans une ambiance joyeuse, au rythme de la musique et des souvenirs égrenés par les anciens.

Le cœur de Desmond n'était cependant pas à la fête. Voilà dix jours qu'il n'avait plus de nouvelles de Nicole. Il avait tâché de se faire discret et de la laisser souffler après sa demande en mariage totalement déraisonnable.

Il avait foncé sans réfléchir. Dans son aveuglement, il avait tout de même lu la douleur dans les yeux de Nicole.

J'ai merdé dans les grandes largeurs.

Il l'avait fait souffrir. Cette simple idée lui brisait le cœur et l'âme.

Il comprit soudainement pourquoi elle lui manquait tant, pourquoi il se sentait si désœuvré. S'il avait autant de peine, c'était parce qu'il nourrissait des sentiments à son égard. Des sentiments amoureux.

Les précautions qu'il avait prises pour éviter cela à tout prix n'avaient servi à rien.

D'y penser lui donna envie de sauter sur ses pieds et de courir la rejoindre. De tourner le dos au passé pour enfin conjuguer une vie au futur.

13

Il se leva de sa chaise puis hésita. Il repensa à leur dernière conversation. Pourquoi avait-elle eu l'air si affectée elle aussi ?

Y avait-il la moindre chance qu'elle soit tombée amoureuse de lui ? Qu'elle soit portée, comme il l'était, par un sentiment qui le faisait chanceler ?

Si, par le plus grand et beau des hasards, c'était le cas, cela ne résolvait en rien le problème de fond. Nicole l'avait très bien résumé. C'était limpide : « Je ne suis pas sûre que Matthew mérite ça. Une figure paternelle réticente à jouer ce rôle. »

Elle avait tellement raison. Comment pourrait-il être un relais paternel pour Matthew – dans le cas peu probable où Nicole tiendrait suffisamment à lui pour revenir sur sa décision – quand il n'avait aucun modèle de père pour le guider ? Il n'avait pas de repère, pas de souvenirs auxquels se référer. Son père à lui avait été pitoyable.

Une main amicale lui tapa dans le dos.

— Ça va, toi ?

C'était Gage.

— On fait aller. Tu passes une bonne soirée ?

— Plutôt. Ça fait bizarre d'être là, mais en même temps c'est tout ce que j'espérais. On a comblé les pièces manquantes du puzzle en retrouvant le fils de Zach, en découvrant sa relation avec Lana. Ça va nous permettre à tous de tourner la page. Ou de laisser partir les fantômes du passé. Je ne sais pas si nous pourrons un jour nous débarrasser de notre culpabilité vis-à-vis de Zach, mais je suis heureux de pouvoir faire la connaissance de son fils. D'être là pour lui. Et c'est aussi une bonne chose que la mémoire d'Alonzo Salazar ait été réhabilitée.

— Tu as raison. C'est juste que je n'ai pas trop l'esprit à la fête.

— Rejoins-nous sur la piste de danse, ça te fera du bien.

— Je vais y réfléchir.

— Allez, j'y retourne. Viens te changer les idées avec nous.

— Peut-être tout à l'heure.

Desmond suivit son ami du regard, sourit en voyant ses associés danser, se libérer d'un certain poids.

Il repensa aux paroles de Gage.

À Alonzo Salazar.

Cet homme avait été comme un père pour lui, pour eux tous, à bien des égards. Il les avait accompagnés dans le deuil de leur ami.

C'était aussi grâce à lui qu'il avait pu entreprendre une brillante carrière. Alonzo Salazar lui avait donné de précieuses clés. Le succès professionnel de Desmond lui permettait en retour d'aider des refuges pour femmes et enfants, comme il l'avait fait après la mort de Zach.

Cela signifiait-il qu'il avait en réalité bénéficié d'une figure parentale digne de ce nom ? Qu'il avait bel et bien un modèle de père auquel se référer ? Et quel modèle !

Cette idée provoqua un séisme en lui.

Il ne lui restait plus qu'à espérer convaincre Nicole.

Parce qu'il comptait bien, une fois la fête finie, louer une voiture et rejoindre San José. Il n'attendrait pas une journée de plus pour aller retrouver la femme qu'il aimait et qui lui manquait tant.

Penchée au-dessus de sa table à dessin, Nicole laissait libre cours à ses idées. Une ferme du coin lui avait commandé des visuels pour son site Internet, et elle s'était lancée dans les premières esquisses.

Sur l'étagère, le réveil indiquait 23 heures.

Comme tous les soirs, elle avait appelé Matthew au pensionnat. Il était tard à présent, mais elle était souvent plus efficace la nuit.

Peut-être voulait-elle aussi occuper son esprit en se plongeant dans le travail ?

Le lycée où avaient exercé son père et Lana, celui où Zach et Desmond s'étaient connus, où tout était arrivé, fêtait son cinquantenaire en ce moment même. Nicole ne voulait pas être tentée de consulter le fil Twitter de la soirée, avec des photos de tous les invités. Ou plutôt ne pas être tentée de retourner le consulter.

Pourquoi Desmond était-il aussi beau dans son costume ? Il était si sexy. Le tissu de créateur épousait parfaitement son anatomie avantageuse.

Ce corps qu'elle ne reverrait plus, ne toucherait plus jamais. Contre lequel elle ne pourrait plus se blottir ni…

La sonnerie de la porte stoppa net son crayon et le flot de ses pensées – qui ne l'aidaient en rien à tirer un trait sur cet homme qui n'était pas pour elle. Qui pouvait bien sonner à cette heure ? Elle pensait les journalistes repartis depuis plusieurs jours.

Elle se leva de son tabouret, enfila un bas de pyjama et un grand gilet sur sa nuisette. Elle se dirigea mollement vers la porte et colla son œil au judas.

Desmond.

Elle se posa la main sur la bouche pour retenir un cri de surprise. Ou peut-être ne l'avait-elle pas vraiment retenu, car la voix grave de Desmond résonna derrière la porte.

— Nicole ?

Un bruit sourd contre la porte. Sa main, son corps appuyé dessus ?

— Il est tard, je suis désolé.

Silence.

— J'ai vu que tes lumières étaient encore allumées. Il faut que je te parle.

Nicole sentit son cœur s'emballer, comme s'il cherchait à s'échapper pour rejoindre l'homme qui se trouvait de l'autre côté. Oh ! mais ce n'était pas son cœur qui menait la danse ce soir. Elle ferma les yeux et tenta de se raisonner. Elle avait peur, peur de tout, cependant ce n'était pas une raison pour le laisser ainsi sur le palier.

— Est-ce que tu veux entrer ? Il ne fait pas chaud dehors.

— Je te confirme. Je veux bien, merci.

Elle ouvrit la porte et tenta de prendre un air détaché, comme si elle recevait un ami qu'elle avait vu la veille.

— Tu veux boire quelque chose ?

— Non, je te remercie. Déjà que je débarque chez toi à l'improviste.

Il fit un geste du menton en direction de sa table à dessin.

— Tu travaillais ?

Nicole sortit une tasse d'un placard et s'activa en cuisine pour se donner une contenance. Depuis sa position derrière le bar, elle observa Desmond, la façon dont il fit glisser ses doigts sur le papier à dessin. Elle frissonna malgré elle, emplie du souvenir de cette peau sur la sienne. Son appartement était trop petit, il l'occupait tout entier de sa présence. Le parfum de Desmond lui chatouillait les sens.

— Oui.

Elle se mordit la lèvre inférieure avant de poursuivre.

— Je crée des visuels pour une ferme des environs. Ils font pousser des légumes et des fleurs, tout est bio.

— Tes dessins sont très réussis. Tu as un talent indéniable.

— Merci.

— Tu me manques, Nicole.

La surprise fut telle qu'elle faillit renverser l'eau de son thé à côté de sa tasse. Elle se mordit la joue pour ne pas se laisser envahir par l'émotion.

— Je me permets de m'en étonner. Ce n'est pas toi qui as fixé les limites, très claires, de notre relation ? Ou alors je te manque juste sur le plan physique, peut-être ?

Elle comprit qu'elle ne lui avait jamais pardonné d'avoir été si distant avec elle au matin de leur deuxième nuit ensemble. Cette capacité qu'il avait eue à se refermer, à occulter presque les moments qu'ils venaient de partager.

Elle fit un petit geste ironique de la main.

— Parce que là, vois-tu, ce n'est pas exactement la même chose.

Elle chercha son regard, le trouva et y resta accrochée.

— Je suis d'accord.

— Donc nous sommes d'accord tous les deux.

Après un nouveau silence, Desmond insista.

— Tu me manques, toi.

Il l'alpagua, la fit entrer dans ses yeux gris. La couleur de la tempête. Il semblait avoir longuement réfléchi à la question.

— J'ai été stupide de vouloir baliser notre relation au lieu de simplement en profiter. De savourer ma chance. D'apprendre à te connaître.

La chaleur de son regard chassa la tempête, la remplaçant par une douceur qui manqua faire chavirer Nicole.

Elle n'était pas prête à boire toutes ses paroles sans connaître la raison de sa venue. Qu'attendait-il d'elle ? Pourquoi avait-il fait tout ce chemin subitement ?

— Cette demande en mariage, comme ça, dans la voiture, c'était une erreur de ma part. Je ne saurais te dire combien de fois je m'en suis mordu les doigts. Non pas que je n'aie pas envie de me réveiller à tes côtés tous les matins, de m'occuper de toi et de Matthew pour le reste de nos jours.

Il secoua la tête.

— Je regrette simplement que tu aies pu croire une minute que ma proposition était purement pratique et juridique. Comme si je ne pouvais pas vous apporter la même aide indépendamment d'un mariage ! Je me suis dit que je pourrais te garder pour moi en tricotant cette histoire de mariage. En parlant sécurité matérielle au lieu de m'avouer – et de te l'avouer à toi aussi – la vérité. Je t'aime.

Nicole scruta le visage de Desmond à la recherche d'un indice : elle devait être en train de rêver !

Mais oui, bien sûr. Un rêve délicieux, et elle allait bientôt ouvrir les yeux et revenir à la réalité. Comment expliquer sinon la présence, là, dans sa cuisine, de l'homme qu'elle désirait par-dessus tout. Du gentleman en costume sur la photo de Twitter.

Desmond Pierce était un homme d'affaires influent, qui vivait dans un monde bien différent du sien. La seule petite folie qu'elle s'autorisait était de s'acheter du bon thé, quand lui achetait des pur-sang.

Desmond se leva. Elle l'observa, le vit prendre sa main dans la sienne. Elle se força à se réveiller. Tout cela n'était pas en train d'arriver.

— Nicole ?

Sa voix, ô combien sexy, la tira de sa torpeur et lui caressa les sens. Il glissa une main derrière sa nuque, la referma doucement sur ses cheveux.

— Dis quelque chose.

Nicole ne réagit pas.

— Mon cœur ? As-tu entendu ce que je viens de dire.

Il avait le regard inquiet.

— Existe-t-il la moindre chance pour qu'un jour tu ressentes la même chose que moi ?

La sensation de ses doigts dans ses cheveux n'avait rien d'imaginaire. La réaction qu'il provoqua en elle était bien réelle. Charnelle, excitante. Cette sensation et ce désir que lui seul avait su éveiller.

Elle lui sourit. Timidement d'abord.

— Je suis en plein rêve, là ?

Elle referma les doigts autour de sa main et l'amena contre sa joue. Pour se prouver que non, son cœur ne la trompait pas : Desmond était bien là, devant elle.

— Viens-tu vraiment de me dire que...

— Oui. Je t'aime, Nicole.

L'intensité de son regard en disait aussi long que ses mots. Il était habité par une chaleur et une tendresse qui valaient beaucoup, beaucoup plus que tous les rêves du monde.

— Accepte-moi dans ta vie. Donne-moi une chance. Je te montrerai que ce ne sont pas des paroles en l'air.

Nicole sentit son cœur déborder... de joie !

L'émotion lui noua la gorge.

Mais elle avait besoin d'explications.

— Moi aussi j'ai des sentiments pour toi.

Elle avait su qu'elle l'aimait là-bas, au bord du lac Tahoe. Elle l'avait compris dans le silence de la nuit et de leurs corps repus.

Sa soupe à la grimace du lendemain matin n'en avait été que plus dure à avaler.

— Mais tu as dit que tu ne pouvais... Que tu ne serais jamais père.

Desmond reçut un coup de canif au cœur. La peur le rattrapait. Mais il était plus fort qu'elle.

— Je faisais erreur.

Il posa ses mains sur les épaules de Nicole. Caressa ses bras.

— Je pensais avoir eu le pire père au monde. Ce qui n'est pas loin d'être le cas, cela dit. Alors j'ai cru que...

Il dut prendre une inspiration pour ne pas se laisser gagner par l'émotion.

— J'ai cru que je n'avais rien à offrir à un enfant. Je ne voulais pas teinter la vie d'un innocent avec mon propre passé, reproduire les erreurs de mon père.

Il ne s'était pas beaucoup ouvert à elle sur son histoire familiale, mais sa voix trahissait une grande souffrance. Il avait accumulé beaucoup de stress et de chagrin en lui au cours de ses jeunes années.

Elle fut touchée qu'il ose se livrer ainsi à elle.

Il se redressa et chercha à dissiper son trouble. Elle posa une main sur son torse.

— J'ai tellement de peine pour toi. Aucun enfant ne devrait être privé d'amour et grandir dans l'insécurité.

Elle pencha la tête pour déposer un baiser sur sa main.

— Mais tu as tellement à donner. Tu n'es pas ton père et tu n'as pas hérité de sa monstruosité. Il ne t'a même pas élevé.

— Je le sais à présent. Je l'ai compris. J'ai eu le temps de penser à tout ça, de faire une autre lecture de mon passé et de comprendre que j'avais aussi été entouré de belles personnes.

Il embrassa à son tour la main de Nicole. Le dos d'abord, puis il la retourna pour déposer ses lèvres dans sa paume.

— Tout à l'heure, alors que la fête battait son plein, j'avais l'impression d'être dans une impasse parce que je t'avais perdue. Gage est venu me parler, il a évoqué Alonzo, ce qu'il a fait pour nous. Tout ce qu'il nous a appris.

Le regard de Desmond se perdit un instant dans le vague. Elle sentait combien il avait changé en si peu de temps. Il s'ouvrait à lui. Il s'ouvrait à elle.

D'un petit geste de la tête, elle l'encouragea à continuer.

— C'est comme si on avait allumé la lumière dans une pièce sombre où je vivais depuis bien trop longtemps. J'ai compris que je pouvais me tourner vers d'autres modèles de père, d'hommes solides et bienveillants. Que j'avais bénéficié d'une vraie figure paternelle et que je pouvais à mon tour en incarner une.

Les derniers doutes de Nicole se dissipèrent. La conviction dans la voix de Desmond venait de les effacer. Elle était tellement heureuse pour lui, heureuse qu'il ait enfin vu en lui ce qu'elle avait décelé depuis longtemps déjà. Qu'il était fort, honnête, généreux, avait un cœur plus gros que lui.

Elle était touchée de savoir qu'elle et Matthew y avaient une place de choix.

Elle pensa à son neveu et commenta tout haut :

— Tu vas l'adorer. Et ce sera réciproque !

— Tu parles de Matthew ?

— Oui. J'ai hâte de te le présenter.

— Et moi de le connaître.

Elle fit courir un doigt amoureux sur la bouche de Desmond. De larmes de joie se bousculèrent sous ses paupières closes.

Quand elle les rouvrit, elle plongea son regard dans celui de l'homme qu'elle aimait.

— Et rien ne me rendra plus heureuse que de t'avoir dans ma vie.

Une larme lui coula sur la joue.

— Car tu es déjà dans mon cœur.

Avant qu'elle n'ait le temps de protester, il la souleva et la prit dans ses bras.

Elle enroula ses jambes autour de lui, enfonça sa tête dans son cou, laissa son parfum la séduire.

Elle leva la tête vers lui, réclamant le baiser qu'elle n'avait que trop longtemps attendu.

Il l'embrassa avec une fougue à peine maîtrisée, le cœur en joie, devenant fou sous les assauts de ses seins plaqués contre lui.

— J'avais envie de t'embrasser depuis tout à l'heure.

Il déposa un baiser sur sa tempe, sur sa joue, dans son cou.

— Et tu portes la même nuisette que le jour où je t'ai appelée. Ce petit bout de tissu hante mes nuits et mes jours depuis que je t'ai vue dedans.

— Tu as bien fait de sonner chez moi à l'heure du coucher. C'était très bien vu.

Elle éclata de rire.

— Alors moi je t'adore dans ton costume. Vraiment. Tu es beau comme un dieu, mais ce n'est pas du tout une tenue appropriée à cette heure. Tu es bien trop couvert.

À peine avait-elle fini sa phrase qu'il lui ôta son gilet et fit glisser les bretelles de la nuisette sur ses épaules nues.

— Ah, tu aimes mon costume ?

Il passa une main derrière sa nuque, l'embrassa langoureusement.

— Il faut dire qu'il te va à merveille.

— Merci pour le compliment.

Il se pencha et colla sa bouche contre son oreille.

— Tu serais surprise de tout ce que je peux te faire en le gardant sur moi.

Nicole se sentit devenir moite. L'homme qu'elle aimait était aussi le seul à pouvoir lui procurer un plaisir sans nom.

— En revanche, toi, tu ne dois rien porter. Du tout. Laisse-moi juste défaire mes boutons de manchette, car je vais avoir besoin de mes mains.

Il l'allongea sur le lit et lui sourit. Un monde de sensations et de plaisirs s'offrait à eux.

Elle le contempla avec des yeux rieurs.

— Mets-toi à l'aise, je t'en prie.

Il se pencha pour l'embrasser, encore et encore.

Quand il se redressa, il avait le regard conquérant.

— Je vais m'occuper de toi, et quand j'aurai fini, tu n'auras plus aucun doute. Tu sauras que ce n'était pas un rêve.

Épilogue

Six mois plus tard…

Plissant des yeux face aux rayons du soleil qui dardaient entre les grands pins, Desmond chercha du regard Matthew et Marcus Salazar, partis monter à cheval ensemble.

Le temps était radieux en ce jour de barbecue dans le jardin de Gage et Elena.

Desmond profitait de la belle gaieté qui rayonnait en lui. Une joie profonde lui coulait dans les veines. La vie était douce avec eux. Nicole, Mattie et lui. Et recevoir ses amis ici était un vrai plaisir. Il se sentait comblé.

Au retour de leur lune de miel, Gage et Elena avaient décidé de passer l'été à Mesa Falls. Ils avaient persuadé les autres associés et leurs moitiés d'en faire autant. Marcus et Devon Salazar, les fils d'Alonzo, les avaient même rejoints pour passer deux semaines de vacances au ranch.

Weston avait même proposé d'en faire une tradition annuelle, idée qu'ils avaient acceptée avec plaisir.

Gage était dans son élément. Il préparait amoureusement de la viande grillée pour les siens, au bord de sa piscine, pendant que tout le monde s'extasiait devant la petite fille de Jonah, qui venait de faire ses premiers pas. La petite puce était à croquer.

Observer Jonah dans son rôle de père donnait de l'espoir à Desmond. Peut-être en serait-il capable un jour, lui aussi ? Matthew l'avait grandement aidé à prendre ses marques – à prendre confiance – en se montrant sympa et ouvert lors de leur première rencontre.

Il lui avait même posé une foule de questions sur sa vie, son travail, ses intentions vis-à-vis de Nicole. Tout cela avant même d'évoquer son père biologique.

La veille de cette première fois, Desmond avait été dans tous ses états. C'était pire que le plus terrible des entretiens d'embauche.

Il s'en était visiblement bien sorti : Matthew lui avait serré la main en lui souhaitant la bienvenue dans la famille avant de partir jouer aux jeux vidéo.

Desmond était fan de lui. Comment ne pas s'attacher à cet adolescent au monde singulier, aux qualités si précieuses ? Il était aussi le fils de Zach, certes, mais cela ne faisait pas tout.

Desmond avait remercié le ciel le jour où, au début de l'été, Mattie avait accepté sa proposition – présentée de façon très formelle et précise, car le jeune homme tenait à connaître tous les détails d'une affaire : qu'il l'adopte une fois que Nicole et lui auraient convolé en justes noces.

En disant oui, ce petit génie aux yeux caramel et au cœur sur la main avait scellé un peu plus leur avenir à trois. Et leur lien à eux deux. L'adolescent avait insisté pour qu'ils déterminent au plus vite la date de leur mariage.

Nicole et lui avaient échangé leurs vœux deux jours plus tard.

Desmond continuait à fouiller les arbres du regard, cherchant à apercevoir Mattie.

— Tout va bien, ne t'inquiète pas. Tu lui as montré

comment monter à cheval. Avec un professeur comme toi, il ne peut rien lui arriver.

— Comment as-tu deviné ?

— Comment j'ai deviné que tu es le plus super des papas d'un ado de quatorze ans du monde entier, tu veux dire ? Eh bien parce que je te regarde faire jour après jour. D'ailleurs, quand tu seras prêt, on pourrait lui faire un petit frère ou une petite sœur.

Desmond lui sourit avec tendresse.

— Nous y veillerons. En attendant, rien ne nous empêche de commencer les travaux pratiques.

— À table !

La voix de Gage venait d'interrompre ce délicieux prélude. Ils éclatèrent de rire.

Desmond se tourna vers Nicole, ses yeux gris tempête pleins de promesses.

— OK, allons-y. Et ce soir, quand nous serons tous les deux, je me chargerai de nouveau de transformer tes rêves en réalité.

JOSS WOOD

Une liaison incandescente

Traduction française de
SOPHIE WATINE-VIEVARD

PASSIONS

HARLEQUIN

Titre original :
AT THE RANCHER'S PLEASURE

Ce roman a déjà été publié en 2021.

1

Quand il franchit le portail du ranch Heritage, Brett Harston sentit son visage se figer et ses mains se crisper sur le volant du Ford F-150 Limited flambant neuf qu'il était passé prendre à Dallas en rentrant des îles Caïmans. Le plus agréable quand on était riche, c'était de pouvoir s'offrir des jets privés, des villas isolées sur la plage et de s'octroyer de temps à autre de menus plaisirs comme ce nouveau pick-up.

Et pourtant, étant donné ses exploits de ces dernières semaines, il ne méritait pas ce petit plaisir.

Il se frotta la nuque et descendit la vitre côté conducteur ; la douce brise du Texas s'engouffra dans l'habitacle, et il sentit aussitôt qu'il était moins tendu. Il était enfin rentré à la maison, et c'était tout ce dont il rêvait depuis quinze jours.

S'il était resté parti si longtemps, c'était uniquement pour permettre à Lexi de reprendre ses esprits et laisser aux commérages les plus féroces au sujet de sa désertion devant l'autel le temps de s'éteindre d'eux-mêmes. Étant donné que les Harston étaient depuis toujours l'un des sujets favoris des pires langues de vipère de Royal, il se moquait complètement de ce qu'on pouvait dire de lui. Mais à sa connaissance, c'était la première fois que Lexi Alderidge était la cible des commérages en ville.

Son séjour en solitaire dans la luxueuse maison sur la plage privée qu'il avait louée pour leur lune de miel lui avait laissé tout le temps pour réfléchir aux raisons pour lesquelles il était passé si près de la catastrophe.

Tout s'était enchaîné tellement vite. Il s'était laissé prendre par surprise quand son amour de jeunesse – une des rares personnes à n'avoir à l'époque pas vu en lui uniquement le fils d'une alcoolique – était revenu dans sa vie dans le but de raviver les braises de leur histoire d'amour passionnée d'adolescents.

Enivré par un mélange explosif de souvenirs et de désir, il avait plongé la tête la première, sans prendre en compte le fait qu'elle sortait à peine d'un divorce et qu'elle était encore sous le coup de sa déception amoureuse. Quelques semaines de sexe échevelé plus tard, Lexi avait suggéré qu'ils se marient, et lui, dans un demi-sommeil, avait vaguement suggéré en retour que cela arriverait sans doute, dans un futur lointain.

Mais c'était compter sans l'ouïe très sélective de Lexi et le redoutable sens de l'organisation du clan des femmes Alderidge, à savoir Lexi et sa mère, Violet. Avant même qu'il ait eu le temps d'émerger complètement du sommeil, l'annonce de leurs fiançailles s'était répandue dans tout Royal, et mère et fille étaient bien décidées à prouver qu'elles étaient capables d'organiser un mariage exceptionnel en seulement deux mois.

Dès le début, Winston Alderidge s'était montré réticent au sujet de leur mariage, et Brett était bien obligé de reconnaître que c'était précisément cette résistance qui l'avait incité, lui, à camper sur ses positions. Autrement dit, si Winston disait que le ciel était bleu, Brett était capable de soutenir contre toute évidence qu'il était vert. Le père de Lexi avait une très haute opinion de lui-même et de son statut, et malgré sa fortune Brett n'était pas assez bien pour sa petite princesse. En présence de Winston, il avait l'impression de redevenir le gamin pauvre qui faisait toutes les heures supplémentaires possibles pour Tweed Huggins dans l'espoir de faire ses preuves.

Désormais, Brett était l'un des propriétaires terriens les plus riches de la région et un éleveur de bétail, notamment de chevaux, respecté. Mais pour certaines personnes, dont les Alderidge, il resterait à jamais un gamin né du mauvais côté de la barrière.

Pour résumer, le retour de son premier amour, le fait de voir une étincelle se rallumer dans les yeux de Lexi, leur entente physique et l'illusion qu'il trouverait enfin sa place en entrant dans une des familles les plus respectées de Royal, tout cela avait fait taire son intuition profonde que ce mariage était une erreur.

Heureusement, il était revenu à la raison avant qu'il soit trop tard. Il ne regrettait pas un instant d'avoir annulé le mariage, mais était sincèrement triste d'avoir blessé Lexi et de l'avoir mise dans l'embarras. Il l'avait appelée pour tenter de lui présenter ses excuses, mais elle ne lui avait jamais répondu. Il réessayerait d'ici quelques jours.

Brett n'était pas fier de lui ; un homme de trente-huit ans aurait dû avoir le bon sens de rompre ces fiançailles bien plus tôt. Mais on ne pouvait plus rien y changer. Il avait déjà demandé à son avocat de rembourser aux Alderidge tous les frais qu'ils avaient engagés et espérait qu'avec le temps Lexi finirait par lui pardonner. Quant aux langues de vipère de Royal, elles se délecteraient de ce mariage avorté jusqu'au moment où elles trouveraient quelque chose de plus croustillant sur lequel se jeter, voilà tout.

Suivant la route menant chez lui, il allait tourner à droite quand il saisit du coin de l'œil l'image d'une casquette noire et d'une queue-de-cheval blonde. Brett ralentit et observa la fille adolescente de son régisseur qui remontait à toute allure le chemin jusqu'à la maison principale. Stacy avait l'habitude de courir dans toute la propriété, et il fallait reconnaître que c'était une vraie sportive. Elle ne ralentit pas, et il comprit qu'elle portait des écouteurs et qu'elle n'avait pas entendu le moteur de son nouveau pick-up. Il vit l'heure sur le tableau de bord et vérifia sa montre. C'était bien ça, onze heures et demie... À cette heure-là, elle aurait dû être au lycée. Elle était en train de sécher les cours.

Brett roula jusqu'à son niveau :

— Pourquoi est-ce que tu n'es pas au lycée ? demanda-t-il d'une voix sévère.

De son index, la joggeuse releva la visière de sa casquette et se tourna vers lui. Au lieu des yeux marron de Stacy, c'est un regard bleu et visiblement amusé qui le frappa de plein fouet.

D'un seul coup, sa bouche devint sèche, et un frisson brûlant parcourut son dos tandis que son regard embrassait des yeux magnifiques aux longs cils, des pommettes hautes et une bouche sensuelle.

Il y avait longtemps qu'il ne l'avait pas vue, mais Brett la reconnut instantanément. Sa tenue de sport moulante bleu turquoise et noir épousait son corps mince et tonique. Elle était à tomber par terre.

— Salut, dit Sarabeth Edmond de sa voix légèrement rauque, plutôt basse et tellement excitante. Il eut soudain envie de l'entendre murmurer son nom à son oreille tandis qu'elle enroulerait ses longues jambes autour de ses reins et qu'il se glisserait en elle...

Brett se racla la gorge et fronça les sourcils, un peu gêné de réagir aussi violemment en voyant cette femme magnifique. Cela faisait à peine quinze jours qu'il avait quitté sa fiancée devant l'autel ; il n'avait pas le droit d'être attiré par quelqu'un d'autre, et surtout pas par l'ex-femme de Rusty Edmond.

D'ailleurs, qu'est-ce qu'elle faisait sur ses terres, en train de courir dans son allée ?

Quand il posa la question, Brett fut tout à fait conscient de sa rudesse. De son côté, Sarabeth semblait avoir perçu son irritation.

— Je loue votre cottage, et l'agent immobilier m'a dit que le propriétaire était absent et que je pouvais monter le cheval que je voulais, sauf l'étalon. Alors, je ne pensais pas que courir poserait un problème.

Bien sûr que non. Il se comportait comme un crétin. Bon sang, il avait complètement oublié qu'il avait un nouveau locataire. Il se rappelait maintenant le mail de l'agent immobilier lui disant qu'elle avait loué le cottage pour trois mois.

Il ouvrit sa portière et descendit de son pick-up. Il remarqua que Sarabeth était plus grande que dans son souvenir, peut-être un mètre soixante-quinze. Mais il mesurait bien une tête de plus qu'elle et était beaucoup plus musclé.

— S'est-elle trompée ? Dans ce cas, je suis prête à m'excuser.

Pas de doute, son ton était glacial. Brett poussa un soupir et lui tendit la main.

— Non. C'est à moi de m'excuser. Bienvenue au ranch Heritage. Je suis Brett Harston.

— Sarabeth.

Quand sa main toucha la sienne, il fut parcouru par une décharge électrique. Oh oui ! Il était très attiré par elle.

Génial ! Il désirait la seule personne dont le retour à Royal allait défrayer la chronique au moins autant que son propre cas.

— Et désolé de vous avoir crié dessus. Je vous ai prise pour Stacy, la fille de mon régisseur. Je croyais qu'elle séchait les cours.

Sarabeth lui adressa un sourire qui le fit presque vaciller. Il posa son autre main sur la carrosserie pour garder l'équilibre. Bon sang, quel sourire ! Il sentit chaque cellule de son corps vibrer à ce spectacle… et il eut envie de goûter sa bouche, d'en découvrir la saveur.

— Ne vous excusez pas. Il y a longtemps qu'on ne m'a pas prise pour une adolescente. Très, très longtemps.

Ça, il ne pouvait pas le croire. Bien sûr, il savait que Sarabeth avait environ dix ans de plus que lui, mais elle paraissait avoir le même âge. Elle faisait même plus jeune. Sans doute parce qu'elle était si mince et grâce à sa peau à la fois hâlée et soyeuse.

Elle possédait le genre de visage et de corps qui vieillissaient bien. Très bien, même.

Sarabeth retira sa main et appuya la hanche contre la voiture.

— Alors, comment s'est passée cette lune de miel ? Où est votre épouse ?

La question le mit mal à l'aise, mais il savait qu'il ne pourrait pas échapper à quelques explications.

— Eh bien, j'ai rompu la veille du mariage, pendant le dîner de répétition. Ça m'étonne que vous ne soyez pas au courant.

Elle écarquilla les yeux et eut un sourire complice.

— Les mauvaises langues du coin ne doivent plus savoir où donner de la tête. De quoi discuter en premier ? De votre mariage raté ou du prochain scandale que je vais provoquer ?

Brett fourra les mains dans les poches de son jean et inclina la tête sur le côté.

— Parce que vous avez l'intention de faire du grabuge ?

Il lut une lueur d'amusement dans ses yeux, mais y perçut aussi un peu de crainte.

— Oh ! non. Je ne suis ici que pour me rabibocher avec mon fils et, j'espère, enfin profiter de mon petit-fils.

En effet, Ross, le fils de Sarabeth, venait d'apprendre qu'il était père et était raide dingue de la mère de son enfant, Charlotte, le chef du Sheen, un restaurant de Royal. Grand bien lui fasse. À lui, l'amour et la stabilité avaient toujours échappé, et alors que le tout lui avait été offert sur un plateau d'argent, il avait été infoutu de saisir sa chance.

Lexi ne t'aimait pas, et tu ne l'aimais pas non plus. Vous étiez à la recherche de quelque chose qui n'existait pas vraiment.

— En tout cas, ne vous gênez pas pour moi. Du moment que ça détourne l'attention de moi.

Tout comme son sourire, le rire de Sarabeth fit bondir son estomac.

— Pas question. Tant que je serai au Texas, je compte bien rester sous les radars et ne pas me faire remarquer.

— Pareil pour moi, dit-il, mais ça ne les empêche pas de parler.

Le regard de Sarabeth restait accroché au sien, et il voyait bien que sa curiosité était piquée. Mais, et c'était tout à son honneur, elle se garda bien de s'engouffrer dans la porte qu'il venait stupidement d'ouvrir. Se souvenait-elle de ce qu'on disait de sa mère, de lui, à l'époque ? Sans doute pas. Du temps où elle vivait à Royal, elle devait être bien trop occupée par Rusty et deux enfants en bas âge.

Brett entendit le hennissement joyeux et familier de Bella, une de ses juments préférées. Elle était juste derrière la barrière de bois du paddock et l'appelait du regard. En voilà au moins une à qui il avait manqué.

Il s'avança vers la barrière et caressa son nez.

— Mais oui, tu m'as manqué aussi, dit-il en riant parce qu'elle avait reniflé ses poches à la recherche de carottes avant de presser la tête contre sa joue. Tu sais y faire, hein ? Mais tu sais aussi que c'est le soir, le moment des friandises.

Brett pressa le front contre l'encolure de Bella et ferma les yeux. C'était tellement plus facile de communiquer avec les animaux qu'avec les humains ; ils étaient directs et simples, et ne cherchaient pas à vous manipuler. Lui-même détestait la malhonnêteté et les faux-semblants, au point d'être souvent d'une franchise un peu brutale.

Sauf ces derniers temps. Il n'avait pas été honnête avec Lexi. Il se sentait tellement gêné, honteux et mal à l'aise. Bien sûr, il allait rembourser les frais du mariage, mais ce n'était pas en signant un chèque qu'il allait effacer l'humiliation que devaient ressentir Lexi et ses parents.

Il se revit, alors qu'il se tenait à l'écart pendant le dîner en train de réfléchir et de se dire qu'il ne voulait pas faire de mal à Lexi. Mais ce soir-là, il avait pris conscience que ses sentiments pour elle étaient en réalité le fruit son désir de se sentir accepté, de ne plus avoir l'impression d'être un paria dans la bonne société.

Il avait réussi professionnellement, mais épouser Lexi, devenir le gendre de Winston Alderidge, légitimerait sa position à Royal.

Mais cela signifiait vendre son âme au diable.

Alors, il avait fait signe à Lexi de le rejoindre et lui avait dit qu'il ne pouvait pas l'épouser, qu'il ne l'aimait pas, et qu'elle non plus. Du moins pas comme deux personnes qui s'apprêtent à se marier. Elle s'était mise à pleurer, et il était parti, la laissant là, complètement perdue et sous le choc.

Et la moitié de la ville avait assisté au naufrage de ce qui était supposé être leur dîner de répétition.

Il s'était conduit comme un vrai salaud.

Il sentit une main sur son bras et entendit un léger soupir féminin.

— C'est pas facile, hein ?

Brett ouvrit les yeux et adressa un sourire un peu contraint à Sarabeth. Son regard était rempli de gentillesse et, surtout, il n'y vit aucun jugement. Mais de toute façon, peu lui importait ; il était son juge le plus sévère.

— Pourquoi avez-vous rompu ? demanda-t-elle avec douceur.

En supposant qu'il ait eu l'habitude de se confier – ce qui n'était pas le cas –, il doutait que quelqu'un puisse comprendre ses raisons. Comment expliquer qu'il avait été tout à coup frappé par l'évidence que Lexi et lui n'étaient pas faits l'un pour l'autre ?

Et qu'il ne pensait pas être fait pour le mariage, ni maintenant ni jamais. Il était trop secret, trop indépendant, trop perturbé pour être le mari, l'amant, le partenaire de qui que ce soit...

D'aucune femme.

— Vous n'êtes pas obligé de me répondre, dit-elle gentiment.

Il le savait bien et n'en avait aucune intention. Ça n'était pas son genre de se mettre à nu, de se livrer à qui que ce soit, et surtout pas à une femme magnifique au regard si troublant.

— Mais je peux vous dire une chose. Croyez-moi, ça passera. Ça vous fera peut-être un mal de chien, mais ça passera. Tout finit par passer, dit Sarabeth avec un doux sourire plein de compréhension.

Puis elle s'écarta et retourna sur le chemin. Là, elle baissa sa casquette et lui adressa un petit salut de la main avant de se remettre à courir, de sa longue foulée pleine de grâce.

Cette femme était vraiment... fascinante.

Sarabeth maintint un rythme soutenu jusqu'au cottage qu'elle louait. Arrivée devant les marches du porche, elle claqua les mains sur ses cuisses, se pencha et aspira une grande goulée d'air.

Si elle était si essoufflée, ça n'était pas seulement à cause de la course – à quarante-huit ans, elle courait encore un kilomètre en à peine plus de quatre minutes. Non, ce qui lui avait coupé le souffle, c'était Brett Harston, ses mystérieux yeux verts bordés de longs cils et sa barbe de trois jours sur sa mâchoire virile. Ses cheveux d'un brun profond, qui dépassaient un peu de son stetson, et son nez, juste un peu cabossé.

Et ce corps… Seigneur, ce *corps*. Longues jambes, hanches étroites, et de larges épaules à se damner. C'était un homme dans la pleine force de l'âge, athlétique et puissant.

Elle se redressa et se sentit un peu étourdie. S'était-elle relevée trop vite ? Elle s'assit sur la troisième marche et étira les jambes tout en songeant au ventre plat de Brett et à tout ce que laissait deviner sa chemise en denim.

Hé ! Il y avait bien longtemps qu'elle n'avait pas eu ce genre de pensées concernant un homme…

Des cow-boys, elle en avait rencontré beaucoup, mais il fallait bien avouer que Brett Harston était particulièrement sexy. Et avec lui, l'expression « Mieux vaut chevaucher un cow-boy que son cheval » prenait tout son sens.

Mais bien sûr, cela ne risquait pas d'arriver de sitôt, ni avec lui ni avec aucun autre cow-boy.

Elle se renversa en arrière, offrant son visage au soleil. Elle n'en revenait pas d'être de retour à Royal après presque vingt ans d'absence. Et elle aurait aimé pouvoir dire qu'elle était heureuse de revenir dans son Texas natal.

Mais ça n'était pas le cas.

Quand elle était partie, avec seulement sa prestation compensatoire, sa voiture et ses vêtements, elle s'était promis de ne plus jamais revenir, et elle n'aimait pas ne pas tenir ses promesses, même celles qu'elle se faisait à elle-même. Mais pour ses enfants elle aurait été capable d'aller jusqu'en enfer, et elle tenait à cultiver sa relation renaissante avec son fils, Ross, qui s'était éloigné d'elle pendant si longtemps.

Jamais elle ne pardonnerait à Rusty de l'avoir privée de ses enfants ; il avait dit tant de mal d'elle, avait rejeté la faute du divorce sur elle et leur avait raconté qu'être leur mère ne l'intéressait plus. Pendant des années, elle avait dû se battre pour avoir une place dans leur vie, et à chaque échec son cœur s'était brisé un peu plus. Il y avait eu des fois où elle avait eu envie de tout dire à Gina et à Ross sur les tromperies de leur père et sa violence verbale, mais ses enfants méritaient qu'au moins un de leurs parents se comporte en adulte.

Heureusement, Gina avait commencé à se poser des questions dès la fin de son adolescence, et désormais leur relation était solide… mais avec Ross c'était plus compliqué.

Et maintenant qu'il avait rouvert une porte, Sarabeth allait tout faire pour renouer les liens avec son fils. Et puis, elle voulait passer du temps avec son adorable petit-fils, Ben.

Elle avait quarante-huit ans, et voilà qu'elle était grand-mère… Cette pensée la fit sourire.

C'était pour ses enfants et Ben qu'elle était de retour dans cette maudite ville. Sinon, elle préférait qu'il y ait deux États et des milliers de kilomètres entre elle et son ex-mari, ce serpent de Rusty Edmond.

Il ne peut plus te faire de mal : tu as mûri, tu es plus sage et bien mieux armée que quand tu as quitté le ranch Elegance il y a vingt ans.

C'était étrange, et assez merveilleux, mais elle n'avait plus l'impression d'être la femme qui avait épousé Rusty Edmond quelques mois après avoir fêté ses dix-huit ans. Cette jeune fille timide et mal à l'aise n'avait plus rien à voir avec elle, mais Sarabeth savait à quel point elle avait dû se battre pour grandir et évoluer. Pour devenir la personne qu'elle était aujourd'hui.

Elle s'aimait bien désormais ; quand elle se regardait dans une glace, elle pouvait sourire. Elle n'était pas parfaite, bien sûr, mais tellement mieux qu'à l'époque où il lui avait fallu échapper à son mariage.

Elle avait mûri et était plus lucide sur les gens, l'amour, les relations en général. Elle savait désormais qu'elle avait eu tort de croire à l'amour éternel, aux héros de contes de fées. Après plusieurs relations décevantes, elle savait que son bonheur ne dépendait pas d'un homme, que l'amour était un mythe et qu'elle était seule et entièrement responsable de son bonheur.

Il lui avait fallu du temps et bien des larmes pour en arriver là, mais le résultat en valait la peine. Elle était forte, combative et indépendante à la fois financièrement et émotionnellement. Après tout ce qu'elle avait réussi à surmonter, elle n'avait rien à craindre de son manipulateur d'ex-mari ni des ragots que son retour à Royal ne manquerait pas de susciter.

Dans la pochette fixée à son bras, elle prit son téléphone et vérifia l'application indiquant sa vitesse et la distance parcourue. Courir dans le ranch la changeait agréablement des rues de LA. Ce sport était son unique drogue. Quand elle était adolescente, le cross-country était la seule façon pour elle d'échapper à la maison et à sa mère, Betty, qui était obsédée par les concours de beauté. Un univers que Sarabeth avait toujours méprisé.

Et quand Rusty Edmond, qui était plus âgé, si décontracté et enjôleur, lui avait proposé le mariage, elle y avait vu une chance d'échapper à tout ça et avait sauté sur l'occasion. Betty avait été un peu déçue de ne pouvoir l'emmener jusqu'au titre de Miss America – *mais bien sûr !* –, mais voir sa fille unique épouser un riche propriétaire de ranch n'avait pas été une maigre consolation.

Betty avait été dépitée quand son mariage avait pris fin, et jusqu'à sa mort elle avait reproché à Sarabeth de ne pas être restée avec son homme...

Beurk !

Irritée contre elle-même, elle se leva d'un bond. Il y avait longtemps qu'elle n'avait pas pensé à sa mère, à son mariage et à son passé de miss. À peine était-elle rentrée à Royal que les souvenirs douloureux l'assaillaient…

C'était bien plus agréable de penser à son canon de propriétaire.

2

Le lendemain, Sarabeth entendit un bruit de sabots de chevaux et releva la tête qu'elle avait posée sur son volant, avant de jeter un œil dans le rétroviseur. Elle étouffa un juron en voyant que deux cavaliers arrivaient dans sa direction.

Même si son visage était dissimulé par l'ombre de son stetson noir, Sarabeth reconnut immédiatement le plus jeune des deux hommes. Brett Harston. Elle les regarda s'approcher, admirant les larges épaules du rancher ainsi que le jeu de ses cuisses puissantes pour contrôler son fougueux étalon noir.

Il était vraiment très sexy. Un vrai pousse-au-crime.

Elle sentit la chair de poule envahir ses bras et sa poitrine. Ses mamelons se durcirent, et une onde de chaleur se répandit entre ses cuisses. Pourquoi réagissait-elle comme ça ? Bien sûr, il y avait longtemps qu'elle n'avait pas couché avec un homme, mais c'était franchement ridicule. Chez elle, l'attirance sexuelle ne venait qu'une fois qu'une certaine complicité émotionnelle s'était installée, alors cette réaction viscérale la troublait. Qu'est-ce qui lui arrivait ? Pourquoi ne pouvait-elle pas s'empêcher de l'imaginer nu ? Ou de se demander comment ça serait de faire l'amour avec lui l'après-midi au soleil, dans cette piscine ou dans le jacuzzi qu'elle voyait de sa chambre ?

Elle se comportait comme si elle envisageait une aventure

avec cet homme. C'était de la folie. Sarabeth laissa retomber le front sur son volant en poussant un gémissement.

C'était ridicule. En admettant qu'il la trouve séduisante, ce qui n'était pas évident étant donné leur différence d'âge, Brett sortait à peine d'une relation compliquée. Il avait quitté Lexi Alderidge la veille de leur mariage – Gina l'avait mise au courant des derniers potins lorsqu'elle était passée chez elle la veille au soir – et n'avait sûrement aucune envie de filer au lit avec une inconnue.

Bien sûr, les hommes ne réagissaient pas comme les femmes à la suite d'une rupture. Peut-être qu'un coup d'un soir était exactement ce dont Brett avait besoin. Mais *pas* avec l'ex-femme de Rusty Edmond, qui elle aussi était la cible des commérages de Royal.

— Salut.

Elle releva la tête. Le visage de Brett n'était qu'à quelques centimètres du sien. Il se penchait vers la vitre baissée de sa voiture. Et derrière lui, à quelques mètres, son ami retenait leurs chevaux par la bride.

— Salut.

— Un problème avec la voiture ? demanda Brett, en posant son bras puissant sur la portière.

Sarabeth secoua la tête, notant au passage qu'elle n'avait jamais vu un homme avec des cils aussi épais et longs, que l'iris de ses yeux verts était taché d'or et que sa barbe de trois jours cachait une petite cicatrice sur sa lèvre inférieure.

Il sentait le cheval et le savon, le déodorant et le foin… L'odeur d'un homme en pleine santé qui vivait dehors. Sarabeth eut brusquement envie d'embrasser son cou puissant pour goûter sa peau.

Elle était en train de devenir complètement dingue.

— Sarabeth ? Est-ce que tout va bien ?

Ressaisis-toi, ma vieille !

Elle avala sa salive et hocha la tête.

— Oui, oui. Tout va bien.

— Vraiment ? dit Brett en levant un sourcil dubitatif. Parce que je vous observe depuis un quart d'heure... Vous vous êtes arrêtée après avoir passé le portail et vous n'avez pas bougé depuis. Je suis venu voir si je pouvais vous aider.

D'accord.

Sarabeth fit une petite grimace en plissant le nez. Comment expliquer qu'elle était allée jusqu'au croisement, qu'elle avait mis son clignotant, mais qu'elle avait été incapable de prendre la direction de Royal ? Comment lui dire que, en dépit de son indépendance et de sa confiance en elle si durement acquises, elle était tout à coup terrifiée à l'idée de marcher dans Main Street ? Qu'elle tremblait de ne pouvoir garder la tête haute face à ces gens qui ne connaissaient qu'une seule version de l'histoire et croyaient qu'elle avait quitté Royal en abandonnant ses enfants ?

Elle avait tout fait pour être une bonne mère, mais la vie avec Rusty était devenue intolérable ; il la trompait avec absolument tout ce qui portait un jupon. Et quand elle était partie, il avait prétendu qu'elle avait abandonné ses enfants.

Elle sentit une brûlure familière au fond de sa gorge, et ses yeux la piquaient, alors elle détourna la tête et fouilla dans son sac à la recherche de ses lunettes de soleil. Impossible de les trouver.

— Mais où sont-elles passées, bon sang ?

— Quoi donc ? demanda Brett de sa voix un peu rauque.

— Mes lunettes de soleil !

Brett tendit la main vers ses cheveux, récupéra ses lunettes et les lui donna.

Génial, Sarabeth ! Maintenant, il sait que tu es complètement gâteuse.

— Merci, marmonna-t-elle en posant les lunettes sur ses genoux.

Elle tenta de se donner une contenance, mais elle était

troublée par son bras musclé et bronzé, par sa silhouette imposante qui lui masquait le soleil, par la sensualité de sa bouche.

— Et si vous me disiez pourquoi vous restez ici sans bouger ?

Elle aurait pu mentir et inventer une histoire. Avec les années, elle était devenue experte dans l'art de cacher ce qu'elle ressentait sous une attitude décontractée, mais pour elle ne savait quelle raison, elle pensait que Brett pourrait la comprendre.

— Tout le monde à Royal doit savoir que je suis revenue, et ils doivent tous être en train de parler de mon mariage et de mon divorce. Et Rusty a certainement distillé son poison. Du coup, je me demandais si j'étais assez forte pour marcher dans Main Street la tête haute.

— Bien sûr que vous l'êtes.

La spontanéité de sa réponse la fit sourire.

— Vous ne me connaissez pas assez pour le savoir.

— Mais je connais Rusty, et pour être restée mariée à ce salopard pendant aussi longtemps, il fallait un sacré courage.

— C'est gentil, mais vous n'êtes pas au courant ? J'étais une garce stupide, et coureuse avec ça.

— N'importe quoi, dit Brett en fronçant les sourcils.

Le fait qu'il la défende si instinctivement réchauffa une partie de son cœur restée glacée depuis très, très longtemps.

— D'une manière générale, je ne crois que 10 % de ce que raconte votre ex. Et quand il s'agit d'une femme, le pourcentage baisse encore, dit Brett en lui prenant une mèche de cheveux et en la caressant d'un air pensif.

Après un court silence étrangement confortable, il ajouta :

— Ne bougez pas d'ici, je reviens dans une minute.

Sarabeth le regarda se diriger vers son ami de sa démarche assurée et chaloupée. Les deux hommes discutèrent quelques instants, puis son ami – son employé ? – se remit en selle et emmena le cheval de Brett en le tirant par la bride. Brett revint vers la voiture, ouvrit la portière passager et s'assit à côté d'elle.

— J'ai envie d'aller à Royal depuis mon retour hier, mais je ne l'ai pas encore fait parce que je n'avais pas envie d'affronter les regards et les questions. Alors, je propose qu'on y aille ensemble, ça leur donnera encore plus de grain à moudre, dit Brett avec un sourire malicieux.

— Et si on passait toutes ces commères à la moulinette ?

— Pourquoi pas ? répondit-il. Allez, Macduff, en avant.

Un rancher qui citait Shakespeare. Comme c'était charmant. Ça ne le rendait que plus sexy encore. Ce qui n'arrangeait pas du tout les affaires de Sarabeth.

Sarabeth sentait le regard de Brett détaillant son profil, et cela la mettait mal à l'aise. Elle qui approchait à grands pas de la cinquantaine se sentait comme une adolescente un peu gauche à son premier rendez-vous. Ses mains se crispèrent sur le volant, et elle essaya de se concentrer sur cette route qu'elle connaissait si bien. En passant devant l'impressionnant portail de l'Elegance, elle poussa un soupir et ne put s'empêcher de ralentir. Elle aperçut son ancienne demeure à travers les arbres. Elle lui sembla glacée et ostentatoire.

Elle préférait de loin les lignes épurées de la maison principale du ranch de Brett. Elle était grande, comme tout avait tendance à l'être au Texas, mais n'avait pas été conçue pour épater la galerie.

À côté d'elle, Brett s'éclaircit la voix.

— La maison vous manque ?

— Pas du tout, dit Sarabeth en secouant la tête. Mes enfants m'ont manqué, mais ce tas de briques et de pierres, jamais.

— Et Rusty ?

Sarabeth ralentit et se tourna vers Brett, le regardant droit dans les yeux.

— Vous connaissez mon ex ?

— Vous marquez un point, dit Brett avec un sourire amusé. Au fait, il m'a demandé de faire partie du comité de la Soirée de la Baie. C'est un festival alliant musique, gastronomie et vin qui aura lieu sur Appaloosa Island.

Encore une piqûre de rappel du passé. Rusty avait acheté cette petite île privée au début de leur mariage. Ils s'y étaient fait construire une résidence, où elle adorait passer des vacances sur leur plage privée, à nager et à faire des châteaux de sable avec les enfants. Elle n'y avait jamais remis les pieds après avoir appris que Rusty y avait amené une de ses maîtresses.

— Et pourquoi vous ? demanda-t-elle, un peu gênée par la grossièreté de sa question.

Mais elle voulait savoir jusqu'à quel point elle pouvait s'ouvrir à Brett. Elle n'avait pas l'intention de dire du mal de Rusty – c'était quand même le père de ses enfants –, mais elle n'avait aucune envie de se censurer pour autant.

— Sans doute parce que j'ai beaucoup d'argent, répondit Brett après un temps de réflexion. Et il doit penser que si je fais partie du comité, les cordons de la bourse s'ouvriront.

— Et c'est vrai ?

Plutôt que de répondre à sa question, il demanda :

— Vous savez qu'il vous dépeint comme une croqueuse de diamants, n'est-ce pas ?

Étonnamment, la remarque lui fit du mal.

— Et c'est tout ? Je croyais que j'étais une garce totalement immorale et droguée jusqu'à l'os qui avait abandonné ses enfants. Il me reste un ou deux amis en ville, et ils m'ont dit qu'il paraît que j'ai aussi tendance à arracher la tête des poulets avec mes dents.

Sarabeth avait laissé parler son amertume. Elle qui avait

tant travaillé à ne plus tenir compte de l'opinion de Rusty et des autres habitants de Royal. Mais c'était bien plus facile quand elle se trouvait en Californie, à des centaines de kilomètres d'ici. Elle n'était rentrée que depuis deux jours et, déjà, elle se sentait moins sûre d'elle et trop consciente du regard d'autrui.

Et bizarrement, c'était l'opinion de Brett qui lui importait le plus. C'était ridicule puisqu'il n'était que son propriétaire et qu'elle aurait dû se moquer de ce que pensait cet homme de dix ans son cadet. Mais Royal, comme toujours, lui brouillait l'esprit.

— Et vous l'êtes ? demanda doucement Brett.

— Quoi donc ?

— Une croqueuse diamants ?

Elle aurait dû être agacée par son culot, mais en fait elle apprécia sa franchise.

— Non. Pas plus aujourd'hui qu'à l'époque. Ce que je voulais, c'était pouvoir voir mes enfants. Je suis d'ailleurs revenue à Royal pour renouer les liens avec Ross. Je veux aussi mieux connaître Charlotte et passer du temps avec mon petit-fils, Ben.

— Sans indiscrétion, de quoi vivez-vous ? demanda Brett après un bref silence. Mon cottage est une des locations les plus chères de Royal, et vous avez payé trois mois d'avance.

Bien sûr. En Californie, depuis qu'elle avait fondé son entreprise de produits cosmétiques bio, elle était assez célèbre, mais ici, au fin fond du Texas, personne ne connaissait la marque Sarabeths ! ni ne savait que depuis qu'elle avait vendu son entreprise, elle était multimillionnaire…

— J'imagine que vous avez demandé et obtenu une confortable pension alimentaire.

Si seulement. Mais non, puisqu'elle n'avait jamais eu la garde de ses enfants. Non, elle avait dû se débrouiller seule.

Sarabeth décida d'être transparente.

— Je travaillais pour un fabricant de cosmétiques et je me suis mise à créer mes propres savons et crèmes, que je vendais sur les marchés. Et puis, j'ai créé ma propre entreprise de vente en ligne. Je l'ai vendue récemment.

— Bravo ! dit Brett d'un ton chaleureux.

Comme ils approchaient de la ville, Sarabeth ralentit. Pas question de prendre une amende pour excès de vitesse dès son retour.

À l'un des rares feux rouges, elle se tourna vers Brett qui semblait très détendu sur le siège passager, alors que Rusty et la plupart des hommes qu'elle avait fréquentés auraient insisté pour prendre le volant ou auraient critiqué sa façon de conduire.

— Je dois retrouver mon amie Jaynie Prince pour un café. Ensuite, je vais passer à la pharmacie et faire deux ou trois courses au magasin d'alimentation. Qu'est-ce que vous avez prévu, vous ?

— Il faut que je discute avec Billy Holmes au sujet du festival... Vous le connaissez ?

Elle secoua la tête.

— Non. Je n'ai pas mis les pieds à Royal depuis vingt ans, je vous rappelle.

— C'est vrai. Eh bien, Billy semble être le protégé de Rusty, pour ne pas dire autre chose.

Elle sentit une hésitation dans sa voix, qui piqua sa curiosité.

— Vous ne l'aimez pas ?

— Je n'accroche pas avec lui, mais ça ne veut rien dire. Je ne suis pas du genre très sociable. Si ça se trouve, vous le trouveriez charmant.

— Franchement ? Je préfère les hommes taciturnes à ceux qui en font trop.

Brett eut un grand sourire qui découvrit ses dents blanches et fit naître une étincelle dans ses yeux. Sarabeth fut envahie par une onde de chaleur et sentit ses seins se tendre. Un tel sourire, ça n'était vraiment pas fair-play...

— Il faut aussi que je récupère des documents chez mon avocat, poursuivit Brett. J'en ai pour environ une heure. Ça vous convient ?

— Parfait, répondit Sarabeth, soulagée que le feu passe enfin au vert, l'obligeant à s'arracher à ses yeux magnifiques.

C'était tellement injuste : elle dépensait des fortunes en mascara, et ses cils à lui étaient tellement plus longs et fournis que les siens.

— J'ai aussi quelques courses à faire. Je vous retrouve au magasin ?

Sarabeth hocha la tête et se gara devant le Royal Diner, remarquant trois femmes qui bavardaient sur le trottoir. Elles avaient environ son âge, peut-être un peu plus, avaient assisté à son mariage et étaient parfois venues dîner dans ce qui avait été sa maison. Mais aucune d'elles n'avait gardé le contact quand elle avait quitté Royal et, d'après Jaynie, elles faisaient partie de ceux qui répandaient les rumeurs les plus folles à son sujet.

Elles ne l'aimaient pas à l'époque et, visiblement, ça n'avait pas changé.

Sarabeth descendit de voiture, releva ses lunettes de soleil et croisa les regards de celles qui avaient soi-disant été ses amies.

— Dale, Flora, Hattie...

En retour, elle n'eut droit qu'à deux légers signes de tête et à un « Sarabeth » glacial.

Un silence gênant s'était installé, et les trois femmes braquèrent leur regard sur Brett qui venait de la rejoindre. Soulevant le bord de son stetson, il les salua.

— Bonjour, mesdames.

— Nous ne pensions pas vous voir remettre les pieds en ville, dit Flora d'un air pincé.

Sarabeth leva ostensiblement les yeux au ciel.

— Je vis, je travaille et je fais mes courses à Royal, pourquoi n'aurais-je pas le droit d'être là ? demanda-t-il d'un ton cordial.

Mais Sarabeth remarqua la lueur d'agacement qui traversa son regard. Comme elle, il aurait préféré que les gens parlent franchement de son mariage avorté plutôt que de se contenter de ces allusions venimeuses.

— Je pense qu'elles estiment que tu devrais faire profil bas parce que tu as quitté Lexi Alderidge juste avant de dire oui, Brett, dit Sarabeth, adoptant volontairement le tutoiement et un ton enjoué et complice.

Le regard de Brett croisa le sien, et elle y lut un certain amusement.

— Merci, ma chérie.

Les yeux des trois sorcières de Royal s'écarquillèrent, et Sarabeth imagina très clairement les rouages de leurs cerveaux tourner à plein régime... Oh oui ! ça promettait des ragots bien juteux.

— Vous m'avez l'air en très bons termes, commenta Dale avec un rire qui sonnait aussi faux que son sourire.

Tout à coup, Sarabeth ressentit le besoin d'expliquer qu'elle et Brett se connaissaient à peine et qu'il ne s'était *rien* passé entre eux. Mais un petit diable sur son épaule se chargea bien vite de lui rappeler qu'elle n'avait absolument pas à se justifier et que ces femmes n'avaient aucune autorité sur elle.

Provocatrice, elle caressa le bras de Brett, sentant avec plaisir ses muscles fermes sous le coton de sa chemise.

— C'est vrai, dit-elle. Comme vous le savez certainement, nous vivons ensemble.

À la réaction presque imperceptible de Brett, elle comprit qu'elle était allée un peu loin.

— Enfin, je ne suis que locataire de son cottage, précisa-t-elle d'un ton égal.

— Pas une minute nous n'avons imaginé autre chose, répliqua Flora d'une voix où perçait le dégoût. Tu es bien trop vieille pour lui, ma chère. Il est dans la fleur de l'âge, et toi… Disons que… *non*.

Eh bien ! elles ne s'étaient pas adoucies avec les années.

Sarabeth se passa les mains dans les cheveux, songeant qu'elle n'aurait jamais dû engager la conversation.

— Bonne journée à vous trois, dit-elle avant de se tourner vers Brett. On se retrouve d'ici une heure ?

Elle s'apprêtait à s'en aller quand elle sentit qu'il posait la main sur son bras. Elle se tourna vers lui. De son autre main il enveloppa l'arrière de sa tête et avant qu'elle ait pu comprendre ce qui se passait, il se pencha, et ses lèvres se posèrent sur les siennes. Sous l'effet de la surprise, la bouche de Sarabeth s'ouvrit, et Brett en profita pour y glisser la langue. Ici. Sur Main Street. Et Sarabeth laissa échapper un gémissement que les trois affreuses commères ne pouvaient pas ne pas avoir entendu.

Peu lui importait. Tout ce qui était autour d'elle s'effaça d'un seul coup. Elle ne voulait plus qu'une chose ; se fondre dans ce corps si puissant. Mais Brett lui caressa la joue d'un geste tendre avant de s'écarter.

— À tout à l'heure, ma belle. Et bonne journée à vous, mesdames.

3

Brett sentait les regards des quatre femmes rivés sur ses fesses et se contraignit à ne pas accélérer le pas, à conserver une démarche la plus décontractée possible. Mais il avait la bouche sèche, et son jean était un peu tendu à l'entrejambe.

C'était l'unique raison qui l'avait empêché de renverser Sarabeth sur le capot de sa voiture ; quelques secondes de plus et il aurait fait sauter les boutons de sa braguette.

Seigneur !

S'il avait embrassé Sarabeth, c'était parce qu'il n'avait pas supporté que ces trois garces insinuent que cette femme sublime était trop âgée pour lui – et parce qu'il avait vu à quel point elle avait été blessée. Il détestait qu'on s'acharne sur quelqu'un. Il avait instinctivement ressenti le besoin de protéger Sarabeth, et cette scène l'avait ramené à sa propre enfance.

C'était ce genre de femmes qui poignardaient sa mère de leurs mots chaque fois qu'elle venait en ville, chuchotant derrière leurs mains...

« Est-ce qu'elle est encore soûle ? »

« C'est une honte ! Mais pourquoi ne quitte-t-elle pas la ville ? »

« Elle se dépêche de faire ses courses pour aller plus vite retrouver sa bouteille de vodka. »

Personne ne s'était donné la peine de comprendre pourquoi

elle buvait. Ironie du sort, elle avait été renversée par un chauffard ivre et avait eu la colonne vertébrale brisée. Pour les médecins, c'était un miracle qu'elle ait pu remarcher. Mais elle souffrait constamment, et après avoir essayé toute une panoplie d'antalgiques qui les avaient ruinés, elle avait découvert que le mélange vodka/opioïdes calmait un peu sa douleur.

Il n'avait que douze ans à l'époque et l'avait vue rapidement devenir dépendante. Un an ou deux plus tard, elle avait perdu son travail et avait commencé à boire dès le matin et à prendre plus de médicaments. Et puis, ça avait été la spirale infernale, jusqu'à ce jour où il était rentré après avoir passé la soirée avec Lexi et l'avait retrouvée inconsciente sur le sol du salon.

Il avait appelé les secours et cherché à la réanimer, mais elle était morte au moment où l'ambulance arrivait. Il s'en était toujours voulu de ne pas être rentré plus tôt, de ne pas avoir réussi à la sauver.

De ne pas l'avoir assez écoutée. Si seulement il lui avait accordé un peu plus de temps, elle aurait encore été de ce monde.

Pardon, maman.

La gorge serrée, Brett se dirigea vers le cabinet de son avocat, Billy. Il était perdu dans ses pensées. Avoir vu sa mère tellement souffrir, elle qui était une femme si pleine de vie avant son accident, avait réveillé son gène du sauveur. Depuis, il était attiré par les femmes en situation de vulnérabilité. Il ressentait le besoin irrépressible de tout arranger pour elles.

Tout jeune, il avait prêté de l'argent à une de ses petites amies pour qu'elle fasse réparer sa voiture et avait payé un billet d'avion pour New York à une autre avant de comprendre qu'elle n'y avait jamais eu de frère malade. Idem peut-être pour la panne de voiture, à bien y réfléchir. Bref, après ses vingt-cinq ans, il était devenu plus sage et avait développé un sens assez sûr pour détecter ce genre de manipulations.

Et pourtant, c'était encore son côté chevalier blanc qui l'avait repoussé dans les bras de Lexi. Ça et la reconnaissance. Avec Tweed Huggins et Jules, son ami d'enfance, Lexi avait assisté à l'enterrement de sa mère et lui avait tenu la main tandis que le cercueil bon marché disparaissait dans la tombe. Alors, quand elle était revenue après son divorce, il avait confondu son désir de l'aider et désir tout court.

Ils avaient fait l'amour, et ça avait été un bon moment...

Mais il y avait eu plus de passion dans un seul baiser à Sarabeth que dans toutes les nuits passées avec Lexi. Brett n'en revenait pas de la puissance de son désir pour elle, de l'envie qu'il avait eue de lui arracher ses vêtements sur-le-champ.

Il soupira. Il aurait bientôt quarante ans et avait toujours eu une vie sexuelle remplie, mais il n'avait jamais rien vécu de tel que ce baiser. Ses douces lèvres au goût de café et de cerise, son odeur à la fois légère et entêtante, et son corps si ferme et en même temps si délicieusement féminin.

Il la voulait.

Il se passa la main sur la nuque. Il n'aurait pas dû être en train de penser à une autre femme, pas si vite après avoir rompu ses fiançailles. Quelques semaines plus tôt à peine, il était convaincu qu'il allait épouser Lexi et vivre avec elle jusqu'à la fin de ses jours.

Et voilà qu'après un seul baiser il se consumait de désir pour Sarabeth...

Ils ne s'étaient parlé que deux fois... Deux !

Tout ça n'avait aucun sens, et il se dit que ça devait rester un petit écart sans conséquence. Il n'allait rien se passer avec Sarabeth Edmond. Ni maintenant ni jamais. Il fallait qu'il se tienne à distance des femmes, qu'il se concentre sur son travail et sur le ranch, et qu'il fasse ce qu'on attendait de lui concernant l'organisation du festival. Voilà. Il allait être raisonnable et s'en tenir à ça.

Brett soupira. Il avait provoqué assez de commérages ces derniers temps, et ayant été la cible du microcosme local quand il était jeune, il n'avait aucune envie que ça recommence.

Il s'excuserait auprès de Sarabeth, dirait qu'il s'était un peu laissé emporter et que ça n'arriverait plus…

À l'approche du bâtiment de brique rouge, siège du cabinet de son avocat, il sentit que son cœur battait un peu moins vite et qu'il était à nouveau capable de respirer à pleins poumons. Il avait un ranch à gérer ; pas question de se laisser distraire. Il était parfaitement capable de résister à ces grands yeux bleus, à ce magnifique visage aux pommettes hautes et à cette bouche sensuelle. À ce corps…

Une main se posa lourdement sur son épaule, et Brett se retourna, les sourcils froncés. Inconsciemment, il avait serré les poings.

Billy Holmes fit un pas en arrière et leva les mains.

— Doucement, Harston, je ne cherche pas la bagarre.

Brett se força à sourire et tendit la main à Billy pour qu'il la serre.

— Désolé, Billy. J'étais à mille lieues d'ici.

— J'ai vu ça. Mais je suis content de te croiser. Comme tu étais absent, tu n'as peut-être pas vu le mail que j'ai envoyé pour organiser une réunion du comité du festival.

Au lieu d'être heureux qu'on l'implique, Brett se sentait hésitant. Pourquoi tout ça le mettait-il mal à l'aise ? Une petite voix intérieure lui conseillait de se tenir à l'écart, mais Brett savait qu'il ne l'écouterait pas…

Être invité à siéger dans ce comité avec les autres décideurs de la ville n'était pas une chose à prendre à la légère. Cela disait à tous, y compris à ses employés et à leurs familles, qu'il avait atteint un certain niveau d'influence à Royal.

Pour un homme qui n'était considéré jadis que comme le fils de la pire ivrogne de la ville, c'était une belle réussite.

À la seconde où elle entra au Royal Diner, Sarabeth se retrouva dans les bras de Jaynie Prince, pressée contre sa généreuse poitrine. Cela lui rappela la triste époque quand elle venait de découvrir les infidélités de Rusty et qu'elle avait compris qu'il ne l'avait jamais assez aimée pour s'arrêter de fréquenter d'autres femmes. Jaynie, qu'elle avait rencontrée lors d'une dégustation de vins, avait été son refuge dans la tempête, la seule personne avec laquelle elle s'était sentie assez en confiance pour partager ses peines.

Elles étaient restées en contact pendant toutes ces années, et Sarabeth avait l'impression qu'elles s'étaient quittées la veille.

Elle se glissa sur une banquette en cuir rouge en souriant.

— Cet endroit ne change pas.

— En tout cas, toi, tu ne changes pas. Comment fais-tu pour être aussi mince que quand tu avais vingt ans ? On ne mange pas en Californie ?

— Je brûle tout ce que je mange, tu le sais bien, répliqua Sarabeth en riant.

— Prouve-moi que tu es un être humain normal en commandant un des milk-shakes spéciaux d'Amanda, dit Jaynie en désignant le tableau noir des consommations. Si tu en prends un et que tu me dis que c'est pour fêter nos retrouvailles, je me sentirai moralement obligée de laisser tomber mon régime et de t'accompagner.

— On fête nos retrouvailles, et je prendrai un milk-shake au caramel salé.

Une fois la commande passée, Jaynie se pencha vers Sarabeth, l'air malicieux. Ses yeux étaient d'un vert clair, contrairement à ceux de Brett qui étaient d'un vert profond, mystérieux. Le souvenir de sa bouche sur la sienne et de la chaleur qui avait envahi son ventre la fit soudainement rougir.

— C'est quoi ? Une bouffée de chaleur ? demanda Jaynie dans un murmure aussi discret qu'une corne de brume.

Sarabeth lui donna une légère tape sur la main.

— Non mais ! Il me reste quelques années avant ça, je te signale.

Jaynie pencha la tête sur le côté. On aurait un petit oiseau curieux.

— Alors, pourquoi ces joues rouges et ce regard dans le vague ? J'aimerais que ça soit à cause de moi, mais je sais bien que ça n'est pas ta tasse de thé.

— Au fait, comment va Laura ?

— Très bien. Elle m'a dit qu'il fallait absolument que tu viennes dîner. Mais n'essaye pas de noyer le poisson. Je veux savoir pourquoi tu as les yeux qui brillent comme ça.

Quand Jaynie avait une idée en tête, on ne pouvait changer de sujet. Et puis, elle finirait par apprendre que Brett l'avait embrassée et serait blessée que son amie ne se soit pas confiée à elle.

Sarabeth se pencha vers elle et lui raconta à voix basse ce qui s'était passé.

— J'y crois pas ! Tu as embrassé le Fiancé indigne de Royal ?

Tous les regards se tournèrent vers elles.

— Tu aurais dû crier encore un peu plus fort, Jaynie. Je crois que les gens au fond n'ont pas entendu.

Tout en déposant leurs milk-shakes sur la table, la serveuse lança un regard approbateur à Sarabeth.

— Vous avez embrassé Brett ? Bravo ! Et il embrasse bien ? Je me suis toujours dit qu'il...

Sarabeth échangea un regard avec Jaynie. La serveuse paraissait avoir à peine seize ans. C'était assez embarrassant.

Amanda Batte, la propriétaire des lieux, se précipita vers leur table et entraîna la serveuse avec elle.

— Elle est plus vieille qu'elle en a l'air, assura Jaynie en aspirant une gorgée de son milk-shake, les yeux fermés, en pleine extase.

Puis elle les rouvrit.

— Alors ? Il embrasse bien ? Vu ton air rêveur, je dirais que oui.

— Je n'ai pas un air rêveur !

— Ma biche, tu es entrée ici en flottant sur un nuage. Tu es à Royal depuis à peine deux jours, comment t'es-tu retrouvée en train d'embrasser Brett sur Main Street devant les trois sorcières ?

— Elles ont dit qu'il était trop jeune pour moi. Ce qui est vrai, dit Sarabeth en haussant les épaules.

— C'est pas comme si tu avais quatre-vingts ans et lui quarante, rétorqua Jaynie d'un air un peu exaspérée.

— Elles s'acharnaient, et ça n'a pas plu à Brett.

— Et je sais pourquoi, murmura son amie. Sa mère a été la cible d'atroces commérages.

— Mais pourquoi ? demanda Sarabeth en levant les sourcils.

— Elle buvait, répondit Jaynie d'un ton neutre, et Sarabeth lui fut reconnaissante de ne pas être dans le jugement. Il l'a retrouvée inconsciente un jour et a essayé de la ranimer, mais elle est morte dans ses bras.

— Oh ! non ! dit Sarabeth en portant la main à sa bouche. Et c'est arrivé quand ?

Jaynie fouilla dans sa mémoire.

— Je dirais il y a vingt ans. Tu étais encore à Royal, il me semble.

Sarabeth poussa un petit gémissement.

— J'en ai sûrement entendu parler à l'époque, mais

c'était tellement dur avec Rusty que j'étais sourde et aveugle à tout le reste.

Sarabeth fixait la rue dehors en se mordant la lèvre. Étant donné ce que la mère de Brett avait subi, il était évident qu'il l'avait embrassée parce qu'il était désolé pour elle. Pour lui, il était naturel de la défendre, de défendre *n'importe quelle* femme.

D'accord, un baiser était une méthode un peu spéciale, mais les hommes étaient des créatures si étranges…

— Je suis sûre qu'il m'a embrassée par pitié.

— Tu rigoles ? Tu es une femme magnifique. Personne ne songerait une seconde à t'embrasser par pitié.

Sarabeth saisit la main de Jaynie. Elle avait quelques amis à LA, mais aucun avec qui elle se sentait aussi liée, aussi en confiance.

Elle adorait Jaynie, vraiment, mais son amie était une incorrigible sentimentale, et si elle ne changeait pas de sujet, avant même qu'elles aient terminé leurs milk-shakes, elle l'imaginerait déjà prenant le premier avion pour Las Vegas.

Elle prit des nouvelles des enfants de Jaynie, puis cette dernière lui demanda comment cela se passait avec Ross.

— Tu sais qu'il m'en a toujours voulu de ne pas m'être plus battue pour leur garde quand Rusty et moi avons divorcé. Alors, je lui ai raconté une partie de ce qui s'était passé. Mais il ne réalise toujours pas comme c'était dur de s'opposer à Rusty à l'époque.

— Je suis très en colère que ce juge lui ait accordé la garde plutôt qu'à toi. Ça illustre parfaitement le pouvoir de l'argent et des relations. Mais Ross est adulte maintenant, et père. Il est capable de comprendre la vérité, *ta* vérité. Tu as bien fait de lui parler. Et comme lui et Rusty ne se parlent plus…

— Oui. Je suis au courant que Rusty l'a renié à cause de sa relation avec Charlotte. Ça me donne des envies de meurtre.

— Ne dis surtout pas des choses comme ça ici ! s'écria

Jaynie d'un air inquiet. Si quelque chose arrivait à Rusty, tu serais le suspect n° 1.

— Je le serais de toute façon. On soupçonne toujours la femme et les ex en premier. Mais tu sais, Jaynie, on regarde trop d'émissions sur les affaires criminelles.

Sarabeth sourit. Jaynie et elle étaient de ferventes téléspectatrices de ce genre d'émissions et étaient convaincues de pouvoir commettre le crime parfait.

Même si elles n'en avaient aucune intention, bien sûr...

— Comment comptes-tu arranger les choses avec Ross ?

— Je ne sais pas trop, avoua Sarabeth. Tu as une idée ?

— Continue à lui raconter comment tout s'est vraiment passé. Dis-lui que Rusty a commencé à te tromper quelques mois après votre mariage, que c'était un coureur. Dis-lui que les rumeurs qu'il faisait courir à ton sujet t'ont rendu la vie impossible ici et que tu as déménagé à Dallas pour ne pas trop t'éloigner d'eux. Mais que Rusty s'arrangeait pour te faire annuler tes visites en te racontant qu'ils étaient invités ailleurs, malades ou tout simplement pas intéressés. Qu'il a mis tellement de barrières entre vous qu'il a fini par devenir impossible pour toi de franchir le mur qui vous séparait.

Sarabeth sentait les larmes monter ; elle était tellement en colère contre la jeune femme qu'elle avait été, élevée par une mère qui misait tout sur l'apparence de sa fille – à défaut de gagner des concours de beauté, épouser un homme riche aurait fait l'affaire, quitte à devoir accepter ses infidélités, du moment que le mariage lui assurait la sécurité financière. Cela allait tellement à l'encontre de ses propres convictions qu'elle avait fini par ne plus voir sa mère.

Elle était si heureuse que désormais sa relation avec Gina soit au beau fixe. Mais avec Ross, elle avait échoué et elle s'en voulait terriblement.

— J'aurais dû faire les choses autrement...

— Peut-être. Mais tu étais tellement jeune quand tu as

épousé Rusty. Tu étais encore une gamine. Ne sois pas trop dure avec toi-même.

— Mais… Imagine que Ross refuse que je fasse partie de sa vie ?

C'était sa plus grande inquiétude. Elle n'en dormait pas la nuit. Elle voulait tant connaître Charlotte et pouvoir câliner et gâter son adorable petit-fils.

— Aie confiance en l'avenir, et les choses s'arrangeront, dit Jaynie. Mais revenons à nos moutons…

Sarabeth fronça les sourcils. Qu'est-ce que son amie allait encore inventer ?

— Je crois que tu devrais sortir avec Brett Harston.

Sarabeth faillit recracher son milk-shake au caramel.

— Quoi ! Mais pourquoi ?

— Parce qu'il est sexy. Et célibataire…

— Exact. Il a rompu avec sa fiancée la veille du mariage il y a à peine deux semaines.

— Ça ne pouvait pas marcher entre eux, dit Jaynie en balayant son objection d'un revers de la main. Et puis, il n'y a rien de mieux pour réparer un cœur brisé… Même si je pense qu'aucun des deux n'a eu le cœur brisé, en l'occurrence.

— Lexi, sûrement. Elle allait se marier, comment veux-tu qu'il en soit autrement ?

— Lexi s'est consolée de son divorce dans les bras de Brett. À mon avis, c'est une blessure d'orgueil, rien d'autre. Je ne sais pas comment ils en sont venus à cette idée de mariage, mais heureusement que Brett a réagi à temps. Ils n'étaient absolument pas faits l'un pour l'autre.

Cette chère Jaynie, si sûre de détenir la vérité. Mais en dépit de son don pour comprendre les gens et les situations, elle n'avait pas partagé leur intimité ; elle ne pouvait pas savoir ce qui s'était passé entre eux. Ça n'était sûrement pas aussi simple…

Cela dit, la vie amoureuse de Brett ne la concernait pas. Ni maintenant ni à l'avenir, informa-t-elle son amie.

— Ça, on verra, répliqua Jaynie en riant.

On ne verrait rien du tout. Il n'y avait rien à voir. Il n'y avait eu qu'un baiser, bon sang.

Un baiser qui l'avait chamboulée des pieds à la tête... Mais juste un baiser quand même.

4

Quel malaise !

Sarabeth et Brett n'avaient pas échangé un mot depuis qu'ils s'étaient retrouvés sur le parking du magasin d'alimentation. Il l'avait aidée à charger ses courses dans la voiture et lui avait ouvert sa portière avant d'aller s'asseoir du côté passager. Ensuite, il avait passé tout le trajet à regarder le paysage, mutique.

Était-il en colère ? Regrettait-il ce qui s'était passé ? À quoi pensait-il ? Et *pourquoi* était-ce aussi important pour elle ?

Quand elle aperçut le portail du ranch au loin, Sarabeth plaqua les mains sur le volant. Elle n'en pouvait plus de ce silence.

— Vous allez finir par dire quelque chose ?

Brett tourna la tête vers elle.

— Que suis-je censé dire ?

Sarabeth leva les yeux au ciel. Il allait falloir qu'elle fasse tout le travail.

— On s'est *embrassés*, Brett.

— Je sais. J'étais là.

Pourquoi fallait-il qu'elle soit toujours attirée par les hommes du genre taiseux ? À part Rusty, bien sûr, qui était tout le contraire. Mais après lui, et sans doute *à cause* de lui, tous les hommes qui avaient croisé sa route avaient été très avares de mots.

— On devrait en parler, non ? On a donné du grain à moudre aux commères.

— Et c'est un problème pour vous ?

— Non. Mais ça pourrait l'être *pour vous*. Dans trois mois, je serai partie, mais vous vivez et travaillez ici. Vous êtes un propriétaire de ranch et un homme d'affaires respecté, dit-elle en franchissant le portail du ranch.

— Je suis célibataire. Je n'ai trompé ni ma femme ni personne en vous embrassant. Et cette ville a beau être très conservatrice, si on devait arrêter de faire des affaires avec les gens qui ont commis un adultère, on ne travaillerait pas beaucoup.

Apparemment, de ce point de vue, rien n'avait changé à Royal.

— Donc, vous ne regrettez pas de m'avoir embrassée ?

Oh ! Seigneur, comment pouvait-elle avoir l'air aussi peu sûre d'elle ? *Change de sujet, Sarabeth. Maintenant.*

— Ils sont magnifiques, Brett, dit-elle en montrant un groupe de chevaux dans le paddock.

Elle avait tout particulièrement remarqué un cheval brun-roux au pelage bouclé.

— Vous lui avez fait faire une permanente ? plaisanta-t-elle pour alléger l'atmosphère.

— Il s'appelle Bercy. C'est un bashkir curly. Une des races les plus rares d'Amérique, répondit-il. Et non, je ne regrette *pas du tout* de vous avoir embrassée. Et j'aimerais recommencer le plus vite possible.

Oubliant qu'elle était au volant, Sarabeth tourna la tête vers lui. Quoi ? Qu'est-ce que ça voulait dire ?

Brett se pencha et tourna le volant vers lui avant qu'ils finissent dans le fossé. Elle freina en douceur et arrêta la voiture. Elle voulait pouvoir lui accorder toute son attention.

— Mais je ne comprends pas...

— Je ne fais qu'énoncer un fait, dit-il d'une voix neutre.

Ah ! D'accord. Et ça voulait dire qu'il allait l'embrasser, ou pas ?

Elle redémarra, les mains crispées sur le volant. Quand ils s'étaient embrassés en public, ça avait déjà été très chaud, alors qu'est-ce que cela donnerait s'ils étaient seuls ? Jusqu'où comptait-il aller ? Et jusqu'où le laisserait-elle aller ? Elle n'en avait aucune idée, mais elle avait envie de le savoir…

Contente-toi de conduire, Sarabeth. Tu joues avec le feu.

Mais ils avaient parcouru à peine quelques mètres qu'elle freina. La voiture à peine arrêtée, elle se tourna vers lui.

Ne fais pas ça. C'est dangereux… mais tellement tentant.

Elle détacha sa ceinture de sécurité et pivota sur son siège. Elle perçut une lueur de surprise dans les yeux verts de Brett quand elle tendit la main vers lui et caressa sa joue un peu rugueuse. Il était tellement viril, tellement mâle. Puis, elle approcha la bouche de la sienne et du bout de la langue suivit le contour de ses lèvres. Elle sentit sa main sur sa hanche, entendit un grognement de plaisir monter dans sa gorge. Puis, sa main remonta jusqu'à sa nuque, sa bouche s'ouvrit, et Sarabeth perdit tout contrôle sur leur baiser. La langue de Brett s'insinua dans sa bouche et vint se saisir de sa langue, s'emmêler avec elle. Et ce fut à son tour de pousser un gémissement de désir.

Sans cesser de l'embrasser, Brett la saisit par la taille et la souleva pour l'asseoir sur ses cuisses musclées. Puis, il ouvrit la portière pour qu'elle puisse prendre ses aises. Que leurs corps puissent se rapprocher. Et instinctivement, elle vint se caler sur son sexe en érection. Ils se figèrent tous les deux.

Sarabeth recula pour le regarder. Elle vit le désir dans ses yeux. Elle n'était pas seule dans la tourmente, et c'était bon à savoir.

— Reviens là, gronda Brett.

Elle avait l'impression d'avoir à nouveau seize ans. Elle se serra contre lui, caressant ses épaules, ses cheveux soyeux en se régalant de la chaleur de sa peau sous le col de sa chemise en coton noir. Leur baiser se fit plus profond, et elle poussa un gémissement quand il enveloppa un de ses seins dans sa grande main et saisit son mamelon entre son pouce et son index. Des ondes plaisir se propagèrent dans tout son corps, et elle se pressa plus fort encore contre son pénis, qu'elle sentait si dur entre ses cuisses.

Sans doute était-elle trop vieille pour faire ça sur le siège d'une voiture – et en plein jour –, mais elle s'en moquait. Il y avait longtemps qu'elle ne prenait plus en compte l'avis des autres quand il s'agissait de sa propre vie. Tant qu'elle ne faisait de mal à personne, elle pouvait faire ce qu'elle voulait.

Et visiblement, Brett prenait autant de plaisir qu'elle à cet interlude un peu fou...

Elle gémit plus fort encore quand il quitta sa bouche pour semer des baisers tout le long de sa joue avant de s'emparer du lobe de son oreille et de l'agacer doucement du bout des dents. Qui aurait cru que le lobe de l'oreille pouvait être une zone aussi érogène ? Et si elle était déjà si excitée par ces quelques baisers et caresses, que se passerait-il s'ils finissaient dans un lit ?

On toqua à la vitre près de sa tête et, surprise, elle se cogna le coude. Jurant tout bas, elle tourna la tête et se retrouva face à une chemise kaki. Levant les yeux, elle vit d'abord l'insigne violet et blanc des gardes-chasse du Texas, puis un visage tanné par le soleil et des yeux marron.

Sarabeth descendit la vitre et remit un peu d'ordre dans ses cheveux.

— Bonjour, monsieur. On s'en va tout de suite.

Le garde-chasse la gratifia d'un sourire aux dents blanches, et elle entendit Brett glousser. Il était en train de défier cet homme et allait leur attirer encore plus d'ennuis.

— Je vais descendre et aller m'asseoir à ma place, dit-elle.

— Merci, madame.

— Surtout, n'allez pas croire que j'essaye de prendre une arme, ajouta-t-elle avec un sourire figé.

— Mais j'espère bien, madame.

Brett pressa le pouce et l'index contre ses orbites.

— Aïe ! grogna-t-il quand Sarabeth se cogna le genou contre son entrejambe. Je n'ai pas envie d'avoir des enfants, chérie, mais inutile de m'émasculer pour autant.

Sarabeth rougit en s'installant sur son siège. La scène manquait un peu de dignité. Tirant sur son chemisier, elle regarda dans le rétroviseur. Un pick-up noir était garé derrière eux, lumière bleue clignotante allumée.

Depuis combien de temps cet homme était-il là ? Et qu'avait-il vu au juste ?

Le garde-chasse, grand et musclé, fit le tour de la voiture, mains à la ceinture où étaient attachés une arme énorme, des menottes et d'autres objets dont elle ignorait l'usage. Il avait l'air de ne pas plaisanter du tout.

— Puis-je voir vos papiers et ceux du véhicule, madame ?

Sarabeth tendit le bras pour récupérer son sac, mais Brett l'en empêcha et se pencha par-dessus elle pour s'adresser au garde-chasse.

— Arrête de jouer au con, mec.

Elle en resta bouche bée et lui pinça le bras assez brutalement.

— Arrête de le provoquer, Brett ! Fais ce qu'il demande, et on pourra s'en aller.

— Jules est un ami, Sarabeth. C'est juste pour me faire marcher. On est sur une propriété privée et on ne faisait rien de mal.

Une fois que Sarabeth eût digéré l'information, elle lança un regard furieux au garde-chasse.

— Franchement, ça n'était pas drôle !

— Oh que si ! dit-il en s'appuyant nonchalamment contre

la voiture. Vous m'avez l'air très inquiète. Auriez-vous quelque chose à vous reprocher ?

— Pas du tout, répondit-elle en secouant la tête.

Dans ses yeux, elle vit de la curiosité mais aussi beaucoup de gentillesse. Elle haussa les épaules. Après tout, ça ne coûtait rien de lui expliquer.

— Je suis sortie avec un afro-américain quand j'étais en Californie, reprit-elle. Et un jour, on s'est fait contrôler par la police et... disons que ça n'a pas été une expérience agréable. Alors, quand je vous ai vu, ça m'a mise dans tous mes états.

— Il me semble que c'était déjà le cas, répondit le garde-chasse avec un sourire malicieux.

Elle rougit, mais avant qu'elle ait pu répondre, il poursuivit :

— Je suis vraiment désolé de ce qui vous est arrivé, madame Edmond.

— Vous savez qui je suis ?

— On est à Royal, et d'après la rumeur vous et votre amoureux vous êtes bécotés dans Main Street.

— Mais c'était il y a à peine deux heures ! s'écria Brett. Comment peux-tu déjà le savoir ?

— Je me répète, mec, on est à *Royal.* Les ragots voyagent aussi vite que le vent. Mais pour être précis, Flora l'a dit à Jenna, sa fille, qui en a parlé à sa cousine Beth qui travaille au salon Saint-Tropez. Et une fois qu'une rumeur entre dans cet endroit, tu sais ce qui se passe. Bref, notre dispatcheuse en a entendu parler et m'a tout dit...

— Parce que tu étais encore en train de traîner dans son bureau à la draguer, marmonna Brett.

Jules se contenta de lever les mains en un geste qui signifiait que c'était ce qu'il faisait le mieux, et Sarabeth ne put s'empêcher de sourire.

— Tu n'es bon qu'à ça et à me chercher des poux dans la tête, poursuivit Brett. D'ailleurs, qu'est-ce que tu fais ici ?

— Je viens de te voir, idiot.

— Et pourquoi ? demanda Brett, l'air suspicieux.

— Je t'apporte une effraie des clochers avec une aile blessée. J'aurais besoin que tu t'en occupes quelque temps.

Brett poussa un soupir et sortit de la voiture, laissant tout loisir à Sarabeth d'admirer ses longues jambes, ses fesses musclées et sa démarche souple. Il était vraiment trop beau. Trop sexy.

Elle avait hâte de recommencer à l'embrasser… et pas seulement sur la bouche. Dans le cou aussi et sur ses épaules puissantes et ses magnifiques biceps…

— J'ai demandé à Brielle, mais elle ne peut pas s'en charger. Elle est débordée.

— Est-ce qu'elle l'a examinée ?

— Oui. La radio montre qu'elle n'a pas l'aile cassée. Elle a juste besoin d'un endroit tranquille pour récupérer. Elle a aussi l'air un peu sous-alimentée.

Brett hocha la tête.

— Voyons ça.

Sarabeth ouvrit sa portière, descendit de voiture et suivit les deux hommes.

— Qui est Brielle ? demanda-t-elle à Jules tandis qu'il ouvrait le hayon de son pick-up noir.

— La véto du coin, expliqua Brett tout en tirant vers lui la caisse où se trouvait l'oiseau. Sarabeth aperçut de grands yeux jaunes, des plumes tachetées et une aile bandée.

Brett se pencha pour regarder de plus près.

— C'est une femelle encore assez jeune, peut-être un an. Et oui, elle est très maigre. Elle a aussi une infection aux yeux.

— Je n'avais pas remarqué, dit Jules.

— Mais je pense que Brielle, si. Elle lui a donné des antibiotiques ?

Le garde-chasse haussa les épaules.

— On était tous les deux pressés, alors la conversation n'a pas duré longtemps.

— Je l'appellerai, dit Brett sans quitter l'oiseau des yeux. Coucou, ma belle. Tu es malade et tu as peur, hein ? Mais je vais bien m'occuper de toi. Tu ne le sais pas encore, mais tu vas avoir droit à une chambre de luxe. Allez, viens, on va t'installer, ma belle.

Sarabeth surprit le sourire de Jules.

— Il est complètement gaga, constata-t-il affectueusement.

— Il fait ça souvent ? demanda Sarabeth tandis que Brett déposait délicatement la caisse à l'arrière de sa voiture.

— Tout le temps. Il a vidé son infirmerie parce qu'il partait en lune de miel, mais normalement il y a toute une ménagerie dans les vieilles écuries.

Intéressant. La veille, jamais elle n'aurait imaginé ça de la part de Brett – il lui paraissait trop macho pour réagir de cette façon face à un animal blessé. Mais maintenant qu'elle connaissait l'histoire de sa mère, son côté saint-bernard faisait sens.

Tant qu'il n'allait pas s'imaginer qu'elle avait besoin d'être secourue, tout irait bien entre eux. Elle était descendue très bas et s'était battue pour devenir la femme forte et sûre d'elle qu'elle était aujourd'hui, et elle ne laisserait aucun homme la priver de cette indépendance si chèrement gagnée.

Jules et elle regardaient Brett, qui était concentré sur l'oiseau et trop loin pour les entendre.

— C'est un type bien, et si vous voulez lui faire perdre la tête, je n'ai rien contre.

Hé ! d'où lui venait cette idée ? Quoique... Il venait de les surprendre lors d'une scène plutôt passionnée.

— Merci, répondit Sarabeth, sarcastique. Mais je ne vois vraiment pas ce que ça a à voir avec vous.

— Je connais Brett depuis qu'on est gamins. C'est mon plus vieil ami, répliqua Jules. C'est comme un frère. On est proches. Alors, si vous cherchez à le manipuler, à lui demander de l'argent, des cadeaux, une nouvelle voiture ou que sais-je, je le saurai.

Ah ! La rumeur selon laquelle elle était une croqueuse de diamants était parvenue jusqu'à lui. Sarabeth brûlait de lui répondre qu'elle était probablement aussi riche que Brett, mais son orgueil l'en empêcha. L'état de ses finances et la somme pour laquelle elle avait vendu son entreprise ne regardaient personne.

Brett se retourna vers elle.

— Sarabeth ? Il faut que je ramène cet oiseau à la maison, on y va ?

— Bien sûr. Excellente idée. Ça m'a fait plaisir de vous rencontrer, dit-elle à Jules, les bonnes manières inculquées par sa mère l'obligeant à mentir.

— J'en doute.

— Et vous avez raison.

Ça ne lui plaisait pas qu'il lui prête de mauvaises intentions, mais elle n'en admirait pas moins sa loyauté envers son ami. Ne désirant pas se faire un ennemi de plus à Royal, elle lui effleura le bras :

— Je ne suis pas ici pour créer des problèmes, Jules.

Il l'observa un instant avant de se fendre d'un léger sourire.

— Ravi de l'entendre, madame Edmond.

Cela faisait trente ans qu'elle utilisait le nom de famille de Rusty, mais ici, à Royal, cela lui semblait déplacé. Étrange.

— Appelez-moi simplement Sarabeth.

— Est-ce qu'on peut y aller ? demanda Brett d'un ton un peu impatient.

Sarabeth fronça les sourcils quand elle le vit grimper dans le coffre de son SUV et déplier ses longues jambes autour de la caisse. Était-ce vraiment nécessaire ?

Jules, lui, secoua la tête et la regarda d'un air amusé.

— Vous avez de la concurrence, on dirait.

Elle referma le coffre sur Brett et l'oiseau, et regarda Jules en levant les yeux au ciel.

— Nous nous sommes laissé emporter. Je doute que ça se reproduise.

Jules la raccompagna jusqu'à sa portière et l'ouvrit pour elle.

— Et moi, je pense le contraire.

Sarabeth ne prit pas la peine de répondre. Au fond d'elle, elle l'espérait aussi.

Cet imbécile de Jules ne savait pas voir quand sa présence n'était pas désirée et, malgré les regards furieux que Brett lui lançait à travers la vitre arrière du SUV, il les suivit jusqu'au ranch. Sarabeth déposa Brett près des écuries et poursuivit sa route jusqu'au cottage, qui se trouvait de l'autre côté du bassin de nage et du jacuzzi.

Dès que sa voiture disparut, il se tourna vers Jules.

— Qu'est-ce que tu fais encore ici ?

Jules prit la caisse et suivit Brett sur le chemin qui longeait les écuries jusqu'au petit centre de soins que son ami avait fait construire.

— Je voulais savoir comment tu allais puisqu'on ne s'est pas parlé depuis que tu m'as privé du bonheur d'être ton témoin. Mais… j'ai l'impression que tu t'en sors très bien.

Brett le précéda jusqu'à une petite volière, où l'oiseau pourrait bouger librement sans risquer de se faire mal. Il enfila une paire de gants épais et s'assit par terre pour sortir la jeune effraie des clochers de la caisse. L'oiseau chercha à le piquer du bec, mais Brett ne perdit pas son calme et le déposa dans la volière avec délicatesse. Puis, il se releva et retira ses gants.

— Je vais devoir la réhydrater. Tu comptes m'aider ou juste m'imposer ta présence ?

— Les deux.

Bon. Brett entra dans la dépendance qui servait de cuisine pour préparer la nourriture de ses animaux blessés, de couveuse et de lieu de stockage. Le long du mur du fond, il y avait une série de cages pour les pensionnaires qui ne pouvaient pas être dehors ou qui nécessitaient des soins spéciaux. Il avait passé des heures dans cette pièce, assis par terre à ramener des animaux blessés à la vie.

C'était tellement moins compliqué avec eux qu'avec les humains. Et même si l'aide de Jules serait précieuse pour nourrir l'oiseau, il aurait préféré être seul pour réfléchir à ce qui venait de se passer avec Sarabeth.

Ça avait été torride. Brett était bien obligé de s'avouer que si Jules était arrivé dix ou quinze minutes plus tard, il les aurait sans doute trouvés nus.

Cette Sarabeth lui faisait perdre la tête.

— Eau et glucose.

— Quoi ?

— Il te faut du glucose et de l'eau pour réhydrater cette bête, et je n'ai pas toute la journée, dit Jules avec un sourire en coin.

— Exact.

Brett savait que Jules ne laisserait pas tomber le sujet Lexi/Sarabeth. Dans dix, peut-être vingt secondes, il allait remettre ça sur le tapis.

— Est-ce que tu comptes m'expliquer ?

Cinq secondes. Avec l'âge, Jules devenait de moins en moins patient. Et si qui que ce soit d'autre lui avait demandé de s'expliquer, il l'aurait envoyé au diable. Mais Jules était son plus vieil ami. Et de toute façon, il était têtu comme une mule et ne bougerait pas avant d'avoir eu sa réponse.

— Tu n'aurais jamais dû demander Lexi en mariage.

Brett se contenta de lui lancer un regard signifiant : « Merci, je sais. »

— Et tu aurais dû reprendre tes esprits avant la veille du mariage.

— Sans blague ? Si c'est pour me faire ce genre de remarques, tu peux te casser.

— Et susceptible avec ça. Mais j'ai une autre question...

Et voilà !

— Qu'est-ce qui te prend d'embrasser Sarabeth Edmond à peine quinze jours après avoir largué Lexi Alderidge ?

— Excellente question, marmonna Brett.

— C'est vrai qu'elle est super sexy pour une vieille...

Brett lui lança un regard furieux.

— Elle est sexy. Point. Son âge n'a rien à voir là-dedans.

Jules leva la main en signe d'apaisement.

— Tu as raison. Ma mère et mes sœurs m'arracheraient les yeux si elles m'entendaient dire un truc pareil.

Eh oui, Sarabeth avait dix ans de plus que lui. Et alors ? Son corps se fichait des années, il savait ce qu'il désirait. Et ce qu'il désirait, c'était elle.

— Qu'est-ce qu'il y a exactement entre vous ?

— Rien. Je l'ai rencontrée hier, bon sang !

— Je serais prêt à te croire si tu ne l'avais pas embrassée devant les trois pires commères de cette ville et si je ne t'avais pas surpris avec ta langue fourrée dans sa bouche. Si j'étais arrivé quelques secondes plus tard, il aurait fallu que je me lave les yeux à l'eau de Javel. Et que je vous arrête pour attentat à la pudeur.

Oui. Exact.

Brett fourragea dans le tiroir à la recherche d'une seringue et d'un petit tube en plastique.

— Il ne va rien se passer entre nous.

— Tu me prends pour un débile ?

Brett cogna le front contre le placard. Au bout de quelques secondes, il releva la tête.

— Si on couche ensemble, si on va aussi loin...

— Mais bien sûr que vous irez aussi loin. On ne peut pas lutter contre une attirance pareille.

Si Jules l'interrompait une fois de plus, il allait lui casser la figure.

— Si jamais ça va aussi loin, reprit-il, ça ne sera qu'une aventure, quelques nuits avec une femme magnifique. Et je ferai en sorte qu'elle comprenne bien qu'elle ne doit rien attendre de plus. Je n'ai aucune envie de m'engager dans une relation.

Son ami l'observa un long moment avant de hocher la tête. Puis, il s'avança vers lui et lui donna une grande tape dans le dos.

— Et si on s'y remettait ? Tout le monde n'est pas un riche propriétaire de ranch libre de gérer son temps comme ça lui chante. J'ai encore des visites à faire et plein de boulot.

— Et moi, j'ai ta tombe à creuser.

— Ça fait des années que tu menaces de me tuer. Attends la semaine prochaine, j'ai enfin décroché un rencard avec Mary-Jo vendredi.

— Oh ! la pauvre, dit Brett en tendant la seringue et le tube à Jules. Et tu as dû la payer combien pour la convaincre de sortir avec toi ?

— Certaines femmes apprécient les hommes qui ont de la classe.

— Ce qui n'est visiblement pas le cas de Mary-Jo puisqu'elle accepte de se montrer en public avec toi.

Brett était heureux de ce changement de conversation, mais il ne se faisait guère d'illusions, Jules reviendrait sur le sujet tôt ou tard.

Il le connaissait tellement bien. Leur amitié était solide comme le roc, fondée sur la loyauté, la bienveillance et les bordées d'insultes bien senties.

5

Sarabeth passa ses mains moites sur son jean et remonta légèrement la manche de la chemise d'homme qu'elle portait pour consulter sa montre. Cela faisait des heures qu'elle avait déposé Brett à son centre de soins pour animaux blessés. Il était plus de 18 heures, et elle avait décidé de lui laisser jusqu'à 19 heures pour venir la rejoindre. Et s'il ne venait pas, c'est elle qui irait le retrouver, et ils auraient cette discussion au sujet de leur folle attirance sexuelle.

Ou alors, elle lui sauterait dessus.

Elle s'assit au bord du ravissant canapé deux places du petit salon du cottage et caressa de ses pieds nus les longues mèches de laine du tapis. En soupirant, elle regarda le poêle à bois ; elle aurait aimé qu'il fasse assez frais pour faire un feu. Elle s'imaginait allongée sur le tapis, réchauffant son corps nu aux flammes du foyer alors que Brett descendait son jean le long de ses hanches étroites, révélant sa…

Elle laissa échapper un gémissement. Seigneur, c'était ridicule. Elle était incapable de s'empêcher de l'imaginer nu, et ça la rendait dingue…

Elle s'installa plus confortablement sur le canapé et ferma les yeux. Depuis qu'elle avait laissé Brett, elle était sur des charbons ardents, agitée. Elle oscillait entre le désir de le voir et l'envie de l'éviter parce qu'elle avait l'impression de perdre tout contrôle en sa présence.

Elle n'était pas allée à l'université, mais n'en était pas totalement inculte pour autant. Elle savait parfaitement que l'attirance sexuelle était due aux phéromones. Quelque chose chez Brett l'excitait follement, et c'était réciproque. C'était la clé de la reproduction de l'espèce humaine, et elle n'était pas assez bête pour voir davantage que ça dans ce qui leur arrivait.

Elle le désirait, il la désirait. C'était purement biologique.

Elle n'allait donc pas se mettre en position de vouloir davantage que ce que Brett pouvait lui donner. Trop souvent par le passé, elle avait confondu l'attirance sexuelle avec les prémices d'une relation et s'était brûlé les ailes…

Alors, cette fois, elle voulait garder les idées claires.

Si Brett et elle finissaient par coucher ensemble, ça ne serait qu'une brève liaison, une façon de satisfaire ce terrible désir. Elle avait passé des années à rechercher l'amour, mais désormais elle était heureuse d'être célibataire. Elle se suffisait à elle-même et aimait faire ce qu'elle voulait quand elle voulait. Aller où elle voulait. Et aucune relation ne valait la peine de sacrifier sa liberté.

Donc, si Brett recherchait une relation stable, il lui faudrait aller voir ailleurs. Elle le lui dirait clairement si, ou quand, ils en arriveraient là.

On frappa à la porte. Sarabeth se leva d'un bond et, d'instinct, remit de l'ordre dans ses cheveux. Elle s'apprêtait à s'élancer vers la porte mais stoppa net. *Ralentis, respire, ne lui laisse pas voir que tu l'attendais…*

Calme-toi.

Mais après tout, pourquoi jouer cette comédie ? Elle avait envie de lui et tenait à le lui faire savoir, alors pourquoi se plier à ces conventions sociales ? Pour elle, l'honnêteté était importante. Tout comme pour Brett, d'après elle.

Allez ! Vas-y !

Elle alla donc ouvrir la porte en se jurant qu'elle prendrait le temps de le saluer avant de se jeter dans ses bras...

À peine eut-elle tourné la poignée qu'il apparut, si viril, si sexy que c'en était douloureux. Il s'était douché ; ses cheveux sombres étaient encore humides. Il portait un léger pull en cachemire et un jean noir. Quand elle croisa son regard, il brandit une bouteille de vin.

— Un merlot que j'ai gagné à une tombola caritative du club des propriétaires de ranch. Il paraît qu'il est excellent et hors de prix.

— Parfait, répondit Sarabeth, le cœur battant à toute allure. Tu es venu pour boire du vin avec moi ?

— Je ne bois pas, mais je comptais te faire boire jusqu'à ce que tu acceptes de coucher avec moi.

Ça avait le mérite d'être honnête. Tant mieux, elle préférait ça.

— Excellent programme. Commençons par ça, et je boirai un verre après.

Elle se dressa sur la pointe des pieds et, des lèvres, effleura sa bouche. Elle l'entendit pousser un léger râle, puis il prit le contrôle des opérations. De son bras puissant, il l'attira contre lui, pressant contre son torse ses seins douloureusement sensibles.

Elle sentit qu'il essayait de poser le vin sur la petite console près de la porte, mais il manqua son coup, et la bouteille explosa sur le sol de pierre.

Brett la souleva si vite dans ses bras qu'elle reçut à peine quelques gouttes sur ses pieds nus, puis il la porta à l'intérieur du cottage. Elle s'attendait qu'il la pose, mais il la garda dans ses bras et la plaqua contre le mur.

Il plaça les mains sous ses cuisses et, tout naturellement, elle enroula les jambes autour de ses hanches.

Brett glissa la langue sur sa lèvre inférieure.

— Tu as si bon goût...

— Le vin...

— Peut attendre, dit Brett dans un halètement. Mais moi, je n'en peux plus.

De ses doigts calleux de cow-boy, il explora son visage. Sa main empoigna un de ses seins, et elle arqua le corps contre le sien, dans une prière muette.

Il était si puissant, si musclé, si magnifiquement viril. Il sentait bon le savon et les longues chevauchées dans la campagne texane. Sarabeth enfouit le visage dans son cou et inspira à pleins poumons cette odeur qui la rendait folle, puis elle le mordilla doucement.

— Tu es tellement sexy, grogna-t-il.

Elle aimait qu'il la trouve sexy. C'était mieux que belle ; parce que cela exprimait les sensations qu'il éprouvait, ça n'était pas juste le constat de sa beauté.

— Embrasse-moi.

Quand leurs lèvres se retrouvèrent, elle se sentit électrifiée de la tête jusqu'aux bouts des pieds. Comme prise dans un orage. Le baiser profond et ardent de Brett ne laissait aucun doute... Ils allaient atteindre le point de non-retour.

De fait, il détacha la bouche de la sienne et, plongeant son regard dans le sien, demanda :

— C'est ce que tu veux ? Tu as envie de moi ? Parce que si on continue comme ça, ça va se finir...

— Par un orgasme cataclysmique, j'espère, le provoqua gentiment Sarabeth.

— Je te le garantis, dit-il avant de redevenir sérieux. Je veux faire l'amour avec toi. Oui ou non ?

Toujours aussi direct, il ne faisait pas de chichis. Seigneur, comme elle aimait ça.

— Oh oui !

— Bonne réponse, dit-il avec un sourire à se damner.

— Le canapé ou le lit ? demanda-t-elle en dessinant du

pouce sa lèvre inférieure si ferme et si pleine. Ou plus rapide encore, le tapis ?

— Ici, c'est parfait.

D'accord. Elle n'avait rien contre les nouvelles expériences...

Tandis qu'elle offrait la bouche à sa langue furieuse, Brett glissa la main sous sa chemise et saisit un de ses seins. Sarabeth fut parcourue par une onde de désir et s'ouvrit encore plus à son baiser.

Elle caressa alors d'abord son ventre musclé puis s'attarda sur ses hanches. En l'entendant gémir, Brett se pencha et se mit à lui caresser les seins, de la langue, à travers sa chemise. Puis, d'un geste impatient, il l'ouvrit, en faisant voler tous les boutons.

C'était un peu barbare et tellement excitant !

Il prit dans sa bouche un de ses mamelons douloureusement durs, jouant savamment de sa langue, chaude et humide.

Sarabeth empoigna les cheveux de Brett et arqua le corps pour l'encourager à poursuivre plus bas. Bientôt, elle sentit que sa main se glissait entre ses cuisses et venait se poser sur son mont de Vénus.

En réponse, elle alla effleurer son érection. La caresse était légère, mais elle sentit comme une décharge le traverser. Elle intensifia sa caresse, et il se mit à gémir.

— Je veux être en toi, dit-il dans un murmure rauque tout en faisant descendre son jean le long de ses jambes.

Puis, tout en continuant à s'embrasser goulûment, ils se débarrassèrent de tous leurs vêtements.

Nu, Brett était encore plus désirable. Larges épaules, bras musclés, ventre plat et puis aussi... plus bas... C'était parfait.

Elle le prit dans ses mains. Elle était prête. Elle avait besoin de le sentir profondément en elle. Et elle le lui dit...

Le sexe de Brett se durcit encore, et il ouvrit la main. Il tenait un préservatif. Il en ouvrit l'enveloppe et le lui tendit.

Elle le déroula le long de son érection tandis que les doigts de Brett exploraient son sexe brûlant.

Il la plaqua contre le mur et la pénétra. Elle se cramponnait à lui pour le faire entrer plus loin en elle, accompagnant ses coups de reins en murmurant son prénom encore et encore, de plus en plus fort, de plus en plus vite, en cadence. Et puis, elle entendit Brett pousser un cri de jouissance. Il était parvenu à l'orgasme. Comme elle. Jamais elle n'avait joui avec cette intensité.

Brett lutta contre un nouveau bâillement et sentit que ses paupières se fermaient. S'il voulait dormir dans son lit cette nuit, il fallait qu'il s'en aille. Mais il avait tellement envie de garder la main posée sur les fesses de Sarabeth et de continuer à déposer des baisers dans ses cheveux.

Après une deuxième étreinte sur le tapis du salon, ils étaient montés dans la salle de bains attenante à la chambre, et la douche avait dégénéré en une séance de caresses appuyées qui s'était conclue dans le grand lit...

Il était en forme et endurant, mais elle l'avait littéralement épuisé, et il avait du mal à résister à l'appel du sommeil. Mais il fallait ramasser les débris de la bouteille sous le porche et aussi avoir une petite conversation...

Il fallait que les choses soient bien claires.

Sarabeth releva la tête qu'elle avait posée sur son torse, et il plongea son regard dans ses yeux d'un bleu profond. Elle était vraiment très belle, et il se sentait honoré d'avoir pu explorer son corps, de l'avoir fait hurler de plaisir. Mais c'était là tout ce qu'il pouvait lui donner...

— Est-ce qu'on peut parler ? demanda Sarabeth.

Sans lui laisser le temps de répondre, elle roula sur le côté, attrapa un déshabillé de soie de la même couleur que ses yeux et le passa. Immédiatement, il eut envie d'en défaire le nœud un peu lâche et de le faire glisser de son corps magnifique...

Trois fois, mon vieux. Tu es costaud mais tu n'es pas Superman !

Il la regarda tandis qu'elle essayait de remettre un peu d'ordre dans ses cheveux. C'était inutile, se disait-il, il allait bien vite la redécoiffer... puis, il songea qu'il devait rentrer chez lui. Même s'il la désirait encore, il luttait contre le sommeil, et dormir ici n'était pas envisageable. Les femmes avaient tendance à se faire des idées quand on s'attardait.

— C'était très sympa, dit Sarabeth.

« Sympa » ? Comme le mot était faible pour décrire ce qu'ils avaient fait ensemble et l'un pour l'autre.

— Et j'aimerais bien qu'on recommence, mais...

Et voilà. Elle allait lui dire qu'elle était de celles pour qui sexe et engagement sont indissociables. Il connaissait le discours par cœur. Même s'il n'avait jamais joui aussi fort, c'était purement physique. Pourquoi fallait-il toujours que les femmes compliquent tout ?

En attendant que Sarabeth poursuive, Brett commença à échafauder une réponse. « Je viens de rompre avec ma fiancée. Je ne suis pas prêt à m'engager dès maintenant... et ne le serai sans doute jamais plus. »

Il se montrerait aussi gentil que possible mais serait clair. Il ne voulait pas lui donner de faux espoirs.

— J'espère que je ne vais pas te fâcher. C'était génial, et j'aimerais beaucoup qu'on recommence, mais...

Encore un « mais ». Brett attendit la suite.

— Mais je n'ai pas envie de m'engager, dit Sarabeth dans un murmure.

Brett n'était pas sûr d'avoir bien compris.

— Je suis très indépendante et j'aime être seule. Je suis célibataire depuis des années et, franchement, je ne me vois pas en couple. C'est trop contraignant. Je me sentirais enfermée. Alors, si c'est ce que tu recherches… je ne suis pas celle qu'il te faut.

Elle ne voulait pas d'une relation de couple ? Et pourquoi ça ? Et puis, pardon, mais il n'était pas du genre à « contraindre » ou à « enfermer » sa partenaire. Pour lui, être en couple, c'était faire équipe. Il n'était pas question que l'un domine l'autre.

Il ouvrit la bouche pour répondre quand il réalisa qu'elle venait de lui servir ce qu'il désirait sur un plateau d'argent. Alors, pourquoi se sentait-il irrité et frustré plutôt que d'être heureux et soulagé ?

Il perdait vraiment les pédales…

— Et, si ça ne t'ennuie pas, je préférerais que tu ne restes pas dormi ici, acheva-t-elle.

Ah ! Et bien sûr, comme il avait l'esprit de contradiction, c'était précisément ce dont il avait envie maintenant. Il voulait rester bien au chaud dans ce lit, douillettement installé…

Je ne veux pas m'en aller.

— Et désolée pour le vin.

Brett rejeta le drap qui le couvrait et se leva. Il était nu devant elle, et il vit qu'elle était pleine de désir. Il eut un sourire un peu amer. Elle voulait son corps, mais se moquait pas mal de ce qu'il pouvait ressentir ou penser. Pour être honnête, il avait un peu l'impression d'avoir été utilisé.

Espèce d'hypocrite. Tu avais l'intention de lui tenir le même discours, mais comme elle t'a coiffé au poteau, tu es vexé. Tu ne veux pas t'engager non plus. Une relation purement physique avec elle, ça serait génial, et tu es en train de tout gâcher parce que tu réagis comme un gosse.

Ressaisis-toi, bon sang !

Brett s'approcha de Sarabeth et lui déposa un baiser sur la tempe.

— Merci pour ta franchise. J'apprécie vraiment ça chez

une femme et… je suis heureux qu'on soit sur la même longueur d'onde.

— Parce qu'on l'est ?

— Oui. Et, bien sûr, j'aimerais qu'on continue… Tant que ça nous convient à tous les deux, dit-il en l'enveloppant dans ses bras. Viens dîner chez moi demain.

Sarabeth s'écarta et le regarda, l'air navrée de ne pas lui avoir proposé à manger.

— Je suis affamée aussi, dit-elle en se posant la main sur le ventre.

Il éclata de rire.

— Je préfère largement ce qu'on vient de faire à un bon dîner, chérie. Mais demain, on mangera avant de passer aux autres réjouissances.

— Excellente idée, dit-elle. Descends t'habiller, je vais te chercher de quoi ramasser la bouteille cassée et tout nettoyer.

Il était heureux qu'elle n'ait pas proposé de le faire à sa place, comme si ça avait été son rôle en tant que femme.

Décidément, Sarabeth était pleine de surprises, et il avait hâte de voir quels atouts elle avait encore dans la manche.

6

Sarabeth mélangea les œufs avec la crème. Cela faisait dix jours qu'elle et Brett partageaient tous leurs repas – ils avaient laissé tomber la règle de ne pas dormir ensemble dès le deuxième soir, estimant que se réveiller l'un à côté de l'autre était bien plus agréable. Comme elle n'aimait pas les plats à réchauffer au micro-ondes qu'il y avait dans le réfrigérateur de Brett, Sarabeth faisait la cuisine.

Mais uniquement parce qu'elle le *voulait*, pas parce qu'il attendait d'elle qu'elle le fasse. Elle s'était en effet rapidement aperçue que Brett n'était pas le propriétaire macho qu'elle s'était imaginé. Il faisait venir une femme de ménage deux fois par semaine pour nettoyer la maison et s'occuper de son linge, mais c'était lui remplissait et vidait son lave-vaisselle, et il faisait son café et son lit.

Et lui servait du vin, et lui massait les pieds, et lui donnait d'extraordinaires orgasmes…

— Mets vite ça au four, chérie.

Sarabeth sourit à Brett qui se tenait de l'autre côté de l'îlot central.

— Tu as faim ?

— Encore plus que d'habitude. Je suis allé à cheval jusqu'à la prairie du haut, voir comment allait le troupeau. J'ai passé la journée en selle.

Ils avaient fait quelques balades à cheval ensemble, et

Sarabeth commençait à retrouver certains automatismes, même si elle redécouvrait aussi l'existence de quelques muscles qu'elle n'avait pas utilisés depuis longtemps.

— Je suis allée faire un tour avec Bella aujourd'hui, lui dit-elle, en ajoutant quelques ingrédients secs à sa préparation. C'est une jument adorable. J'adore la monter. C'est vraiment ma préférée.

— Ça a été une des premières à naître ici, et je n'ai pas pu me résoudre à la vendre, dit Brett en remplissant le verre de Sarabeth. Tu avais l'air songeuse quand je suis arrivé. Quelque chose te tracasse ?

— Non. Je me disais juste que j'appréciais le fait que tu ne te plies pas aux conventions.

Il prit une pincée de fromage râpé et la porta à sa bouche. Sarabeth lui sourit et poussa la râpe et le fromage vers lui.

— Tu reconstitues le stock ?

— Bien, m'dame. Et pour en revenir à ce qu'on disait... je n'ai pas reçu une éducation conventionnelle, alors je me fiche de tout ça. Pourquoi réfléchissais-tu à ça ?

— Eh bien, dit-elle en choisissant soigneusement ses mots, je cuisine pour nous deux parce que je n'aime pas les plats tout prêts et que j'aime cuisiner, mais ça n'est pas toi qui me l'as demandé. Et surtout, tu n'attends pas de moi que je cuisine. Ou que je fasse le ménage.

— Je devrais ?

— Bien sûr que non. Mais ça n'est pas courant chez un homme.

— Tu n'as pas fréquenté les hommes qu'il fallait, alors.

— Ça, tu as raison. Tu es l'homme le plus normal que j'aie connu depuis des années. D'ailleurs, ça fait des années que je ne suis pas sortie avec un homme.

— Comment ça ? dit Brett, visiblement surpris. Mais pourtant, tu es belle à tomber.

Sarabeth ajouta du fromage, de l'oignon et un peu de

piment à sa préparation, et mélangea le tout avant de le verser dans un moule beurré.

— Tu fais tellement de bien à mon ego, dit-elle en riant.

— Parle-moi de ton mariage avec Rusty...

Et comme c'était demandé si gentiment, elle décida de lui répondre.

— J'étais très jeune, dix-huit ans, et lui bien plus âgé. J'étais naïve, et il ne l'était pas. J'étais censée être décorative, faire des enfants et ne rien dire. J'ai écouté et j'ai obéi, et je croyais que notre mariage marchait bien. Et puis, je l'ai surpris au lit avec une soi-disant amie et, en creusant un peu, j'ai appris qu'il avait collectionné les conquêtes depuis le début de notre mariage et que j'étais la seule à ne pas être au courant.

Savoir qu'elle avait été dupe l'avait fait souffrir, et elle avait encore l'impression d'avoir été une idiote.

Elle s'obligea à croiser le regard de Brett et fut heureuse d'y trouver de la sympathie et pas de la pitié.

— Mais aussi ignoble qu'il ait été pendant notre mariage, ça n'était rien par rapport à sa réaction quand je l'ai quitté. C'est Rusty qui décide de la fin d'une relation, et personne d'autre. Il a donc juré de me punir, et il l'a fait. Il s'est arrangé pour obtenir la garde des enfants – le juge était un ami de son père –, et ensuite il a tout fait pour creuser un fossé entre eux et moi, dit-elle en maudissant les larmes qui lui montaient aux yeux. Et il y est arrivé. Et en plus, il a réussi à me faire sentir coupable.

Brett ne dit rien. Il se contenta de lui tendre son verre de vin. Sarabeth en but une gorgée, prit une profonde inspiration et balaya les cheveux de devant son visage.

— D'après les vipères de la ville – je l'ai appris par Jaynie –, il n'est pas content du tout que je sois de retour à Royal et raconte à tout le monde que je suis fauchée, que j'ai besoin d'argent et que je vais revenir vers lui en rampant.

— Quel connard, marmonna Brett.

Oh oui ! Il faisait vraiment du bien à son ego.

— Il est au courant pour nous ?

Elle haussa les épaules.

— D'après Jaynie, tout le monde est au courant. Donc lui aussi sans doute. Ça t'ennuie ?

— Non. Je m'en fiche complètement.

— Mais lui, ça ne doit pas lui plaire, et ça sera pire encore quand il apprendra que je suis extrêmement riche.

Oh non ! Elle n'avait pas eu l'intention de lui dire ça. Elle ne voulait parler à personne de la vente de Sarabeths !, mais c'était si facile de discuter avec Brett. Avec lui, toutes ses barrières tombaient. N'empêche qu'il fallait qu'elle reste prudente. Après tout, ils n'étaient pas vraiment un couple.

Ils étaient des amis qui avaient des relations sexuelles. Point.

Elle finirait bien par parler de Sarabeths ! aux enfants, mais pour l'heure elle se contentait de savoir qu'elle était financièrement à l'abri et libre.

— Je n'ai parlé à personne de ma situation financière.

— Et pourquoi ?

Elle vit son regard plein d'une curiosité bienveillante.

— J'aimerais que tu m'en parles, dit-il en prenant sa main, mais si tu n'en as pas envie, ça me va aussi. Sache seulement que tout ce qui se dit au ranch ne sort pas du ranch.

Cette façon de dire les choses la fit sourire, et elle vint le rejoindre de l'autre côté de l'îlot. Il la prit dans ses bras, et elle posa le front contre sa poitrine. Elle était forte et indépendante mais, parfois, ça faisait du bien de pouvoir s'appuyer sur quelqu'un et lui confier ses peurs les plus intimes.

Brett se révélait être son ami aussi bien que son amant...

— Rusty m'a toujours prise pour une incapable, et ma mère m'a incitée à ne compter que sur mon physique. Gagner des concours de beauté ou épouser un homme riche... C'était mes deux options. Rusty disait souvent à ses amis et à ses relations de travail que j'avais eu de la chance de naître belle parce que je n'avais pas de cervelle.

Brett laissa échapper un grondement.

— Et moi, on m'a longtemps sous-estimé parce que ma mère était alcoolique et que nous étions pauvres, dit-il tranquillement. Les gens sont débiles.

— Comment as-tu fait pour aussi bien réussir ?

— Mon tuteur m'a fait assez confiance pour se porter garant quand j'ai emprunté pour acheter ce ranch. Ensuite, j'ai bossé comme un malade. C'est la version courte de l'histoire. Mais continue, toi...

Sarabeth but une nouvelle gorgée de son vin avant de poursuivre :

— J'ai vécu à Dallas et je me suis battue pour voir mes enfants. Plus ils grandissaient, plus je devais les supplier, et quand on se voyait, on était tous les trois malheureux parce que Rusty faisait tout pour les monter contre moi. À tel point que c'est devenu insupportable et que je suis partie m'installer à LA, où j'ai trouvé du travail dans une grande entreprise de cosmétiques. Un jour où je m'ennuyais, j'ai cherché à savoir comment ils fabriquaient leurs produits et j'ai été horrifiée quand j'ai appris que la plupart des usines utilisaient de l'huile de palme et faisaient de l'expérimentation animale...

Elle vit à son expression qu'il était aussi dégoûté qu'elle. Ils aimaient tous les deux les animaux, et le fait que Sarabeth l'aide à soigner la petite chouette et l'accompagne souvent le soir quand il faisait le tour des écuries pour prendre soin de ses chevaux et des autres animaux qu'il avait recueillis les rapprochait chaque jour davantage.

— Je me suis mise à explorer d'autres moyens de produire des savons et des lotions, et j'ai fait quelques essais. C'était plutôt concluant, alors j'ai fabriqué plus de produits et je les ai vendus au marché le week-end. Assez vite, j'ai été dépassée par la demande, donc je suis passée à une production plus élevée et j'ai commencé la vente en ligne.

— Ça n'a pas dû être facile, commenta Brett.

Un million de décisions à prendre, les réunions, les embauches et les renvois. Les nuits sans sommeil et la peur. L'impression d'être Dieu quand tout allait bien, et les larmes, toute seule dans sa salle de bains quand les problèmes s'accumulaient. Jamais elle n'avait rien réussi d'aussi difficile mais d'aussi gratifiant. À part ses enfants, bien sûr.

— Tu as monté ton entreprise toi aussi, tu sais ce qu'il en coûte pour devenir riche. Beaucoup de travail, un peu de chance, des larmes et énormément de stress.

— C'est vrai.

Elle déposa un baiser sur sa bouche et recula avant qu'ils aillent plus loin et se laissent distraire. Elle avait envie de continuer à se confier, à lui parler de son travail et de ses succès. Pourtant, elle en était à un stade de sa vie où elle n'avait plus besoin de l'approbation des autres. C'était étrange.

Elle lui demanda d'un ton détaché s'il avait entendu parler de la marque Sarabeths !

— C'est une ligne de cosmétiques avec un packaging rose et or…

— Une de mes petites amies m'en avait demandé pour un Noël.

— Et tu lui en as acheté ? demanda Sarabeth avec un sourire amusé.

— Oh non ! Bien trop cher, répondit-il.

Elle ne dit rien, attendant qu'il fasse le lien.

— Hein ? Tu es en train de me dire que la Sarabeth de Sarabeths !, c'est toi ?

Elle sourit, ravie, haussa les épaules et dit du ton le plus neutre possible :

— Oui.

— Waouh ! dit Brett, les yeux agrandis par la surprise. Franchement, je suis impressionné.

— Merci, dit-elle en enfouissant le visage dans son cou.

— Tu as raison, Rusty va piquer une crise quand il sera au courant.

Elle eut un petit sourire machiavélique.

— Je sais.

Brett lui donna une petite tape sur les fesses.

— Combien de temps a-t-on avant que ça soit prêt ?

Un peu surprise, elle consulta sa montre.

— Disons, un quart d'heure, vingt minutes.

— Parfait. Juste le temps qu'il faut pour emmener ma très sexy et très intelligente maîtresse jusque dans mon lit.

Elle adorait les compliments de Brett. On lui avait toujours dit qu'elle était belle, au point que le mot avait perdu toute signification pour elle. Mais elle trouvait adorable d'être considérée comme sexy. Et qu'il la trouve intelligente, c'était le nec plus ultra.

Et… quand il disait des choses comme ça, elle aurait été prête à le suivre jusqu'au bout du monde.

Brett venait de passer trois jours à Austin à visiter un ranch qu'il envisageait d'acheter. C'était un dimanche soir, et il lui manquait terriblement. Il lui avait proposé de l'accompagner, mais comme ils avaient passé beaucoup de temps ensemble les deux semaines précédentes, elle avait jugé prudent qu'ils se séparent quelque temps. Et maintenant, elle regrettait cette décision.

Chaque centimètre carré de son corps le réclamait avec une intensité qu'elle n'aurait pas crue possible. Son lit dans le cottage – elle n'avait pas eu envie de dormir chez Brett en son absence – lui semblait vide, et la petite maison si accueillante lui paraissait glaciale sans lui.

Assise sur les marches du cottage, elle regardait l'allée avec inquiétude, en espérant voir très vite apparaître les phares du pick-up de Brett. En partant, il avait dit qu'il serait de retour le dimanche à midi, mais la nuit allait bientôt tomber, et elle n'avait eu aucune nouvelle.

Il n'était donc pas capable de passer un coup de fil ou d'envoyer un SMS ? Ou peut-être qu'il n'avait plus de batterie ou alors… avait-il eu un accident ?

Prends une grande inspiration et calme-toi, bon sang ! Tu n'es ni sa petite amie, ni sa femme, ni sa compagne. Tu es juste celle avec qui il couche en ce moment. Il n'est absolument pas obligé de te dire où il est ni ce qu'il fait. Ni quand il rentrera.

Elle se comportait comme s'ils formaient un couple amoureux au lieu de le considérer comme un ami avec qui elle couchait en ce moment.

Il fallait qu'elle arrête.

Il fallait qu'elle soit intelligente. Si elle ne restait pas vigilante, les choses allaient devenir floues, et la confusion allait s'installer.

Ils couchaient ensemble parce qu'ils s'entendaient merveilleusement bien sexuellement. Le fait qu'ils s'apprécient beaucoup l'un l'autre n'était qu'un petit plus.

Il fallait calmer un peu les choses, les garder sous contrôle. Ça n'était pas prudent de passer autant de temps ensemble. Ils devraient d'ailleurs peut-être commencer par ne plus faire l'amour tous les soirs.

Mais elle n'avait aucune envie d'arrêter. Avec Brett, elle explorait les profondeurs de ses désirs et, grâce à lui, elle avait retrouvé – ou plutôt pris – confiance sexuellement. Dans les bras de cet homme si sexy, si généreux et si viril, elle était complètement désinhibée et suffisamment en confiance pour lui dire ce qu'elle aimait ou n'aimait pas. Et il l'écoutait et savait faire vibrer son corps.

Tout ça était parfait, mais l'envie de passer du temps avec lui, le fait qu'il lui manque, voilà qui était dangereux, inquiétant. Il fallait y mettre un terme...

Peut-être pas aujourd'hui, ni demain ou après-demain, mais... bientôt.

Parce que ça ne pourrait pas durer toujours. Rien d'aussi bon ne pouvait durer toujours.

En attendant, elle allait remettre de la distance et arrêter de se conduire comme une adolescente amoureuse. Attendre en se tordant les mains d'inquiétude, ça n'était pas digne d'une femme forte et indépendante.

Elle prit son téléphone et composa le numéro de Jaynie. Quand son amie répondit, elle s'obligea à prendre un ton enjoué.

— Je meurs d'envie d'une pizza. Ça vous va si j'apporte trois pizzas et une ou deux bouteilles de vin ?

— Si tu as l'intention de boire, pas question que tu conduises après. Prends ton pyjama et ta brosse à dents.

Elle se dit que c'était parfait, que si elle n'était pas au ranch quand Brett rentrerait, il ne pourrait pas se douter qu'elle l'avait attendu avec autant d'impatience.

Elle savait qu'il détesterait la voir devenir possessive et, pis encore, collante.

Elle allait reprendre les choses en main...

Quand il vit le SUV de Sarabeth remonter l'allée, Brett était très énervé. En rentrant la veille au soir, il avait trouvé le cottage verrouillé, et sa voiture n'était pas garée à sa place habituelle. Il avait essayé de l'appeler plusieurs fois entre hier soir et ce matin, mais était tombé directement sur sa messagerie. Il en était presque arrivé au point d'appeler les hôpitaux ou Jules pour qu'il vérifie s'il y avait eu des accidents dans la région de Royal. C'était ridicule.

Et cette réaction excessive l'agaçait.

Tout comme sa déception quand il ne l'avait pas trouvée à la maison à l'attendre. Elle aurait pu au moins lui envoyer un SMS pour le tenir au courant de son programme, lui dire où elle était...

Et il avait perdu la moitié de sa matinée de travail parce qu'il s'était inventé des excuses pour rester chez lui et être là quand elle reviendrait enfin. Où était-elle allée ? Qui avait-elle vu ?

Brett se passa les mains sur le visage, furieux contre lui-même et contre le monde en général. Ces dernières nuits, il avait mal dormi. À l'hôtel, le lit lui avait semblé immense et vide, et la chaleur de Sarabeth lui avait manqué. Son odeur. La caresse de ses cheveux sur son visage.

Il avait l'impression d'être un drogué privé de sa dose. Tremblant, agité et à fleur de peau. Jamais il n'avait ressenti une chose pareille... En général, il était quelqu'un de calme et de posé. C'était inquiétant de se mettre dans cet état simplement parce que Sarabeth s'était absentée.

Il poussa un soupir d'exaspération. Il fallait qu'il reprenne le contrôle. Il croyait que l'affaire se résumerait à une courte aventure, et voilà que tout ça prenait une intensité qu'il n'avait pas anticipée. Il fallait qu'il réfrène ses émotions. Ça n'était qu'une aventure, des amis qui couchaient ensemble et rien d'autre. Il ne devait pas laisser ses sentiments grandir. Parce que sinon Sarabeth allait lui biser le cœur. Elle était riche, indépendante et n'avait aucune intention de redevenir la moitié d'un tout.

Quant à lui, étant donné ses derniers exploits avec Lexi, il aurait été fou de plonger à nouveau dans ce marais infesté d'alligators. Il voulait, non, il *avait besoin* d'une relation physique sans aucune attente. Et c'était ce que Sarabeth lui donnait...

Alors, où est le problème, crétin ?

Il n'en avait aucune idée.

Brett s'appuya au chambranle de la porte menant à sa cuisine et observa Sarabeth garer son SUV. Le temps qu'il la rejoigne, elle était descendue de voiture, un petit sac de voyage sur l'épaule. Avec son jean, son pull blanc tout simple, ses bottes de cuir et son immense écharpe de coton enroulée autour du cou, elle était tout simplement à croquer.

Et il n'avait envie que d'une chose...

— Salut.

Brett remarqua un peu de méfiance dans ses yeux bleus.

— Chouette voyage ? demanda-t-elle tandis qu'il prenait son sac pour le porter.

— Pas mal, dit-il, résistant à la tentation de lui dire qu'il aurait aimé qu'elle soit avec lui. Qu'elle lui avait manqué. Au lit et partout.

— À quelle heure es-tu rentré ? demanda-t-elle d'un ton détaché, mais il perçut une pointe de tension dans sa voix. Il la suivit jusqu'au cottage, notant mentalement de remplacer la marche voilée du petit escalier menant au porche.

— Vers 20 heures, répondit Brett. Où as-tu passé la nuit ?

Ça, ça n'était pas une question neutre ni banale. C'était grossier et totalement hors de propos. Sarabeth lui lança un regard furieux avant de se retourner pour ouvrir la porte. Il ferma les yeux.

— Tu n'as aucun droit de me poser cette question, et surtout sur ce ton, Brett.

Elle avait raison, il le savait, mais ça ne l'empêcha pas de lâcher le sac et de se camper devant elle, les mains sur les hanches.

— Je sais, mais je te le demande quand même.

— Et moi ? Est-ce que j'ai le droit de t'interroger sur ton

week-end ? demanda Sarabeth d'une voix glaciale en posant son sac à main sur la console de l'entrée.

Étant donné qu'il avait passé ses nuits dans des livres de comptes et ses journées à cheval ou dans un pick-up à inspecter les terres, il n'avait rien à cacher et ne se gêna pas pour le lui dire.

— Mais moi non plus, l'informa Sarabeth, le dos raide et le regarda de glace. J'ai passé la nuit chez Jaynie et Laura, si tu tiens à le savoir.

Un soulagement aussi doux et chaud que du caramel fondu l'envahit tout entier, et il put enfin respirer librement.

— Ah ! D'accord.

— D'accord ? Mais je n'ai pas besoin de ta permission, Brett.

Arrête de t'enfoncer, vieux.

— Bien sûr que non, se hâta de répondre Brett dans l'espoir de la voir décolérer. C'était juste une façon de parler.

Ils restèrent les yeux dans les yeux, et dans son regard bleu profond, au-delà de l'attirance qu'elle éprouvait pour lui, il vit une détermination et une distance qui n'étaient pas là avant son départ.

Oh non !

Il connaissait ce regard – il avait trente-huit ans et l'avait vu dans les yeux d'un nombre considérable de femmes avant elle. Ça voulait dire qu'elle voulait « parler ». Ce qui glaçait le sang de tout homme normalement constitué.

— Il faut qu'on parle...

Quel idiot ! Il aurait mieux fait d'aller bosser ce matin au lieu de traîner par ici comme une âme en peine.

— On s'assoit ? proposa Sarabeth en désignant le canapé près duquel ils avaient fait l'amour le premier soir.

Il se revit en train de la pénétrer contre le mur de l'entrée et secoua la tête.

— Je préfère rester debout. Apparemment, tu as quelque chose à dire, alors vas-y.

Sarabeth mit les mains dans les poches arrière de son jean, redressant sans le vouloir ses seins magnifiques. Bon sang, il ne rêvait que d'une chose… mordiller ses tétons couleur corail, sentir sa bouche et son corps sous le sien…

— Je pense que cette petite séparation a été bénéfique. Ça m'a donné le temps de réfléchir, et je suis sûre que ça t'a fait plaisir d'être un peu tranquille aussi.

Elle avait l'air d'attendre qu'il confirme ce qu'elle disait, mais il ne pouvait pas. Ces soixante-douze dernières heures, il s'était essentiellement senti frustré et seul.

— Et je pense qu'on devrait ralentir un peu, prendre le temps de respirer.

— Pourquoi ?

Elle haussa les épaules et regarda dans le lointain. Il voulait qu'elle le regarde, lui, alors il donna un léger coup de pied pour claquer la porte. Il avait à nouveau toute son attention.

— Peut-être que tu es à la retraite, mais moi, je dois bosser, dit Brett d'un ton beaucoup plus sec qu'il n'aurait voulu. Est-ce qu'on peut en finir avec cette conversation ?

Sur le visage de Sarabeth, l'irritation se transforma en colère :

— C'est une allusion délicate à mon âge ?

Quoi ? Mais non ! Il n'avait pas voulu dire ça, et elle savait que son âge n'était pas un problème, non ?

— Je couche avec toi parce que tu es une femme sexy et fascinante. Je me fiche complètement de ton âge. Ou du mien. Alors, ne me fais pas dire des choses que je n'ai pas dites.

Elle resta un instant silencieuse, les yeux fixés au plafond.

— Désolée, dit-elle enfin.

— Ce n'est rien. Maintenant, dis-moi ce qui se passe.

Sarabeth s'appuya contre le dossier du canapé. Elle avait l'air pensive. Il lui laissa le temps de rassembler ses idées.

— Je n'ai jamais eu ce genre de relation, coucher avec un ami, mais je suis certaine que ça n'implique pas de se mettre à quasiment vivre ensemble deux jours après la rencontre. On passe tellement de temps tous les deux que... que tu m'as manqué ce week-end.

Elle avait l'air aussi désolée que si elle lui avait avoué avoir rayé sa voiture.

— Toi aussi, tu m'as manqué. C'est si grave que ça ?

— En tant que *sex friends*, on ne devrait pas se manquer. Ça ne devrait pas être aussi intense. On est censés juste s'amuser ensemble et continuer notre vie chacun de notre côté. Je suis sûre qu'on fait tout de travers !

Brett passa la main devant sa bouche pour tenter de masquer son sourire.

— D'après qui ?

Sarabeth baissa la tête, fixant ses pieds.

— *Cosmopolitan*. Jaynie, qui a eu ce genre d'aventures avant de rencontrer Laura. Et Google.

Cette fois, il ne put réprimer un sourire amusé.

— Tu consultes Internet à propos de notre vie amoureuse ?

— J'ai fait des recherches, dit Sarabeth en rougissant. Et d'après tout ce que j'ai lu, on s'y prend hyper mal...

— N'importe quoi, dit Brett en s'avançant vers elle. Il n'y a pas de bonne ou de mauvaise façon de faire quand il s'agit d'attirance entre deux personnes, et je refuse de vivre ma vie selon les stupides diktats postés en ligne.

Il déposa un baiser sur ses lèvres et la sentit frémir.

— C'est bon ?

— Tu le sais bien, murmura Sarabeth.

Il posa la main sur un de ses seins, et son mamelon durcit instantanément.

— Et ça ? Tu aimes quand je te fais ça ?

— J'aime tout ce que tu me fais, dit-elle en haletant.

Si franche, si directe. Il adorait ça.

— Et je sais comme tu aimes sentir mes doigts et ma langue entre tes cuisses. Alors, si on se disait qu'on continue tant qu'on en tire du plaisir ?

— Mais si jamais...

Elle s'interrompit, mais Brett savait ce qu'elle avait été sur le point de demander. Et si jamais les choses devenaient plus sérieuses entre eux ? Il secoua la tête.

— On ne laissera pas les choses devenir sérieuses. On ne peut pas faire ça, parce que ça gâcherait tout. C'est tellement génial ce qu'on vit. On est amis et on s'apprécie, au lit et ailleurs. Continuons comme ça, non ?

Elle poussa un long soupir, et il vit toute tension quitter son corps. Et ensuite, sa fière et magnifique maîtresse releva la tête et rejeta les épaules en arrière, le menton dressé :

— Je ne vais pas tomber amoureuse de toi, Brett. Et je sais que toi non plus, tu ne tomberas pas amoureux.

— Comment peux-tu en être aussi convaincue ? dit-il en repoussant une mèche de cheveux de son front, un peu déconcerté par sa détermination.

— Parce qu'on a beau s'entendre parfaitement au lit et partout ailleurs, je n'ai pas besoin que tu voles à mon secours. Je suis indépendante sur le plan émotionnel et je n'ai pas besoin d'aide.

— Oui, oui. J'ai compris, répondit Brett, un peu irrité qu'elle ait mis le doigt sur son talon d'Achille.

— Et toi, tu as besoin qu'on ait besoin de toi.

Ça, c'était du passé. C'était fini. Terminé...

On allait voir si elle appréciait autant l'honnêteté si elle en était la cible...

— Et toi, parce qu'on t'a rabaissée et dit que tu ne serais jamais rien d'autre qu'une ravissante idiote, parce qu'à un moment tu as été privée de tout pouvoir sur ta vie, tu ressens le besoin d'être dans le contrôle. Tu crois qu'avoir besoin de quelqu'un est un signe de faiblesse.

Sarabeth laissa échapper un rire un peu forcé.

— Dis donc, si jamais on finit par avoir une relation de couple, elle sera sacrément dysfonctionnelle.

— Alors, ne faisons pas ça.

— Marché conclu ? dit-elle avec un sourire. Je suis heureuse qu'on soit sur la même longueur d'onde. Et… une autre question…

Il retint son souffle, espérant que celle-ci serait moins compliquée que les précédentes. Comme la plupart des hommes, il préférait éviter le piège de ce genre de conversations.

— Qu'est-ce qu'on fait encore habillés ? demanda Sarabeth en glissant une main sous sa chemise en flanelle et la ceinture de son jean.

Excellente question.

7

— Tu sens tellement bon, murmura Brett en respirant dans le creux de son cou. Et tu es tellement sexy. J'ai hâte d'être enfin en toi. Je n'ai pensé qu'à ça depuis que je suis parti vendredi et je sens que je vais devenir fou.

Sarabeth frémit en entendant sa voix rendue rauque par le désir et sentit une onde brûlante se répandre dans le bas de son ventre. Elle ne savait pas vraiment comment réagir à ses compliments, aux doux murmures contre sa peau, au creux de son oreille. C'était très agréable, mais elle devait faire attention à ne pas y croire. Ce n'était que des mots, de ceux qu'on dit dans le feu de l'action. Non qu'elle pensât que Brett n'était pas sincère – elle pensait qu'il croyait chaque mot qu'il lui disait –, mais ce qu'on dit dans le secret de la chambre à coucher est si facilement oublié.

Elle ne pouvait pas se permettre d'y croire et de se laisser emporter. Mais c'était plus facile à dire qu'à faire.

Rapidement, il la débarrassa de son pull et de son soutien-gorge, et le feu lui monta aux joues quand il la vit seins nus. Elle posa la main sur son érection et poussa un profond soupir. Oh oui ! il la voulait.

Brett fit descendre sa culotte de dentelle le long de ses cuisses et resta figé. Il effleura son sexe presque totalement épilé.

— Joli.

— J'avais rendez-vous chez l'esthéticienne ce matin, n'en revenant pas d'être encore capable de parler alors qu'il était en train de la toucher.

— C'est très mignon.

Elle sourit et, impatiente, écarta légèrement les cuisses pour l'encourager à la caresser.

Il se mit à genoux devant elle, posa un baiser sur sa hanche, puis sur le haut de sa jambe, puis à l'intérieur de sa cuisse. C'était si doux de sentir sa barbe de trois jours sur sa peau.

Elle s'agrippa au dossier du canapé.

— Brett, je t'en prie, caresse-moi... embrasse-moi. Je t'en supplie !

— J'aime quand tu me supplies, dit-il d'une voix sourde tout en glissant un doigt à l'intérieur de son sexe.

Sarabeth fut secouée par une décharge de plaisir. Elle avait le souffle coupé, était incapable de penser. Puis, il introduisit un autre doigt en elle tandis que son pouce caressait son clitoris. Elle sentit le plaisir monter en elle. Elle perdait pied.

— Je vais jouir, balbutia-t-elle.

— Non. Attends, dit-il en relevant la tête vers elle, la regardant tout en continuant à aller en venir en elle avec ses doigts.

— Brett, je t'en supplie...

— Viens. Maintenant.

Sa voix rauque lui donna des frissons. Puis, sa bouche vint se poser sur son sexe, et sa langue s'enrouler autour de son clitoris. Il la lécha, la suça tout en continuant, de ses deux doigts, à la caresser à l'intérieur. Elle jouit avec tant de puissance qu'elle ne remarqua même pas qu'il était en train de la regarder.

Puis, tandis que son corps se calmait et qu'il la retenait, les bras autour de ses cuisses, elle redescendit lentement sur terre. Elle baissa les yeux, le regarda avec tendresse et passa la main dans ses cheveux, les jambes encore un peu flageolantes.

— Tu me regardes ? demanda-t-elle doucement.

Elle avait un peu peur de sa réponse.

— Oui.

— Pourquoi ?

— Je sais que tu n'aimes pas qu'on te dise que tu es belle, mais tu es *vraiment* magnifique, et encore plus quand tu jouis.

Il se releva d'un mouvement fluide et lui prit la main.

— On monte ?

Sarabeth hocha la tête. *Oh oui ! Bien sûr.*

Sa main puissante et chaude autour de la sienne, elle le suivit, nue, jusque dans la chambre.

Le mercredi soir, Brett la surprit en lui annonçant qu'il avait réservé une table au Sheen, le nouveau restaurant branché de Royal. Comme sa future belle-fille, Charlotte, y travaillait en tant que chef, elle savait que toutes les tables du restaurant construit tout en verre étaient réservées des semaines à l'avance. Brett devait avoir le bras vraiment long pour avoir obtenu une table si rapidement, mais ça ne l'étonnait pas ; elle savait bien maintenant que son si charmant amant était un businessman hors pair – honnête mais dur en affaires – et qu'il avait beaucoup de pouvoir dans la petite ville.

Si elle avait su qu'il avait envie de dîner au Sheen, elle aurait demandé à Charlotte de leur réserver une table. Elle savait que la jeune femme lui était reconnaissante des efforts qu'elle faisait pour pousser Ross à donner une nouvelle chance à leur relation.

Elle sourit à la très belle directrice du restaurant, qui était une amie proche de Charlotte.

— Bonsoir, Faith. Je suis Sarabeth, la mère de Ross.

Faith lui renvoya un large sourire et se présenta à Brett. Pendant qu'ils bavardaient, Sarabeth balaya la salle du restaurant du regard et surprit son reflet dans le miroir qui ornait le mur. Elle avait bien fait de choisir cette combinaison d'aviateur en soie noire. Elle mettait sa silhouette en valeur mais restait d'une élégance discrète. Elle ne voulait surtout pas attirer l'attention.

Être ici, la main dans la main avec Brett Hartson leur attirait déjà des regards curieux, et elle imaginait très bien les commentaires des clients du restaurant.

« Ils ont une liaison torride, il paraît. »

« Elle a au moins dix ans de plus que lui. »

« C'est honteux. Il était sur le point de se marier il y a un mois, et le voilà déjà avec une autre femme. »

Elle avait envie de quitter cet endroit en courant.

— Suivez-moi, je vous prie, dit Faith.

Brett posa une main dans le bas de son dos et la poussa vers leur table, une des meilleures et des plus en vue, au beau milieu de la salle.

— Du calme, chérie. C'est juste un dîner, pas une mise à mort, lui chuchota-t-il à l'oreille.

Elle s'assit sur la chaise qu'il avait tirée pour elle et eut un sourire forcé.

— J'ai l'impression que tout le monde nous regarde.

— Exact, répondit calmement Brett avant de s'asseoir en face d'elle.

Levant la tête vers Faith, il commanda un verre de son vin préféré pour elle et un cocktail sans alcool pour lui. Il avait l'air si détendu dans son élégant costume de créateur gris charbon et sa chemise noire.

Sarabeth fronça les sourcils.

— J'espérais que tu allais me dire que je me faisais des idées.

— Pas du tout. Tout le monde dans cette salle est en

train de parler de nous, dit-il en haussant les épaules. Mais je m'en fiche totalement. Je veux seulement que Lexi n'ait pas à souffrir de tous ces ragots. Et toi non plus, bien sûr.

Elle appréciait le fait qu'il se souciât de son ex-fiancée.

— Tu lui as parlé récemment ?

Elle ne se sentait ni jalouse ni remise en question. Quoique… un peu, si. Et pourtant, elle n'en avait pas le droit. Ils étaient des *sex friends*, rien de plus. Et si parfois elle sentait d'autres sentiments stupides monter à la surface, c'était son problème, pas celui de Brett.

— Je lui ai parlé hier. Elle est toujours très en colère que j'aie annulé le mariage à la dernière minute, mais elle a reconnu que j'avais eu raison, dit Brett en tapotant le pied de son verre vide. Et elle m'a demandé si les rumeurs à notre sujet étaient vraies.

— Qu'est-ce que tu lui as dit ?

— La vérité. Je lui dois bien ça. Je lui ai dit que tu louais mon cottage et qu'on se voyait. J'ai dit aussi que ça ne faisait que deux semaines et que ça n'était pas sérieux.

Et pourtant, ils étaient là, à dîner au Sheen, sur leur trente et un et parfumés, comme s'il s'agissait d'un rendez-vous amoureux. Sarabeth se frotta le front. Ce n'était pas du tout ce que des *sex friends* étaient censés faire.

En revanche, des amis pouvaient parfaitement dîner ensemble, et c'était ce que Brett et elle étaient. Des amis. Et rien de plus.

Et pourtant, en rentrant, ils allaient faire l'amour avec passion.

Argh !

Pour se changer les idées, Sarabeth porta son regard sur la cuisine ouverte du Sheen et sourit en apercevant Charlotte dans sa tenue blanche de chef. Comme si elle avait senti le poids de son regard, la jeune femme releva la tête, balaya la salle du regard et sourit en la voyant. Elle échangea quelques mots avec un collègue, puis vint les rejoindre.

Sarabeth se leva pour l'accueillir, et elles s'embrassèrent avant que Charlotte l'attire vers elle pour la serrer dans ses bras.

Quand elle la lâcha, Sarabeth remarqua que les beaux yeux marron de Charlotte étaient brillants d'émotion.

— Comme Ross n'est pas là, j'en profite pour vous remercier pour le rôle que vous avez joué pour qu'il reprenne un peu ses esprits.

Sarabeth sourit.

— De rien, ma chérie. Tu as l'air si heureuse, et lui aussi. Il n'y a que ça qui compte. Comment va mon bébé ?

— J'imagine que c'est de Ben que vous parlez, dit Charlotte avec un sourire.

Même si Ross était à présent adulte, il n'en resterait pas moins son bébé pour toute sa vie, et Charlotte l'avait bien compris.

— Cette fois, oui, c'est de Ben qu'il s'agit, dit-elle avec un clin d'œil.

Elle lui présenta Brett, et Charlotte resta encore quelques instants près de leur table à parler de Ben. Puis elle leur souhaita un bon appétit et leur annonça que la maison leur offrait le dîner.

— Mais tu n'as besoin de faire ça, ma chérie, protesta Sarabeth.

Charlotte déposa un baiser sur le sommet de sa tête.

— Mais j'en ai envie... je vous suis tellement reconnaissante.

Puis elle se redressa et observa la salle, jaugeant le plaisir que prenaient les clients. Essayant de savoir s'ils étaient satisfaits. Tout à coup, elle se raidit, et son visage se ferma. Sarabeth suivit la direction de son regard. Rusty et Billy Holmes se tenaient sur le seuil de la grande salle, bavardant avec Faith.

Bon sang ! ce sale type avait le don de gâcher une belle soirée.

— Je dois retourner en cuisine. J'ai du travail, dit nerveusement Charlotte.

— Et tu cherches à éviter Rusty, dit Sarabeth. Comme je te comprends.

Sa remarque caustique arracha un sourire à Charlotte qui s'éloigna, ignorant ostensiblement son futur beau-père.

Sarabeth, elle, regarda son ex-mari en se demandant ce qu'elle avait bien pu trouver de séduisant en lui. Comment n'avait-elle jamais remarqué que ses yeux étaient aussi froids que la glace et que son sourire voulait dire : « Je suis là, admirez-moi. »

Brett fit tinter son verre à cocktail contre son verre de vin en cristal, et elle revint au présent. Il y avait très longtemps qu'elle n'avait pas vu son ex-mari. Est-ce que c'était mal de se sentir excitée parce qu'elle se sentait particulièrement belle ce soir et qu'elle était en compagnie d'un homme très séduisant et *plus jeune* ?

Mal, non. Un peu vaniteux, peut-être. Mais franchement, très humain.

— J'en déduis que Charlotte n'a pas de temps à consacrer à Rusty, dit Brett à voix basse pour que les autres tables n'entendent pas.

— Il s'est passé quelque chose entre eux quand Charlotte travaillait comme chef à l'Elegance. Connaissant Rusty, j'ai ma petite idée sur la question, mais par respect pour Charlotte je n'exprimerai pas tout haut ce que je soupçonne, dit Sarabeth avant de goûter son vin, riche et plein de corps. Ce que je sais, c'est que Rusty a essayé par tous les moyens d'obliger Ross à quitter Charlotte.

Une expression de dégoût s'afficha sur le visage de Brett.

— Et est-ce qu'ils se sont réconciliés, lui et Rusty ?

— Je n'en suis pas sûre. Je ne pense pas, mais je peux me tromper.

Brett braqua son regard sur les deux hommes, qui s'étaient arrêtés à une table pour bavarder avec un couple distingué que Sarabeth pensait connaître mais qu'elle ne parvenait pas à resituer. Billy Holmes avait posé la main sur l'épaule de Rusty, apparemment très à l'aise.

— Il a l'air de beaucoup aimer Billy, remarqua Brett.

Sarabeth confirma. Rusty et Billy se comportaient comme s'ils avaient été père et fils.

— D'après ce que m'a dit Gina, Billy fait en quelque sorte partie de la famille depuis quelque temps déjà. C'est un ami d'université de Ross. Ross et le frère de Billy, Asher, apprécient sa présence parce qu'il est le seul à savoir s'y prendre avec Rusty.

— C'est vrai que Rusty a adopté Asher ?

Sarabeth hocha la tête.

— Asher avait quinze ans quand Rusty a épousé sa mère, Stephanie. Ross, Asher et Gina ont presque le même âge et se sont rapprochés quand ils étaient adolescents. Ross et Gina le considèrent comme leur frère.

Sarabeth s'agita sur sa chaise ; Rusty et Billy se dirigeaient droit vers eux. Elle savait que Rusty l'observait à la dérobée et posa la main sur celle de Brett, en partie, dut-elle s'avouer, pour énerver son ex. Mais en partie seulement ; elle ne pouvait s'empêcher de toucher Brett. Les yeux de ce dernier étincelèrent d'un éclat malicieux, et il porta sa main à ses lèvres pour y déposer un baiser. Elle frémit à son contact, comme toujours.

— Je trouve que ton goût en matière d'hommes s'est nettement amélioré, chérie, dit-il d'un air amusé. Ton dernier amour en date est de loin le meilleur choix que tu aies fait.

Les lèvres frémissantes, Sarabeth se sentit émoustillée par tant d'assurance. Et il n'avait pas tort, en plus.

— Tout à fait d'accord avec toi.

— Attention, ils viennent par ici. Je pense qu'on leur a donné une table pas loin. Est-ce que ça va ? demanda Brett, l'air soucieux.

Il était tellement à l'écoute de la moindre de ses émotions…

— C'est juste qu'il m'agace, dit-elle.

— On peut partir si tu veux.

Pour que Rusty pense qu'il l'intimidait toujours ? Ça, pas question. Elle n'était plus la jeune fille fragile qu'il avait épousée.

— Non ! Je ne me laisserai plus jamais intimider par cet homme. Attends un peu, tu vas voir, dit-elle avec un sourire malicieux.

Sarabeth savait comment fonctionnait Rusty. Elle savait qu'il s'attendait qu'elle se tasse sur sa chaise en espérant qu'il ne la remarque pas. Elle balaya la salle du regard et vit que la plupart des clients étaient suspendus à ce qui se passait à leur table. Ils voulaient savoir comment allait se dérouler la première rencontre des ex-époux. Eh bien ! ils n'allaient pas être déçus.

— J'ai l'intention de donner du grain à moudre aux médisants. Je vais donc être un peu grossière et totalement fausse… Ça ne te dérange pas ?

Elle n'avait pas besoin de sa permission, mais jugeait plus correct de lui poser la question.

Il sourit.

— Pas du tout. Même si les sorcières de Royal ne méritent pas d'être autant gâtées… Au fait, Flora dîne au fond de la salle.

Sarabeth se leva, se pencha pour l'embrasser à pleine bouche, puis se tourna vers Rusty, les bras grands ouverts.

— Rusty ! Tu as l'air en forme *pour ton âge*. J'aimerais tellement être comme toi et me moquer totalement de mes rides, de mon petit ventre mou, de mes cheveux qui tombent et aussi de ce qui se fait en matière de mode.

Rusty, surpris par son « chaleureux » accueil et ses faux compliments, livra une imitation parfaite d'un poisson hors de l'eau. Il ouvrit la bouche pour répondre, mais d'une poussée de la main Billy lui fit poursuivre son chemin. Il se laissa tomber sur sa chaise, le visage rouge et ses yeux gris irradiants de rage.

Elle savait qu'elle avait remporté la première bataille, aussi se rassit-elle en haussant les épaules. Elle adressa un sourire éclatant à Brett.

Dieu merci, la réunion était enfin terminée. Brett repoussa sa chaise, rangea ses notes et son agenda dans sa pochette de cuir en se disant que certains des membres du club des Éleveurs du Texas aimaient décidément beaucoup s'écouter parler. La réunion aurait pu durer au moins une heure de moins.

Il attrapa son stetson noir préféré et s'en coiffa. Il roula discrètement des épaules pour dénouer les tensions dans son cou. Il avait envie de rentrer et de faire une longue randonnée. Malheureusement, Ty s'était blessé à une jambe, et il allait devoir se contenter de la salle de sport du ranch.

— On boit un verre, Brett ?

Il se tourna vers Clint Rockwell, vêtu comme lui d'un jean, d'une simple chemise et de bottes de cow-boy. Clint était un des plus jeunes membres du club et, contrairement à ses aînés, ne se prenait pas au sérieux.

— D'accord. Ce sera un soda pour moi.

Clint ne réagit pas au fait que, contrairement à la plupart des hommes qui fréquentaient ces hauts lieux de la bonne société de Royal, il ne buvait pas d'alcool. Il ne lui posa aucune question. Tant mieux. Brett aimait les gens discrets.

Une fois au bar, Clint lui demanda s'il était d'accord pour venir voir une jument qu'il venait d'acheter et qu'il envisageait de faire se reproduire avec un des étalons de l'Heritage. La conversation était facile avec Clint, et Brett commença à se détendre. Le jeune homme n'avait pas l'air de savoir qu'il avait rompu ses fiançailles et qu'il avait une liaison avec l'ex-femme de Rusty Edmond – ou il s'en moquait.

Sentant une présence malveillante, Brett se tourna lentement. Rusty était là, au bout du bar, à la place très convoitée qu'il s'attribuait d'office depuis des années. Rusty lui fit un signe de la tête qui signifiait : « Viens par ici. »

Brett n'en revenait pas de tant de sans-gêne. Il n'était ni un de ses fils, ni son employé, ni un de ses nombreux lèche-bottes.

— On exige ta présence, dit Clint.

— J'ai vu ça.

Clint vida son verre de whisky et indiqua le verre à moitié vide de Brett.

— Tu en veux un autre ?

Brett secoua la tête.

— Non merci.

Il tourna la tête vers Rusty. Le vieil homme semblait très irrité qu'il n'ait pas réagi. Il lui fit signe de la main, et Brett prit un malin plaisir à l'ignorer ostensiblement.

Si Rusty Edmond voulait lui parler, il pouvait faire l'effort de traverser la pièce. Il n'était pas à ses ordres.

— Il vient par ici, dit Clint. Tu veux que je vous laisse ?

— Absolument pas.

Brett sentit que l'atmosphère dans le bar changeait. Une à une, les conversations cessèrent. Tout le monde avait bien compris qu'il allait se passer quelque chose.

Génial ! songea Brett. *Une altercation avec Rusty Edmond conclura en beauté cette mauvaise journée.*

— Hartson ! aboya Rusty dans son dos.

Brett prit tout son temps pour se retourner.

— Toujours abstinent ? le railla Rusty en regardant son verre de soda avec mépris.

Rusty vivait depuis toujours à Royal et savait très bien que Brett ne touchait pas à l'alcool parce que sa mère avait dû se battre contre l'alcoolisme. Peut-être que les de fraîche date du club l'ignoraient, mais Brett n'avait pas l'intention de se laisser démonter.

— Ma mère était alcoolique, donc je préfère ne pas boire, dit Brett d'une voix égale.

— C'était une alcoolique mais aussi une traînée, Hartson.

Clint attrapa son bras pour l'empêcher de frapper Rusty. Dans la salle, la tension monta d'un cran. La plupart des hommes présents semblaient écœurés par l'attitude de Rusty. Au lieu de le frapper, mieux valait le laisser s'enfoncer tout seul.

— Tu as traversé la pièce juste pour insulter ma mère ? demanda Brett en s'accoudant tranquillement au bar.

Il pensait qu'il avait l'air détendu mais, à en juger par les bras croisés et le visage fermé de Clint, ça ne devait pas être le cas.

— Non, mais c'est toujours agréable.

Quel salaud !

— En fait, je venais t'informer que tu n'es plus le bienvenu dans le comité consultatif pour la Soirée de la Baie.

Pas vraiment surprenant. Brett s'y attendait depuis que Rusty les avait vus ensemble la semaine précédente au Sheen, Sarabeth et lui.

— Et tu n'aurais pas pu faire ça par téléphone ou par mail ?

— Je suis là. Toi aussi.

— Comme la plupart des membres du club, remarqua Brett. Mais si ton objectif est de me mettre mal à l'aise, tu tombes mal avec moi.

Brett vit que Rusty était un peu gêné et décida de pousser son avantage.

— Quand je pense que tu m'as supplié de siéger à ce comité, je me demande pourquoi tu me fiches dehors maintenant.

— Ne force pas trop la réflexion, tu risquerais de te luxer le cerveau, répliqua Rusty, très content de sa petite pique.

Mais il eut beau regarder autour de lui, il n'obtint aucun soutien de la part des hommes présents.

Brett décida de ne pas tourner autour du pot :

— Ça n'a rien à voir avec le fait que j'aie une relation avec ton ex-femme, j'imagine ?

Une « relation » ? Non. C'était juste une liaison passagère qui n'aboutirait nulle part, mais il ne pouvait pas clamer ça sur tous les toits. Cela dit, cette « liaison » ne ressemblait à rien de ce qu'il avait connu auparavant. Ils mangeaient ensemble, dormaient ensemble, partaient en balade à cheval ensemble... Ils avaient partagé un dîner romantique au Sheen...

Il aurait voulu croire qu'il ne s'agissait que de sexe, mais il avait de plus en plus de mal à s'en convaincre.

— Je me fiche de ce que fait cette salope, dit Rusty, le ramenant brutalement au présent.

Du calme, Brett. Même si tu crèves d'envie de lui arranger le portrait, ça risque de ne pas passer devant le juge. Mais ce sale type s'était permis d'insulter Sarabeth ; il avait envie de lui casser la figure.

— Fais très attention, Edmond.

— C'est une croqueuse de diamants, une mauvaise mère, et elle est bête à manger du foin, reprit Rusty, suant la méchanceté par tous les pores. Je me fous de ce qu'elle fait !

— Vraiment ? Parce que c'est la seule explication que je trouve à ton brusque désir de me voir quitter le comité.

Brett termina son soda et posa bruyamment son verre sur le comptoir.

— Si tu couches avec elle, c'est juste pour retrouver ta mère, gronda Rusty. Je ne t'aime pas, Hartson, mais je me sens quand même obligé de te prévenir que Sarabeth est une menteuse dépensière. Elle était nulle comme épouse. Et ne parlons pas de...

Là, c'en était trop.

Avant que Rusty ait pu terminer sa phrase, Brett lui avait envoyé un bon direct dans la mâchoire, si fort que le coup se répercuta dans tout son bras. Le vieil homme vacilla, pâlit d'un seul coup, mais ne s'effondra pas.

Dommage !

— Tu me le payeras, dit Rusty, fou de rage en se tenant la joue.

Brett leva les yeux au ciel et se tourna vers Clint.

— Dis, je peux recommencer ? Juste pour le plaisir ?

— Je crois que le shérif sera compréhensif pour le premier coup, mais un deuxième, ça tournerait à l'agression, répondit-il en le poussant à s'en aller. Allez, viens. Je n'ai pas envie de devoir payer une caution.

Et pourtant, une nuit ou deux – ou même trois – derrière les barreaux, ça n'aurait pas été cher payé pour un tel plaisir.

8

Le temps d'arriver à l'Heritage une heure plus tard, sa main avait enflé, et il était d'humeur morose. Il gara son pick-up, en descendit et fit la grimace quand il tenta de plier la main. Un bel hématome s'était formé.

Ça faisait un mal de chien, mais il ne regrettait pas d'avoir frappé Rusty.

Il se moquait pas mal d'être renvoyé du comité ; il avait assez de travail avec le ranch. Mais il n'avait pas supporté ce que Rusty avait dit de sa mère et de Sarabeth.

« Si tu couches avec elle, c'est juste pour retrouver ta mère. »

C'était ridicule. Sarabeth avait dix ans de plus que lui, et alors ? Il n'en revenait pas qu'au XXIe siècle les gens puissent encore être aussi bêtes et intolérants. En plus, Sarabeth et sa mère n'auraient pas pu être plus différentes, même si elles avaient toutes deux été poussées à croire que leur seule valeur consistait à être de bonnes épouses et de bonnes mères. Et, dans le cas de Sarabeth, à se taire en dépit de tout ce que Rusty lui faisait endurer.

Quand elle avait compris que leur mariage était un échec, au lieu de la soutenir et de l'aider, Rusty n'avait cherché qu'à se venger et à l'éloigner de ses enfants. Heureusement, elle était parvenue à surmonter les épreuves et avait brillamment réussi toute seule. Il aurait aimé pouvoir jeter le succès de Sarabeth à la figure de Rusty, mais ça n'était pas à lui de le faire.

Non, sa mère et Sarabeth ne se ressemblaient pas du tout. Sarabeth avait refusé de devenir une victime et avait pris ses responsabilités, sa vie en main. Elle avait choisi de partir et de recommencer sa vie ailleurs. Et pour ça, elle avait été obligée de quitter ses enfants ; Brett savait que la décision n'avait pas été facile à prendre. Et pourtant, Rusty avait continué à s'acharner, tentant de contrôler sa vie à distance et, quand c'était possible, d'entraver ses plans. Elle avait bien fait de quitter le Texas pour aller s'établir en Californie, où elle avait créé et géré une entreprise florissante pendant quinze ans avant de la vendre.

C'était une femme passionnante, indépendante… tout simplement extraordinaire.

Sa mère, au contraire, s'était peu à peu enfermée dans son mobil-home, le seul endroit où elle se sentait en sécurité. Elle avait fait un procès au chauffard qui l'avait renversée, et l'indemnité qu'elle avait perçue devait lui permettre de vivre, très modestement, du moment qu'elle travaillait un peu à côté. Mais travailler la faisait souffrir du dos et, plus tard, l'empêchait de boire quand elle en avait envie. Plus les difficultés financières s'accumulaient, plus elle sombrait dans l'alcool. Pour elle, rien ne comptait plus que boire pour oublier. Dès l'âge de quinze ans, jusqu'à ce qu'il trouve un emploi régulier chez Tweed Huggins, il avait dû cumuler tous les petits boulots possibles pour payer les factures, mettre de l'essence dans son vieux pick-up et de la nourriture sur la table.

Et pour acheter son alcool…

C'était horrible, mais il se revoyait encore lui prendre sa bouteille de vodka à moitié vide une fois qu'elle était dans les vapes et verser le reste dans l'évier. Il avait vite appris à mentir et à lui dire qu'elle avait tout bu, sachant qu'elle était incapable de s'en souvenir le lendemain matin.

Durant toute son enfance, il avait eu deux mères : l'une ivre, l'autre sobre. Quand elle était à jeun, elle lui demandait comment ça se passait à l'école ou au boulot, elle lui faisait des biscuits et lui promettait de guérir. Mais quand elle avait bu, elle le prenait à partie, l'accusait de la juger et de lui rendre la vie encore plus difficile.

Elle lui avait souvent dit aussi qu'elle l'aimait moins que l'alcool et qu'elle était irrécupérable.

Et pourtant, il avait tout fait pour la tirer de là, pour la sauver.

Sans le vouloir, ses pas l'amenèrent sur le chemin qui longeait le bassin de nage et menait au cottage de Sarabeth. Il avait besoin de son sourire, d'enfouir la tête dans son cou qui sentait si bon… Il avait besoin de s'extirper du passé, de revenir dans le présent. Et la meilleure façon d'y parvenir, c'était en compagnie de cette femme magnifique et merveilleuse.

Il monta les marches du porche et s'apprêta à toquer à la porte rouge du cottage.

— Brett…

Il tourna la tête. Sarabeth était lovée dans la balancelle fixée au toit du porche qu'elle avait garnie d'un plaid et de coussins aux couleurs vives.

Elle avait relevé ses cheveux en un chignon un peu lâche et n'était pas maquillée. Sur ses genoux, il y avait une tablette, et elle portait une adorable petite paire de lunettes en acier.

— Salut.

— Salut. Je croyais que tu passais la soirée au comité.

— J'en reviens, dit-il en s'asseyant sur la balancelle, plaçant les cuisses sous les jambes allongées de Sarabeth.

Il étendit le bras le long du dossier et se mit à jouer avec ses cheveux blonds, si doux.

— Cette main a besoin de soins, dit-elle.

— Je sais. Tu veux jouer les infirmières ?

Sarabeth eut un léger rire.

— Tu es assez grand pour soigner tes propres blessures.

Et voilà. Elle n'en faisait pas toute une affaire. Il cherchait une mère ? Tu parles !

— Qui as-tu frappé ? demanda Sarabeth en posant la tablette et ses lunettes sur la petite table, à côté de la balancelle.

Elle prit son verre de vin et le lui tendit avant de l'éloigner.

— Désolée. Comme tu passes ton temps à me servir du vin, j'oublie que tu ne bois pas.

Agacé, Brett lui prit le verre des mains et en but une généreuse gorgée.

— Tu penses que c'est raisonnable ?

— Je ne suis pas alcoolique, bon sang ! Ma mère l'était, mais moi pas.

Heureusement, Sarabeth ne se formalisa pas de son agressivité.

— C'est à cause de ta mère que tu ne bois pas ?

Son regard se perdit dans le lointain. Il n'avait aucune envie de raviver le passé, mais ne savait pas comment changer de sujet sans blesser Sarabeth. Il ne parlait jamais de sa mère avec personne – ça n'était pas facile d'expliquer qu'il l'avait aimée autant que détestée. Qu'il aurait voulu qu'elle soit plus forte et qu'elle l'aime plus qu'elle n'aimait l'alcool.

Sarabeth posa la tête sur son bras et se tourna pour lui embrasser le poignet.

— Bon, je vois que c'est un sujet sensible, alors je reviens à ma première question... Qui as-tu frappé ?

— Rusty, avoua-t-il.

Il s'obligea à ne pas baisser le regard. Il savait bien qu'elle détestait Rusty, mais les femmes étaient d'étranges créatures, et il était possible qu'elle n'apprécie pas qu'il ait frappé celui qui avait été son mari et restait le père de ses enfants.

— Tu dis que tu as frappé Rusty ? dit-elle d'un ton poli à l'extrême.

— Il s'est conduit comme un connard.

Son expression resta de marbre durant quelques secondes, puis ses yeux se firent malicieux, et elle éclata d'un rire un peu rauque, terriblement sexy.

Elle n'était pas fâchée. Ouf !

Au contraire, elle pleurait littéralement de rire, et toute la colère de Brett s'envola. Il n'y avait rien de meilleur que de faire rire cette femme, et si le prix à payer pour ça était une main en compote, il était prêt à recommencer tous les jours.

Il croisa les bras et l'observa en essayant de ne pas sourire.

— Tu as fini ? demanda-t-il quand elle commença à avoir le hoquet.

— Presque, dit-elle en s'essuyant les yeux avec le bas de sa chemise, dévoilant au passage un peu de sa merveilleuse peau laiteuse.

Brett se tenait prêt pour la flopée de questions qui n'allait pas manquer. Il ne fut pas déçu.

— Qu'est-ce qu'il a dit ? Pourquoi l'as-tu frappé ? Il t'a frappé lui aussi ? Est-ce qu'il y a eu du sang ? Oh ! s'il te plaît, dis-moi que tu lui as cassé le nez !

— Quelle créature sanguinaire tu fais, dit-il avec un sourire.

Sarabeth lui donna un petit coup de poing.

— Raconte-moi, bon sang !

— Je pourrais si seulement tu te taisais un peu, dit-il en déposant un baiser sur sa bouche.

Puis, il lui fit un rapport de la soirée, sans fioritures.

— Donc, c'était pour me défendre ? demanda-t-elle, attendrie.

Cela le mit un peu mal à l'aise.

— Si on veut. Enfin, oui, je suppose. Rusty est un con, et il fallait bien que quelqu'un lui apprenne un peu le respect. Et... il a aussi fait des commentaires insultants sur ma mère, se sentit-il obligé d'ajouter.

— Ah !

Sarabeth baissa le regard, et il vit ses épaules s'affaisser légèrement. Oh non ! Il ne fallait pas qu'elle pense qu'elle n'était pas digne d'être défendue.

— Il a commencé par ma mère, et quand il s'en est pris à toi, je n'ai pas pu me retenir, je l'ai frappé.

— Merci de m'avoir défendue, dit-elle doucement. Ça n'était pas nécessaire, mais c'est gentil, et je suis sûre que ça aurait fait plaisir à ta maman aussi.

On aurait dit une toute jeune fille.

Mais il ne voulait pas qu'elle pense qu'il avait tendance à être violent.

— J'ai appris à me contrôler tout jeune, parce que s'il avait fallu que je me batte contre tous ceux qui s'en prenaient à ma mère, j'aurais passé ma vie en prison. Son alcoolisme était de notoriété publique, ça en faisait une cible facile. Et... la plupart du temps, j'étais d'accord avec ce qu'ils disaient d'elle.

— Mais tu la défendais malgré tout.

— Il fallait bien que quelqu'un le fasse, dit-il en étirant son corps fatigué. Quand elle était sobre, elle essayait d'être une bonne mère, mais quand elle avait bu, elle devenait un monstre. Avec elle, j'avais l'impression de vivre... au bord d'un précipice.

Lui qui ne voulait pas parler de sa mère, bravo ! Mais raconter son passé à Sarabeth lui faisait l'effet de drainer une plaie, de laisser le poison s'évacuer.

— Et les services sociaux ne sont jamais intervenus ?

— À l'époque, Royal, c'était vraiment la campagne, et je ne me souviens que d'une femme qui était venue nous voir deux fois… trois, peut-être. Incroyable coïncidence, ma mère était sobre chaque fois, et parce qu'il y avait à manger dans le réfrigérateur, que la maison était propre et que j'allais à l'école, ils n'ont rien fait.

— Tu avais envie de la quitter ?

C'était une question tellement franche et directe. Et puis, Brett savait que quelle que soit sa réponse, Sarabeth ne le jugerait pas. Elle-même l'avait été si souvent en tant qu'épouse et en tant que mère qu'elle ne se permettait pas de faire ça à autrui. Ils savaient bien tous les deux que rien n'est jamais ou tout noir ou tout blanc.

Tant de fois, il avait eu envie de s'enfuir, mais c'était impossible. C'était son rôle de veiller sur sa mère, d'essayer de la sauver. Et quand elle en était arrivée à être le plus souvent ivre, il avait dix-huit ans, était en train de terminer le lycée et gérait bien à la fois son travail chez Tweed et sa relation avec Lexi.

C'est juste après qu'elle était tombée malade. Son état avait rapidement empiré, et sa santé mentale s'était détériorée en conséquence.

— Non, jamais je n'aurais pu m'en aller, finit-il par répondre.

— Je m'en doutais…

— J'ai beaucoup repensé à elle dernièrement, à comment elle avait influencé ma vie.

Il n'avait jamais parlé de son passé à personne d'autre et n'avait pas envie de s'arrêter. Pas tout de suite.

— Comment ça ?

Du bout des doigts, il suivait pensivement les motifs colorés du pantalon de yoga de Sarabeth.

— J'ai repensé à mes liaisons… qui ont commencé et se sont achevées vingt ans plus tard, toujours avec Lexi. J'ai remarqué qu'il y avait un schéma commun…

— En gros, que tu as l'âme d'un sauveur ?

— Tu as discuté avec Jules, c'est ça ?

— Tu n'es pas si difficile à cerner que ça, Brett, dit-elle avec un sourire très doux. Mais vas-y, continue.

Il poussa un soupir.

— En fait, j'ai le chic pour tomber amoureux de femmes fragiles, un peu paumées, qui ont besoin de moi. Et une fois que je les ai soignées, rendues plus fortes, elles ne m'intéressent plus.

Brett sentit le rouge lui monter aux joues ; il n'était pas à l'aise avec ces confidences, mais il ne pouvait plus s'arrêter.

— Autrement dit, c'est la vulnérabilité qui t'attire ?

— On dirait bien, admit-il à contrecœur. Et je sais, c'est une attitude affreusement condescendante.

— Alors, pourquoi fais-tu ça ? demanda-t-elle tranquillement. Personne ne fait jamais rien s'il n'y trouve pas son intérêt.

Il réfléchit un instant. Il connaissait la réponse, mais n'était pas prêt à admettre la vérité. Mais son silence à elle le poussa à parler.

— Je pense que ça me faisait me sentir moins coupable... Du moins, pendant un temps.

Elle attendit patiemment qu'il continue, à son propre rythme. Comme si elle savait que si elle le poussait dans ses retranchements, il mettrait un terme à la conversation.

— Je me suis toujours senti coupable, dit Brett en rejetant la tête sur le dossier de la balancelle et en mettant son avant-bras devant ses yeux, comme pour se protéger des images de sa mère gisant sur le tapis.

— Je me rappelle cette nuit-là comme si c'était hier. Je devais sortir avec Lexi, et ma mère m'avait demandé de rentrer tôt parce qu'elle avait des « mauvaises pensées », qu'elle avait envie d'en finir.

Il poussa un long soupir douloureux.

— Mais Lexi m'attendait, et ça n'était pas la première

fois que ma mère avait des idées noires. Elle n'arrêtait pas de menacer de se suicider quand elle buvait, alors je me suis dit qu'elle délirait, que ça n'était pas sérieux. Qu'elle voulait juste attirer l'attention sur elle.

Sa respiration se fit plus difficile, et il plaqua le bras contre ses yeux.

— Elle était encore chaude quand je suis rentré, et j'ai tout essayé, je te jure, j'ai tout essayé. Je lui ai fait un massage cardiaque, du bouche-à-bouche. J'ai vraiment essayé de la sauver.

— Mais je le sais, chéri.

Maintenant qu'il lui avait dit ça, autant aller jusqu'au bout.

— Quand j'ai vu les lumières de l'ambulance dans l'allée, j'ai caché les flacons de médicaments vides et j'ai fourré la bouteille de vodka, vide aussi, dans mon sac de sport. La cause officielle du décès a été un excès accidentel de médicaments et d'alcool, mais je ne peux pas m'empêcher de penser que c'était un suicide, qu'elle a voulu mourir.

Brett n'avait jamais parlé de la nuit où sa mère était morte, même pas avec Jules. Mais il savait que Sarabeth ne le trahirait jamais. Il aurait pu le jurer.

Il la sentit qui s'asseyait sur ses genoux et retira le bras de devant ses yeux.

— Oh ! Brett... je suis désolée, dit-elle avant de déposer de légers baisers sur son menton, sa joue, le bout de son nez.

— C'est comme ça. On n'y peut rien.

— C'est comme ça, et c'est affreux, insista Sarabeth en se redressant. Mais je voudrais aussi que tu reviennes sur ton habitude de tomber amoureux de femmes vulnérables...

— S'il faut vraiment, grommela Brett.

Mais il en avait assez de parler. C'était tellement épuisant.

— Je me suis dit que j'étais peut-être ta relation... de transition.

Mais de quoi est-ce qu'elle parlait ?

— Pardon ?

— Eh bien, je suis à l'opposé des femmes que tu fréquentes habituellement, non ?

Mais enfin, où voulait-elle en venir ?

— Je ne suis pas une petite chose fragile, Brett. Je suis financièrement indépendante, stable émotionnellement – enfin, le plus souvent – et je n'ai pas besoin de toi pour me réparer ou réparer ma vie, pour me faire évoluer.

Brett se passa la main dans les cheveux, un peu perdu.

— Je sais bien. Et je *n'en ai aucune envie*. Tu es parfaite comme tu es.

— Ça, c'est un gros mensonge. Je suis têtue, indépendante à l'excès et trop fière, dit-elle avec un sourire. Mais ce sont mes défauts... et je les accepte. Ils font partie de moi. En fait... pendant des années, j'ai été perdue. Je ne savais pas qui j'étais, alors je me façonnais pour plaire à l'homme du moment. Mais quand j'ai cessé de chercher à plaire et que j'ai commencé à être moi-même, j'ai enfin commencé à être heureuse. Je suis devenue moi. J'ai des défauts, bien sûr, mais je suis forte et je n'ai pas besoin que quelqu'un essaye de me changer.

Mais qu'est-ce qu'il était censé répondre à ça ?

— D'accord.

— Et c'est pour ça que je pourrais être ta relation de transition, une sorte de pont. Comme ça, peut-être que la prochaine fois que tu rencontreras une femme qui te plaît, elle me ressemblera plus, elle sera indépendante et autonome. Parce que tu as besoin de quelqu'un de fort à tes côtés, Brett.

Pris de court parce qu'elle venait de lui dire, Brett jura en son for intérieur. Il ne voulait pas quelqu'un *comme* elle, il la voulait, elle. Mais visiblement, il avait eu une journée encore plus difficile qu'il ne le pensait parce que c'était... Complètement dingue.

Sarabeth déposa un baiser sur sa bouche, mais se releva avant qu'il ait pu la prendre dans ses bras. Elle porta son verre de vin à ses lèvres puis lui adressa un petit sourire.

— Je sais que je ne devrais pas dire ça et je te le dis à toi seul, mais merci d'avoir frappé Rusty. Il l'a bien cherché.

— Ça a été un plaisir.

Et c'était vrai. Même s'il aurait aimé frapper plus fort pour que ce salaud tombe les quatre fers en l'air.

Sarabeth planta un autre baiser sur sa bouche.

— Viens, grosse brute, allons désinfecter cette main. Qui sait quels affreux microbes tu as pu ramasser en en frappant sa gueule ignoble !

Brett éclata de rire et la suivit à l'intérieur du cottage.

9

Le lendemain soir, assise dans son SUV, les mains crispées sur le volant, Sarabeth regardait dans le vide, repensant à sa conversation de la veille avec Brett.

Elle avait été étonnée qu'il lui parle de sa mère. Elle ne s'attendait pas qu'il partage quelque chose d'aussi intime, et sa franchise – l'aveu de sa vulnérabilité – l'avait profondément touchée. Trop profondément.

Et puis, en dépit de son petit speech sur le fait d'être sa relation de transition, cela lui avait fait comprendre qu'elle n'avait aucune envie de se séparer de lui. Qu'elle voulait plus... même si c'était complètement fou.

Elle voulait que la prochaine femme dont il tomberait amoureux, ce soit *elle*.

Oh ! Seigneur, elle était dans de sales draps et ne pouvait s'en prendre qu'à elle-même.

Comment les choses avaient-elles pu changer à ce point en à peine quelques semaines ? Pendant des années, Sarabeth avait été convaincue d'être très mûre concernant les relations amoureuses, elle avait eu l'impression qu'elle avait tout compris. Elle s'était convaincue que les princes charmants n'existaient pas et que les contes de fées n'étaient que des mensonges dont on abreuvait les petites – et les grandes – filles. Et après avoir passé dix ans à gérer ses liaisons comme si elle avait cherché à remporter un prix de beauté, en donnant aux juges ce qu'ils voulaient sans penser à son propre bonheur, elle avait fini par se lasser, par renoncer aux hommes pour concentrer toute son énergie sur Sarabeths !

Elle voulait voyager, voir le monde et savait que ces nouveaux endroits, ces nouvelles personnes et ces nouvelles cultures allaient la transformer, l'aider à grandir. Jamais elle n'aurait imaginé que ce serait en revenant dans cette petite ville du Texas que sa vision de la vie et de l'amour allait être complètement chamboulée.

Elle avait fait la maligne, elle avait trouvé ça cool d'avoir une aventure avec un homme plus jeune. Elle avait été tellement convaincue qu'elle maîtrisait la situation. Elle n'avait absolument pas prévu que ses sentiments pour Brett deviendraient aussi puissants. Pas un instant elle n'avait imaginé qu'elle risquait de tomber amoureuse.

Sarabeth posa le front sur ses mains et se dit qu'elle se laissait un peu emporter, qu'elle donnait beaucoup trop d'importance à cette conversation.

Après tout, ils étaient amis... C'était normal de se confier entre amis.

Mais au fond, elle savait très bien qu'elle se cherchait une excuse pour justifier ce qu'elle ressentait. Elle avait lu assez de bouquins de psychologie pour savoir que les gens ont tendance à agir sous le coup des émotions et à rationaliser ensuite pour se rassurer.

Que ressentait-elle *réellement* ? Tout au fond d'elle, là où se cache la vérité.

Sarabeth porta la main à son sternum et s'efforça d'être honnête avec elle-même. En fait, s'avoua-t-elle à contrecœur, elle avait peur des sentiments qu'elle commençait à éprouver pour Brett.

Et c'était sa peur qui l'avait poussée à raconter ces idioties concernant la relation de transition, la femme-pont qui ferait le lien entre les femmes vulnérables que Brett avait l'habitude de fréquenter et une femme qui n'aurait pas besoin qu'on la sauve.

Le problème, c'est qu'une part d'elle-même, l'incorrigible romantique qu'elle croyait avoir enterrée depuis des années, ne voulait pas être cette femme de transition. Elle voulait être la femme de sa vie.

Sarabeth s'accorda quelques instants pour imaginer ce que pourrait être une vie aux côtés de Brett, ce que ce serait de vivre avec lui, de l'aimer, de construire un avenir avec lui. C'était magnifique, lumineux et...

Et ce n'était qu'un rêve qui ne se réaliserait jamais. Parce que c'était beaucoup trop risqué.

Pendant trop longtemps, elle avait été tellement assoiffée de reconnaissance qu'elle avait renoncé à son pouvoir. Elle avait été une charmante reine de beauté, puis la parfaite épouse potiche. Elle avait fini par quitter Rusty, s'imaginant qu'elle prenait un nouveau départ, mais devoir se battre pour garder une place dans la vie de ses enfants l'avait mentalement et émotionnellement épuisée. Elle s'était sentie si inutile, si nulle en tant qu'épouse et mère qu'elle avait désespérément cherché un peu de gentillesse, d'attention. De la part de n'importe qui du moment qu'elle avait l'impression d'être un peu moins seule.

Et chaque fois qu'elle donnait aux gens, aux hommes, ce qu'ils attendaient d'elle, elle les autorisait à lui arracher une part de son âme.

C'était son entreprise qui l'avait sauvée. Plus elle prenait confiance professionnellement, plus sa confiance en elle augmentait, plus son âme se régénérait.

Une fois qu'elle s'était sentie assez forte pour être elle-même, elle s'était promis de ne plus jamais donner le pouvoir sur elle-même à d'autres. Elle se refusait absolument à souffrir encore, mais si elle laissait libre court à sa relation avec Brett, ça ne manquerait pas d'arriver.

En clair, elle avait travaillé trop dur et trop longtemps pour accepter de se perdre à nouveau.

Donc, il n'y avait qu'une seule solution. Il fallait qu'elle installe une distance entre eux, qu'elle s'éloigne un peu. Cela permettrait à cette relation de se dissoudre d'elle-même…

Mais pour l'heure, il fallait qu'elle affiche son plus beau sourire parce qu'elle dînait avec Ross, Charlotte et Gina au Grill CIRC. Et ses enfants n'étaient pas idiots. Si elle entrait dans ce restaurant la mine ne serait-ce qu'un peu défaite, ils la pousseraient à leur donner des explications.

Et ça, elle n'en avait aucune envie…

On toqua à la vitre, et elle sursauta. C'était Gina. Sarabeth descendit de voiture pour embrasser sa ravissante fille.

— Tu avais l'air à des milliers de kilomètres, maman. À quoi est-ce que tu pensais ?

— À rien de spécial, prétendit-elle.

Gina l'embrassa sur la joue, passa le bras sous le sien et la guida vers l'entrée du restaurant.

— Je ne te crois pas une seconde. Je suis sûre que tu pensais à ton beau propriétaire.

Ça se confirmait, sa fille n'était pas une idiote.

— Je n'en reviens pas que Royal ait changé à ce point, dit-elle en changeant de sujet pour que Gina cesse de parler de Brett.

Elle adorait la relation d'adulte à adulte qui s'était installée avec sa fille, mais n'avait pas envie de discuter de sa vie sexuelle avec elle pour autant.

— Ce restaurant est nouveau, par exemple.

— Oui. Je n'y ai jamais mangé, mais il paraît que la cuisine est délicieuse.

Et la décoration n'était pas mal non plus. Avec son mobilier sombre et ses lourds rideaux, la salle évoquait le tout premier club des éleveurs. L'hôtesse les conduisit jusqu'à une table à l'arrière, où Ross et Charlotte étaient déjà installés. Ils se levèrent pour les accueillir, et Sarabeth se dit que sa robe jaune soleil allait magnifiquement bien à Charlotte. Cette dernière déposa un baiser sur sa joue et l'enlaça brièvement avant de se rasseoir.

— Bonsoir, maman, dit Ross en lui tirant sa chaise.

Elle lui sourit. Elle aurait tant aimé qu'ils soient assez proches pour s'embrasser, mais elle savait qu'elle devait avancer à petits pas. Au moins, il s'était remis à l'appeler maman et plus Sarabeth…

Oui, elle allait lui laisser du temps.

— Merci, mon chéri.

Quand ils eurent commandé leurs boissons, Sarabeth se pencha vers Charlotte.

— Alors, comment va mon petit-fils ?

— Ben est adorable mais épuisant. Il est chez mes parents ce soir, mais je suis sûre qu'ils vont s'effondrer de fatigue avant lui.

Charlotte posa la main sur le bras de Ross tandis qu'elle observait la salle de restaurant. Sarabeth sourit ; ils étaient visiblement très complices, et elle était heureuse que son fils ait trouvé une femme aussi merveilleuse pour partager sa vie.

— En tout cas, c'est génial de sortir un peu et de manger un dîner cuisiné par quelqu'un d'autre.

— Dès que vous aurez envie d'une soirée en amoureux, n'hésitez pas à me confier Ben, dit Sarabeth en riant.

Ross ouvrit la bouche – sans doute pour lui servir une excuse quelconque pour ne pas laisser Ben dormir chez elle ; c'était un père très protecteur –, mais Charlotte ne lui laissa pas le temps de parler.

— Ça serait génial ! Merci, Sarabeth.

Ross se tourna vers elle, les sourcils froncés.

— Franchement, chérie, je ne...

— Ross, dit Charlotte d'un air un peu agacé, tu m'as dit que Sarabeth était une très bonne mère. Qu'elle était super responsable et en même temps marrante. Alors, ne sois pas idiot, tu veux bien ?

Ross adressa un sourire un peu penaud à Sarabeth.

— C'est vrai que j'ai dit ça et... désolé, maman. Je suis un vrai papa poule.

Et il avait encore un peu de mal avec elle.

— J'étais très protectrice avec vous deux aussi, alors je comprends, dit-elle doucement en prenant le risque de poser la main sur le bras de Ross. J'ai fait beaucoup d'erreurs et je suis désolée que ces erreurs vous aient fait du mal à toi et à ta sœur. Mais je te supplie de me croire : j'ai fait de mon mieux étant donné les circonstances.

Ross hocha la tête d'un air gêné.

— Est-ce que tu es complètement dingue de Ben, Ross ?

— Complètement, répondit-il, les yeux irradiant d'amour.

— Eh bien, c'est ce que je ressentais - ce que je ressens toujours - pour Gina et toi. Il ne faut pas que tu en doutes. Jamais.

Sarabeth soutint le regard de son fils, le suppliant intérieurement de la croire. Quand elle le vit se détendre et être envahi par un mélange d'espoir et de remords, Sarabeth sentit les larmes lui monter aux yeux et détourna le regard. Elle n'avait aucune envie de mettre tout le monde mal à l'aise en sombrant dans le sentimentalisme.

Charlotte s'éclaircit la voix et attira l'attention générale sur la bouteille de vin blanc qu'ils avaient commandée. Elle lut l'étiquette avec attention et s'écria :

— Parfait ! J'ai essayé de commander ce millésime pour le mettre à notre carte des vins au Sheen, mais il est difficile à se procurer. Bien joué, Rafe !

Sarabeth lui était reconnaissante d'avoir fait diversion et demanda qui était Rafe.

— Rafe Cortez-Williams est le propriétaire de ce grill, maman. Sa famille possède des ranchs, mais il a choisi d'être restaurateur, expliqua Gina d'une voix un peu hésitante que Sarabeth ne lui connaissait pas.

Elle se demanda pourquoi parler de ce fameux Rafe semblait perturber sa fille.

— Et un *excellent* restaurateur, précisa Charlotte en parcourant la carte. Son menu est magnifique, et il paraît que la cuisine ici est parfaite.

— Je te trouve très généreuse avec la concurrence, chérie, dit Ross en lui prenant la main.

— Il y a assez de travail pour tout le monde dans cette ville et, comme tu le sais, le Sheen marche très bien.

— Oui, et je suis fier de toi, mon amour.

Gina fit un petit bruit comique et se tourna vers Sarabeth en levant les yeux au ciel.

— Autant t'y faire, maman, ces deux-là n'arrêtent jamais de roucouler.

— Et on compte bien continuer, dit Charlotte. Au fait, Gina, où as-tu trouvé ces chaussures ? Elles sont à tomber par terre !

Sarabeth se pencha pour observer les escarpins à bouts pointus et talons aiguilles que portait sa fille. Comment avait-elle fait pour ne pas les remarquer plus tôt ?

— Louboutin ?

Gina leva le pied pour que Sarabeth puisse voir la semelle rouge distinctive de la marque.

— Oui. Un petit cadeau que je me suis fait.

— Dites-moi qu'on ne va pas parler que de chaussures et de mode, grogna Ross.

Gina posa le menton sur sa main et eut un sourire diabolique.

— En effet. Tiens, peut-être que maman pourrait nous expliquer pourquoi Brett Hartson a arrangé le portait à notre père au bar du club hier soir.

— Quelqu'un qui était présent m'a raconté pourquoi il l'avait frappé, et si j'avais été là, j'aurais fait pareil, déclara Ross d'une voix glaciale. Bon sang ! ce que notre père peut-être débile parfois.

— « Parfois » seulement ? dit Gina en haussant les sourcils.

Ross gratifia sa pique d'un petit sourire et secoua la tête.

— Ne gâchons pas notre dîner en parlant de lui.

— Mais je veux savoir...

Sarabeth remarqua le signe discret que Ross adressait à sa sœur, qui hocha la tête. *Message envoyé et reçu*, songea-t-elle avec soulagement.

— Bon, poursuivit Gina d'un air malicieux, dans ce cas, parlons de la relation de maman avec Brett.

— S'il vous plaît, non, dit Sarabeth.

Ross se frotta les mains sur le visage.

— Maman. Il faut que tu saches que toute la ville parle de toi et de Brett. Il largue sa fiancée, tu débarques en ville et quelques heures plus tard tu lui tombes dans les bras...

Hé ! une minute. Elle n'aimait pas du tout le ton que prenait Ross. Elle allait répondre mais Charlotte la devança.

— Dis donc, chéri, tu vas un peu loin, là. Ta mère est adulte et célibataire. Elle a le droit de faire ce qu'elle veut avec qui elle veut.

Décidément, elle adorait sa future belle-fille.

— Mais..., commença Ross.

— Non, chéri. La vie amoureuse de ta mère ne nous regarde pas, le coupa Charlotte en levant son verre en direction de Sarabeth. Même si je dois dire que vous avez un excellent goût. Ce Brett Harston est hyper sexy.

— Tout à fait d'accord ! dit Gina en levant son verre aussi.

— Dites, vous oubliez que je suis là, protesta Ross.

— Je suis fiancée mais pas encore morte, mon amour, dit Charlotte d'un ton rieur. Mais changeons de sujet avant que ta tête explose. J'aime beaucoup les chaussures de Gina, mais c'est surtout votre parfum que j'adore, Sarabeth. Qu'est-ce que c'est ?

— Les hommes, les fringues, les chaussures et maintenant le parfum, c'est l'enfer, marmonna Ross.

Sarabeth ne put s'en empêcher ; elle tendit le bras pour prendre la main de son fils, la serra doucement et fut soulagée quand il lui rendit la pareille. Oui, les choses s'arrangeaient entre eux.

Sarabeth lâcha la main de Ross et songea que le moment était peut-être venu de leur parler de la vente de son entreprise. De toute façon, elle finirait bien par le leur dire, alors autant profiter de l'occasion.

— C'est une senteur que j'ai créée. Bold.

Elle attendit que l'une des deux jeunes femmes fasse le lien.

— Bold ? Le parfum qu'on achète chez Sarabeths ! ?

Étonnamment, ce fut Ross qui comprit le premier, et il se pencha vers elle.

— Quel est ton lien avec ce site de vente en ligne de cosmétiques ?

— Tu connais cette entreprise ?

— Charlotte est cliente chez eux. Tu travaillais pour eux quand tu vivais en Californie, c'est ça ?

— En quelque sorte. En fait... c'est... *C'était* mon entreprise.

Sarabeth leur raconta brièvement comment elle avait monté l'entreprise et comment elle en avait fait un nom qui comptait aujourd'hui.

— Attends, maman, dit Gina. Tu veux dire que Sarabeths ! t'appartient ?

— *M'appartenait*. J'ai signé une promesse de vente il y a six mois, et on a finalisé il y a six semaines.

— Je n'en reviens pas que tu sois la Sarabeth de Sarabeths !

— Moins fort, ma chérie ! Je vous dis ça à vous, mais je ne veux pas que l'information devienne publique. Pas encore.

— Mais pourquoi ? s'étonna Ross. C'est génial, maman. *Tu es* géniale.

Et lui, il était adorable.

— Merci, mon chéri.

— Est-ce que quelqu'un d'autre est au courant ?

— Heu... oui. Brett, avoua-t-elle en rougissant.

Le regard qu'échangèrent Gina et Charlotte ne lui échappa pas. Pas plus que leur mine interrogative. Mais elle n'avait pas envie de répondre aux questions qu'elle lisait dans leurs yeux et préféra changer de sujet.

— J'ai créé mis de côté de l'argent pour chacun d'entre vous, Gina et Ross. Le moment venu, je financerai les études de Ben et de ses frères et sœurs. Et je ferai pareil avec tes enfants dès que tu en auras, ma chérie.

Ross prit sa main et la lui embrassa tout en la regardant droit dans les yeux.

— C'est très généreux, maman, dit-il d'une voix émue. Merci.

— C'est adorable, dit à son tour Gina en se levant pour l'embrasser sur la joue. Mais tu es sûre qu'il te reste assez d'argent pour toi ?

Sarabeth songea aux nombreux millions qu'elle avait encore sur son compte et hocha la tête.

— J'ai bien plus qu'il ne m'en faut.

— Merci, Sarabeth, dit Charlotte avec un sourire éclatant tout en levant à nouveau son verre vers elle. Je suis heureuse pour vous et, pour tout dire, je suis heureuse que ça reste un secret. Mon statut de future belle-fille de la pire croqueuse de diamants de Royal m'amuse beaucoup.

Sarabeth éclata de rire.

— Moi, je ne comprends pas pourquoi tu ne cries pas la nouvelle sur tous les toits, dit Gina, l'air intriguée. Les commères de Royal sont si dures avec toi, ce serait bien de leur clouer le bec, non ?

— Je n'éprouve plus le besoin de prouver quoi que ce soit à qui que ce soit. Et je n'ai absolument pas besoin de me justifier.

Et pourtant, elle avait parlé à Brett de son mariage et de la vente de Sarabeths ! bien avant de se sentir prête à en parler à ses enfants. Qu'est-ce que ça signifiait ? Et souhaitait-elle vraiment connaître la réponse à cette question ? Non... D'autant qu'elle avait décidé de prendre ses distances.

Comme Brett ne désirait pas non plus s'engager, il lui serait sans doute reconnaissant de cette retraite en toute dignité et n'exigerait sûrement aucune explication. Il était très maître de lui et n'était pas du genre à faire une scène ou à tenter de l'empêcher de s'éloigner.

— Mais sois honnête, dit Ross. Je suis sûr qu'il y a une part de toi qui rêve de mettre Rusty face à la réalité.

Peut-être.

Oui. Tout à fait.

Sarabeth scruta le visage et les yeux de son fils, mais n'y lut aucune condamnation. Il comprenait son besoin de montrer à Rusty qu'elle avait réussi par elle-même, sans l'aide de personne.

— Tu as raison.

— Et c'est mal de ma part de vouloir être là quand tu le lui diras ? demanda Gina, dont les yeux sublimes rayonnaient de joie. Et ne fronce pas les sourcils comme ça, maman ! Je ne suis plus une gamine à qui on doit rappeler qu'il faut respecter son père. Il s'est super mal comporté avec toi et Ross, et même si je pense qu'il nous aime, c'est loin d'être un homme gentil. Je suis assez vieille pour le comprendre. Alors... est-ce que je pourrai être là ?

— J'aimerais bien aussi, intervint Ross.

Elle regarda ses enfants – mais qui étaient ces monstres ? –, avant d'éclater de rire. Bien sûr, elle aurait dû les réprimander, mais sachant ce que Rusty avait dit d'elle au bar du club, il aurait fallu être une sainte ! Et puis, Gina avait raison, c'était des adultes à présent, et il était temps que Rusty apprenne que ses actes pouvaient avoir des conséquences.

Brett détestait la paperasse. Il préférait nettement être dehors sous le soleil, la pluie ou dans le vent que de lire des feuilles de calcul ou des livres de comptes mais, comme dans tout business, il y avait des contraintes.

Il avait donc fait construire un petit bâtiment à l'arrière du garage avec trois bureaux, une salle de stockage et une petite salle de réunion. Il utilisait le plus grand bureau, et le deuxième et le troisième étaient occupés par le comptable et le contremaître du ranch.

De son bureau, il avait une vue sur l'étang et le paddock. Il se renversa dans son fauteuil et observa son étalon bashkir curly, Bercy, et Penny, la jument bashkir curly qu'il avait achetée la semaine précédente. Les deux animaux broutaient tranquillement, totalement indifférents l'un à l'autre. S'il était réputé pour ses arabes et ses pintos, dont les prix atteignaient des sommets, son intérêt pour les curly n'était pour l'instant qu'un passe-temps. On verrait où ça mènerait.

Il entendit le ding ! qui annonçait l'arrivée d'un mail et replongea à contrecœur dans le travail administratif. Il avait beau avoir un directeur commercial et un comptable, il était le seul à pouvoir prendre certaines décisions.

Quand il en aurait fini avec ces maudits chiffres, il tâcherait de contacter Sarabeth et lui proposerait de l'accompagner jusqu'à la limite est de la propriété où on lui avait signalé une vache malade. Apparemment, l'animal était en voie de guérison, mais il voulait aller voir ça lui-même. C'était une de ses meilleures reproductrices.

Encore fallait-il qu'il puisse joindre Sarabeth. Elle avait tendance à perdre son portable et pouvait être n'importe où dans la vaste propriété. Il fronça les sourcils, se demandant pourquoi il ressentait un certain malaise depuis quelques jours.

Ce qui était certain, c'est que ça avait à voir avec Sarabeth. Il la sentait différente, même s'il ne pouvait lier cette impression de malaise à un ou des événements précis. Elle était toujours aussi joyeuse et facile à vivre, mais quelque chose en elle avait changé...

C'était peut-être son sourire un peu moins éclatant, ou le soupçon d'hésitation qu'il sentait chaque fois qu'il prenait l'initiative de faire l'amour. Bien sûr, cette impression s'évanouissait au bout de quelques secondes quand il voyait à quel point elle le désirait aussi. Mais dès qu'ils avaient terminé, il se demandait à nouveau si elle n'était pas un peu plus réservée qu'avant.

Il entendit toquer à la porte de son bureau.

— Entrez !

C'était Sarabeth. Il se leva d'un bond, heureux de pouvoir lui proposer en direct cette balade à cheval. Mais à en juger par sa tenue, elle avait plutôt l'air de vouloir faire du shopping en ville.

Et s'il essayait de la faire changer d'avis ? Une bonne randonnée, un rapide pique-nique, et ensuite il la déshabillerait et lui ferait l'amour au soleil...

— Excuse-moi de te déranger, mais je vais en ville. Tu as besoin de quelque chose ?

Son ton joyeux et poli lui sembla un peu forcé. Mais peut-être se faisait-il des idées.

Il s'assit sur le bord de son bureau et croisa les bras.

— Non merci. Tu as fait des courses pour moi hier, tu te rappelles ?

Elle hocha la tête, et il lut un malaise certain dans son regard. Donc, non, il ne s'était pas trompé. Il y avait bien quelque chose qui la tracassait.

— Que se passe-t-il, Sarabeth ?

Elle écarquilla ses grands yeux bleus, mais il ne se laissa pas tromper.

— Comment ça ?

— Il y a quelque chose qui ne va pas. Tu es...

— Je suis ?

— Différente.

Elle se mit inconsciemment à jouer avec la collection de petits bracelets qu'elle portait au poignet droit.

— En fait, je voulais te le dire... Mes enfants veulent que je m'installe à Royal.

Tant mieux – la perspective de la voir repartir à LA, ou ailleurs, lui donnait des sueurs froides.

Il se garda bien de la bombarder de questions et se contenta d'un petit signe pour l'inviter à continuer.

— Je ne sais pas si je veux m'installer définitivement, mais pourquoi pas un pied-à-terre où laisser mes affaires quand je voyage.

Elle avait déjà parlé de son désir de voyager, de voir le monde. Et ça ne lui posait pas de problème du moment qu'elle revenait très régulièrement à Royal.

— Pourquoi ne pas garder le cottage ?

— Ça n'est pas une solution à long terme. Ça serait idiot de continuer à louer alors que j'ai l'argent pour acheter.

L'homme d'affaires en lui ne pouvait pas la contredire, mais son corps – et son cœur, peut-être – ne voulait pas qu'elle s'en aille. Et pourtant, c'était la règle du jeu. Entre eux, ça n'était pas censé durer.

Mais si jamais il voulait davantage ?

Il baissa les yeux vers ses bottes et le bas usé de son jean. Le mois dernier, il était fiancé. Sur le point d'épouser quelqu'un d'autre. Ça aurait été de la folie de lui proposer de s'engager alors qu'il la connaissait et l'aimait depuis si peu de temps.

Mais à l'idée qu'elle s'en aille, de ne plus la voir qu'une ou deux fois par semaine, de ne plus faire l'amour avec elle, de ne plus se réveiller à côté d'elle, il sentit sa gorge se serrer. Au début, il ne voulait qu'explorer son corps, mais maintenant il voulait la connaître tout entière, tout savoir de ses sentiments, de ses pensées et de ses émotions.

Qu'est-ce qui lui prenait, enfin ? Et qu'attendait-il d'elle ? De la vie en général ? Il avait passé vingt ans à essayer de prouver sa valeur, à se chercher une place dans cette communauté. Il avait bâti ce ranch, était devenu plus riche que dans ses rêves les plus fous et pourtant, parfois, il se sentait aussi perdu et seul que lorsqu'il avait dix-huit ans.

Mais depuis qu'il connaissait Sarabeth, tout avait changé. Il était moins à vif, moins stressé. Il ne se sentait plus seul et était bien plus heureux.

Sa seule présence illuminait sa vie… la remplissait.

Il mourait d'envie de lui demander de rester, de faire de cet endroit son foyer, mais il n'était pas totalement sûr de lui. Ces nœuds dans l'estomac et dans la gorge le lui disaient clairement. Et tant qu'il ne serait pas sûr à 100 %, il ne ferait ou ne dirait rien qui puisse les faire souffrir un jour. Les amener à se haïr.

Non, il fallait que ça reste simple jusqu'à ce qu'il sache que ce qu'il y avait entre eux était assez solide pour durer.

— Tu me sembles à des lieues d'ici, dit Sarabeth, interrompant le cours de ses pensées.

— Oui. Désolé. Je pense à un tas de choses.

— Je vois ça, dit-elle avec un sourire timide. Je te laisse travailler.

— Oui, merci.

Il n'avait aucune envie qu'elle parte mais il le fallait. Il devait se remettre au travail et, surtout, il avait besoin de *réfléchir*.

Elle s'avança vers lui, hésita, puis se dressa sur la pointe des pieds et déposa un baiser sur… et boum !

Comme chaque fois qu'ils s'embrassaient, le monde bascula.

10

Elle l'avait embrassé parce qu'il avait l'air sombre. Elle voulait juste le réconforter un peu, mais comme souvent avec Brett le baiser dégénéra rapidement. Il la prit par les hanches et l'attira à lui tandis que sa langue pénétrait dans sa bouche, la mettant immédiatement dans tous ses états.

Mais il la lâcha très vite...

Elle le regarda traverser précipitamment la pièce, claquer la porte et la verrouiller puis aller vers les fenêtres. Il n'envisageait quand même pas de faire l'amour ici ? Maintenant ?

Une fois les stores baissés, Brett se tourna vers elle. Il était si puissant, si déterminé, si sexy.

— Ici ? Maintenant ?

Il hocha la tête et attendit sa réponse. Sarabeth sentit le désir parcourir tout son corps, de la tête jusqu'à l'extrémité de ses orteils. Brett était l'amant le plus impulsif et le plus excitant qu'elle ait jamais eu, qu'elle aurait jamais. Elle n'hésita pas une seconde et se débarrassa de sa veste en jean puis de son T-shirt, dévoilant son soutien-gorge rose pâle.

Sans le quitter des yeux, elle retira ses chaussures et fit descendre sa jupe le long de ses cuisses. Elle vit son regard remonter le long de ses jambes, s'arrêter un instant sur le petit morceau de tissu rose en bas de son ventre et remonter jusqu'à ses seins. En deux pas, il fut contre elle. Il écarta un des bonnets du soutien-gorge, se pencha et s'empara goulûment de son téton avec sa bouche, le mordillant et le suçant tour à tour. Puis, d'un geste fébrile, il défit l'attache dans son dos.

Ensuite, il se redressa, et ses lèvres vinrent rejoindre les siennes. Sa langue s'insinua dans sa bouche, et Sarabeth, ressentant l'envie irrépressible de sentir sa peau nue contre la sienne, arracha sa chemise de son jean, supportant à peine qu'il s'écarte le temps de la retirer. Il revint vers elle, et elle effleura de ses lèvres en feu et de ses joues brûlantes son torse puissant. Tout chez lui était si viril, si excitant, qu'elle sentait son corps tout entier vibrant, en demande.

Elle le voulait *maintenant*, dans son bureau baigné de la lumière du soleil d'hiver qui filtrait malgré les stores.

Brett la déposa sur le bord de son bureau, et les yeux mi-clos elle le regarda chercher son portefeuille dans la poche de son jean, y prendre un préservatif, en déchirer l'étui avec les dents et laisser tomber le tout sur le bureau.

C'est elle qui déboutonna sa braguette. Il se dégagea ensuite de son caleçon et de son jean tout en déchirant sa fine culotte en dentelle. Tout ce qu'elle voulait maintenant c'était sentir son érection contre ses parties les plus intimes, et puis aussi sa langue et ses doigts. Sarabeth se liquéfiait sous ses caresses.

Elle cambra le dos, et quand elle ne put en supporter davantage, Brett remonta plus haut, venant lécher et sucer ses seins ultra-sensibles. Sarabeth tendit la main et attrapa le préservatif qu'elle déroula savamment le long de son membre brûlant.

Leurs regards se mêlèrent quand elle l'attira en elle et ne se quittèrent pas quand son sexe tendre se referma sur lui, l'enveloppant dans sa chaleur. Il allait et venait en elle, et Sarabeth accompagnait la cadence de plus en plus rapide de ses coups de reins. Et quand elle poussa un râle de jouissance, Brett était là, avec elle, dans ce qu'on appelle la petite mort.

Une bien douce façon de mourir…

Soudain, un éclat de rire et la sonnerie d'un téléphone ramenèrent Brett à la réalité. Avec douceur, il reposa Sarabeth sur le sol. Il fallait vite se rhabiller. Faire l'amour à la hussarde dans son bureau était une première. Ça avait été particulièrement excitant, mais un peu risqué quand même. Les gens avaient l'habitude de passer devant cette fenêtre pour rejoindre le paddock, et on aurait très bien pu les espionner malgré les stores.

En se retournant, il vit Sarabeth, les vestiges de sa petite culotte à la main. Il s'était comporté en véritable sauvage.

— Désolé, dit-il en résistant à la tentation de se frapper la poitrine à la manière d'un puissant gorille.

Sarabeth se glissa dans sa jupe longue et récupéra dans un fauteuil son soutien-gorge, seul rescapé du massacre de sous-vêtements auquel il venait de se livrer. Son silence l'inquiétait. Dès qu'elle eut remis son T-shirt, il s'avança vers elle et la prit dans ses bras.

— Tu viens toujours au cocktail du club avec moi ce soir ? demanda-t-il doucement tout en humant le doux parfum de ses cheveux.

— Si tu veux.

Cette fois, il avait clairement perçu son manque d'enthousiasme.

— Est-ce que ça va ?

Sarabeth enroula les bras autour de son cou.

— Mais oui.

Encore cette note étrange. Quelque chose dans la façon dont elle avait dit ça sonnait faux. Brett s'écarta légèrement et lut de la tristesse dans son regard, et ce qu'il pensait être de la peur. Et une forme d'attente. Puis, ce fut comme si un rideau tombait, et il ne vit plus rien que le bleu de ses yeux. Elle était douée pour masquer ses émotions, et il détestait ça.

Mais tant que lui-même n'aurait pas mis ses propres émotions au clair, il n'avait pas le droit d'exiger de pouvoir comprendre les siennes.

Brett sentait bien que Sarabeth était tendue. Pourtant, elle était ravissante dans sa robe de cocktail noir et or moulante qui mettait en valeur sa silhouette et ces jambes sublimes qui quelques heures plus tôt à peine s'étaient enroulées autour de ses reins.

Avec elle, faire l'amour était toujours aussi extraordinaire. C'était chaud, intense, inventif. Toujours aussi excitant. Mais il était bien obligé de constater qu'il la sentait s'éloigner.

Il la vit sourire poliment au serveur qui lui présentait un plateau garni de flûtes de champagne, mais il était évident qu'elle n'avait aucune envie d'être ici. Il comprenait qu'elle soit nerveuse. La dernière fois qu'elle avait assisté à un cocktail au club, c'était en tant qu'épouse de Rusty, presque vingt ans plus tôt.

Elle avait malgré tout choisi sa tenue avec soin, s'était maquillée et se retrouvait perchée sur ces talons incroyablement hauts et si sexy. Il espérait qu'elle n'était pas inquiète pour son apparence. Comme il le lui avait assuré, elle était tout simplement splendide, encore plus belle que la très jeune femme qu'elle était la dernière fois qu'elle était venue ici.

Brett s'apprêtait à la rejoindre – il ne voulait pas la laisser seule dans une salle remplie d'inconnus et de gens qui avaient été ses amis *jadis* –, mais il vit que Jaynie allait la retrouver. Le sourire de Sarabeth le rassura un peu.

C'était la première fois qu'ils se rendaient à une manifestation mondaine en tant que couple, et il voulait à tout prix qu'elle se sente à l'aise. Si Sarabeth devait s'installer à Royal, il fallait qu'elle se sente dans son élément parmi les habitants de la ville, qu'ils fussent bienveillants ou pas.

Il appréciait beaucoup Sarabeth – Seigneur ces mots exprimaient tellement mal le tourbillon d'émotions qu'elle provoquait en lui – et voulait qu'elle soit heureuse.

Brett revint à sa conversation avec Clint Rockwell et Jules, mais toute son attention était concentrée sur *elle*. Qui aurait pu penser que, un mois après la rupture de ses fiançailles, il vivrait une liaison torride avec l'ex-femme d'un des hommes les plus riches et les plus puissants de Royal ?

Il comprenait que les gens soient fascinés par Sarabeth ; elle était extraordinairement belle, et sa capacité à masquer ses émotions les intriguait. Ils se demandaient ce qu'il y avait derrière cet air serein. Comme elle se dévoilait rarement, personne ne savait que ce visage ravissant cachait l'esprit affûté d'une femme plus douée pour les affaires que la plupart des hommes qu'il connaissait. Ils auraient été choqués d'apprendre qu'elle était probablement aussi riche que son ex. Et étonnés de voir que, contrairement à sa réputation, elle était à la fois douce, amusante et tendre.

Il aimait l'avoir dans son lit.

Et dans sa vie.

Elle lui avait dit un peu plus tôt qu'elle avait visité quelques propriétés, mais cette idée ne lui plaisait pas. La perspective de la voir déménager du ranch le perturbait.

Après leur torride *entrevue* dans son bureau, il avait sellé un de ses jeunes étalons, et ils avaient galopé à travers le ranch jusqu'à être tous les deux ruisselants de sueur. Ça lui avait donné le loisir de réfléchir.

Et il en était arrivé à la conclusion qu'il aimait se réveiller et la trouver étendue à côté de lui, le nez dans son cou, le bras en travers de son ventre. Il aimait aussi la voir blottie dans un coin de son canapé, ses lunettes sur le nez, totalement absorbée par la lecture de son livre. Et il aimait parcourir ses terres avec elle et ensuite partager un bon bain chaud par une fraîche soirée d'hiver...

Bien sûr, il adorait faire l'amour avec elle, mais il adorait aussi le fait qu'elle fasse partie de sa vie.

Il n'avait pas besoin de la distraire, de la couver, de s'inquiéter constamment de son humeur. Elle était forte et indépendante, et il appréciait d'être avec une femme sur laquelle il pouvait s'appuyer, chez qui il pouvait trouver du réconfort. Tout comme il pouvait être son pilier.

Ils n'étaient ensemble que depuis quelques semaines, mais leur relation était équilibrée et harmonieuse. Il ne voulait pas qu'elle disparaisse de sa vie.

Au contraire, il voulait qu'elle en fasse davantage partie, il voulait qu'elle soit le centre de son monde. Il voulait qu'elle reste...

Soudain, Jules le ramena dans le présent d'un coup de coude dans les côtes.

— Alerte. Rusty se dirige droit sur Sarabeth, et il a l'air d'humeur batailleuse.

Effectivement, Brett aperçut Rusty qui se frayait un passage parmi les convives, un sourire mauvais aux lèvres. Il en voulait clairement à Sarabeth, et il n'était pas question que Brett le laisse lui faire encore du mal.

— J'ai appris par le téléphone arabe que tu cherchais une maison à Royal, dit Jaynie en tendant une flûte de champagne à Sarabeth.

Sarabeth était embarrassée. Depuis qu'elle vivait quasiment avec Brett, elle n'avait pas consacré beaucoup de temps à Jaynie et elle lui adressa un sourire contrit.

— Pardonne-moi. Je voulais t'appeler, mais...

— Mais tu passes tout ton temps au lit avec un homme

jeune et sexy, la taquina Jaynie. Ne t'inquiète pas, ce n'est rien. Et je suis tout simplement surexcitée à l'idée que tu restes à Royal. Je croyais que tu allais repartir à LA.

Sarabeth prit une gorgée de champagne.

— Mes enfants vivent ici, et je suis heureuse d'apprendre à mieux les connaître. Quant à Ben, il est tellement adorable. J'en suis folle.

— Et n'oublions pas Brett.

Sarabeth voulut répondre, mais les mots refusaient de sortir de sa bouche. Oui, il y avait Brett, mais il ne devait pas être un facteur dans sa décision de rester à Royal. Entre eux, c'était purement physique, même s'ils étaient amis. Tandis que Jaynie la quittait pour saluer une connaissance, Sarabeth observa Brett, à l'autre bout de la salle. Il était avec quelques amis du club, des hommes de son âge. Leurs femmes et petites amies avaient largement vingt de moins qu'elle et étaient enceintes ou mères d'enfants en bas âge. Elle, elle était déjà passée par là ; ce chapitre de sa vie était clos.

Un jour, Brett avait dit en passant qu'il n'avait pas particulièrement envie d'avoir des enfants, mais elle n'avait pas creusé le sujet...

Sarabeth fixait le fond de sa flûte de champagne, songeant qu'elle faisait l'impossible pour prendre un peu ses distances, mais qu'elle avait encore du mal à contenir le flot de ses émotions un peu contradictoires.

Elle avait envie de partager sa vie avec Brett. Voilà, c'était dit, mais la pensée de confier son bonheur à quelqu'un d'autre la terrifiait. Pourquoi la vie la mettait-elle encore à l'épreuve ? Pourquoi fallait-il qu'elle désire autant cet homme, de dix ans son cadet ? Et pourquoi la perspective de le quitter la déchirait-elle à ce point ?

En s'imaginant que l'amour et un avenir étaient possibles entre eux, elle s'aventurait en terrain miné, et tout ça finirait par lui exploser à la figure. Si elle s'autorisait à espérer, à rêver, à vouloir, il la détruirait quand il s'en irait. Parce qu'il s'en irait ; les hommes étaient comme ça.

Elle était folle amoureuse d'un homme plus jeune qu'elle et était morte de peur. Elle redoutait que la différence d'âge finisse par poser problème, que l'amour presque féroce qu'elle ressentait pour lui l'étouffe et le fasse fuir.

Et pourtant, elle ne voulait rien ni personne d'autre que lui. Pour toujours.

Elle posa la main sur son sternum et tenta de repousser la peur viscérale qui l'envahissait et la faisait frissonner. Elle sentait déjà le goût de son chagrin, de ses larmes quand il lui annoncerait que tout était fini. Comment pouvait-elle s'engager dans cette voie sachant que c'était voué à l'échec ? N'était-ce pas de la folie de vouloir continuer alors qu'elle savait ce que lui réservait l'avenir ?

La raison aurait voulu qu'elle mette un terme à tout ça. Ce soir. Qu'elle s'en aille avant qu'il lui brise le cœur. Si elle arrêtait maintenant, ce serait à ses conditions à elle. Elle n'aurait plus à vivre en se demandant en permanence quand le couperet allait tomber.

Elle contrôlerait la situation. Et c'était important. Jamais plus elle ne laisserait un homme décider de sa vie à sa place.

— On peut savoir à quoi tu penses ?

Sarabeth aurait reconnu cette voix entre mille. Elle se retourna et se retrouva face au visage plein de malveillance de son ex-mari.

— Rusty.

Il la détailla de la tête aux pieds.

— Tu es toujours pas mal, Bethie.

Elle détestait ce surnom. C'était celui que sa mère utilisait pour lui parler de sa voix doucereuse.

« Tu es tellement jolie, Bethie. À quoi bon faire des études ? »

— C'est Sarabeth.

— Étant donné que tu utilises toujours mon nom de famille, je t'appelle comme je veux, *Bethie.*

Sarabeth soutint son regard sans fléchir.

— Qu'est-ce que tu veux, Rusty ? Tout le monde nous regarde.

Rusty balaya la salle du regard et, preuve de son pouvoir, la plupart des conversations cessèrent net, et très peu de gens eurent le courage de croiser son regard. Elle remarqua que Brett était l'un des seuls à ne pas détourner les yeux. Elle vit aussi qu'il lui posait une question muette – « Tu as besoin de moi ? » – et lui répondit en secouant la tête, d'un geste quasi imperceptible. Si elle s'installait à Royal, Rusty et elle se croiseraient souvent, et elle devait être capable de le gérer seule, sans l'aide de son jeune amant.

D'autant qu'elle allait bientôt rompre et qu'elle allait se retrouver seule.

Rusty lui saisit le coude et l'entraîna vers la porte-fenêtre. Elle essaya de se dégager, mais ils se retrouvèrent bientôt sur le balcon, dans le froid. Dans sa robe de cocktail sans manches, Sarabeth frissonna.

— Tu as froid ? Tu veux ma veste ?

— Plutôt me faire mordre par un serpent à sonnette. Dis ce que tu as à me dire et fais vite.

— Je veux que tu retournes en Californie.

Évidemment. Cela prouverait aux yeux de tous qu'il contrôlait encore son ex-femme, la croqueuse de diamants. Si elle restait ici et vivait sa vie selon ses propres principes, tout s'écroulerait pour lui. Mais elle n'avait pas l'intention de lui faire de cadeau.

— Laisse-moi réfléchir, dit-elle avec un grand sourire… Hum… non.

— Je suis prêt à te donner un million pour ça. Et j'augmenterai ta pension.

— Je n'ai pas besoin de ton argent, Rusty.

— Bien sûr que si. Tu es de ces femmes qui ont toujours besoin d'un homme. Hartson paye peut-être tes factures aujourd'hui, mais il va se lasser de toi, et tu deviendras quoi, alors ? dit-il d'une voix fielleuse.

Ça avait été vrai un jour. Elle avait été comme ça, mais ça n'était plus le cas.

— À LA, j'ai créé et géré ma propre entreprise. Je l'ai vendue récemment.

Elle en avait terminé avec cette conversation.

Et avec lui.

— Je ne te crois pas, dit-il d'un air haineux. Tu es jolie mais pas très maligne, Bethie. Rappelle-toi comment je t'ai damé le pion au moment du divorce.

— Parce que tu avais les moyens de te payer des avocats et que tu connaissais personnellement le juge, répliqua-t-elle, le feu aux joues. Tu as hérité ta fortune de ton père et de ton grand-père, mais moi, je me suis faite toute seule.

Les mains de Rusty se crispèrent sur la rambarde. Elle sourit ; elle avait touché juste. Elle savait exactement là où il fallait appuyer. Contrairement à la plupart de ses amis du club, Rusty ne pouvait se targuer de s'être fait lui-même.

— Brett a commencé comme palefrenier, et il est devenu l'un des hommes les plus puissants de cet État. Je trouve ça *tellement* excitant, dit-elle d'une voix langoureuse.

C'était tellement amusant de se disputer avec Rusty. Pour la première fois de sa vie, elle était sur un pied d'égalité avec lui et pouvait donner sa pleine mesure.

Plus jamais elle ne serait comme la pauvre gamine qui avait épousé ce monstre.

Une rafale de vent la fit frissonner. Elle mourait d'envie d'aller se mettre au chaud, mais si elle s'en allait maintenant, Rusty penserait qu'il avait gagné. Et elle avait encore quelques petites choses à lui dire.

Elle allait le laisser parler, et quand il penserait dominer la situation, elle tirerait le tapis sous ses pieds.

— Il paraît que tu cherches à louer une maison à Royal. Que tu veux t'installer en ville.

— Oui. Et alors ?

— J'ai donné instruction à tous mes agents immobiliers de ne rien te louer.

Vingt ans plus tôt, déjà, Rusty possédait de nombreuses propriétés ; il devait posséder la moitié de la ville aujourd'hui.

Mais si elle ne trouvait rien ici, elle s'installerait à Joplin, une jolie ville non loin de Royal.

— Très bien.

— C'est tout ce que tu trouves à dire ? dit Rusty, visiblement déçu.

Oh ! comme il détestait ne pas avoir le contrôle sur elle. Elle décida de remuer le couteau dans la plaie.

— Tu n'as pas idée à quel point je me fiche de ce que tu ressens, Rusty. Je suis certaine de trouver quelque chose. Sinon, je continuerai à louer chez Brett… J'adore la façon dont ça se passe entre nous.

Elle regretta instantanément ce qu'elle venait de dire. Elle avait laissé parler son envie de se venger de leur mariage désastreux et de leur douloureux divorce. Mais tout ça, c'était du passé.

Et cette conversation était complètement contre-productive. Jamais Rusty ne s'excuserait, et ils savaient tous les deux qu'il ne pourrait pas l'empêcher de louer une maison à Royal. Il fallait qu'ils parviennent à un compromis, mais cette fois ce serait selon *ses* termes à elle.

Rusty n'avait plus de pouvoir sur elle. Il pouvait dire et penser d'elle ce qu'il voulait, elle avait la force mentale et les moyens financiers de se battre. Mais elle ne voulait pas que ses enfants souffrent.

— Tu as dit ce que tu voulais et essayé d'imposer tes conditions, c'est à *mon* tour, dit-elle d'une voix glaciale.

— Parce que tu crois que ce que tu dis m'intéresse ?

Sarabeth s'approcha de lui et appuya l'index sur sa poitrine.

— Je ne sais pas exactement ce qui s'est passé entre Ross et toi, mais je parie que tu as fait jouer tes relations pour lui gâcher la vie. Et je crois aussi que tu as pas mal de choses à te reprocher concernant Charlotte...

La mâchoire de Rusty se crispa, ses yeux lancèrent des éclairs de rage, mais il ne répondit rien.

— Nos enfants sont adultes maintenant, Rusty, mais si tu t'en prends à eux, je ferai tout ce qui est en mon pouvoir pour t'anéantir. C'est bien compris ?

— Ne me menace pas, gronda Rusty en lui attrapant le doigt et en le tordant brutalement.

Il ne fallait pas qu'elle lui montre sa peur ; sinon elle aurait perdu cette bataille.

— Je suis prête à dépenser jusqu'à mon dernier dollar pour les protéger, Rusty.

Il lui tordit le doigt encore plus fort, mais Sarabeth réussit à masquer sa douleur.

— Je t'ai dit de ne pas me menacer !

— Surtout, ne me sous-estime pas et lâche-moi ! dit-elle en tentant de se dégager.

— Lâche-la immédiatement.

Sarabeth regarda par-dessus son épaule. Brett se tenait derrière elle, visiblement hors de lui.

— Reste en dehors de ça, Brett. Tout va bien.

Puis, elle se retourna vers Rusty, soutenant son regard. Il ne l'avait toujours pas lâchée, et elle savait que si Brett intervenait, il penserait avoir gagné. Elle ne pouvait pas tolérer ça.

— Laisse-nous, Brett.

— Ouais, fais ce que dit maman, fiston, dit Rusty.

— Lâche-la. *Maintenant.*

Sarabeth sentit que Brett était au bord d'exploser. Jamais il ne laisserait Rusty lui faire du mal. Elle essaya une nouvelle fois de se dégager, mais Rusty la tenait fermement. Elle savait où il voulait en venir ; il cherchait à l'intimider. Il fallait qu'elle lui prouve que ça ne marcherait pas.

Et que jamais, jamais plus, elle ne sortirait perdante d'un combat contre lui.

— Brett, laisse-nous tranquilles, ordonna Sarabeth.

— Pas question, dit-il en regardant Rusty droit dans les yeux. Toi, je te laisse une seconde, pas une de plus, pour la lâcher.

— Te mêle pas de ça, fiston.

— Je ne suis pas ton fils, martela Brett d'une voix pleine de colère. Lâche-la, j'ai dit.

Quelque chose dans le regard de Brett avait dû le faire hésiter parce que Rusty lâcha son doigt et recula d'un pas.

— Bah ! Elle ne vaut pas la peine que je perde mon temps.

Brett brandit son poing fermé, mais Sarabeth s'interposa. Il fallait que ce cirque s'arrête immédiatement.

— Là, tu te trompes, Rusty, dit-elle d'un ton plein de mépris. C'est moi qui ai déjà perdu assez de temps comme ça avec toi.

Puis, elle se retourna et se retrouva face au regard furieux de Brett. Elle se tenait entre la personne qui représentait son passé et celle en qui elle aurait voulu voir son avenir. Mais Brett venait de lui prouver que, tout comme Rusty, il ne la croyait pas capable de gérer la situation elle-même. Qu'il ne voyait en elle qu'une femme fragile qui avait besoin de son aide.

En l'empêchant de régler seule son problème avec Rusty, en la traitant comme quelqu'un qui était incapable de mener ses propres combats, il lui avait montré qu'il pensait qu'elle avait besoin d'un sauveur. C'était tellement douloureux de constater qu'il n'était attiré par elle que parce qu'il la jugeait vulnérable.

Elle avait cru qu'ils étaient différents mais égaux, mais la réaction de Brett montrait bien qu'il la considérait comme l'une des nombreuses damoiselles en détresse qu'il s'était fait un devoir de secourir. Et même si elle l'aimait follement, elle refusait de jouer ce rôle. Plus jamais elle ne serait un miroir reflétant les attentes d'autrui.

— Je n'avais pas besoin de ton aide, Brett. Je ne suis pas une pauvre fille qu'il faut que tu sauves. Et je ne le serai jamais, dit Sarabeth en soutenant le regard à la fois plein de colère et de confusion de Brett.

— C'est fini entre nous, reprit-elle. Je ne sais même plus si je vais rester à Royal. Pas parce que Rusty veut que je m'en aille, mais parce que je refuse de vivre dans une ville où on me considère comme une pauvre créature sans cervelle.

— Mais, il te faisait mal. Il allait te...

— Je contrôlais la situation, le coupa-t-elle. Je t'ai demandé de ne pas t'en mêler. Tu ne m'as pas écoutée, ce qui prouve que tu ne me respectes pas, que tu ne crois pas en moi.

C'était dur de rompre ainsi en public – encore du grain à moudre pour les médisants –, mais tant pis. Elle montrait à Royal et à ses enfants qu'elle était fière et indépendante. Qu'elle partait le cœur lourd mais pas brisé.

Brett souffrirait peut-être un peu, mais il la remplacerait vite. C'était ainsi que tournait le monde, et elle s'en sortirait. En dépit de son ignoble ex-mari et de son si sexy ex-petit ami.

Sauf que jamais elle n'avait aimé Rusty comme elle aimait Brett.

— Ne fais pas ça, dit Brett d'une voix calme. On va en parler, trouver une solution.

— Non, dit-elle en secouant la tête. C'est terminé.

— Comme ça ? D'un coup ?

Sarabeth sentit qu'il souffrait et dut résister à la tentation de se jeter dans ses bras, de lui demander pardon, de le convaincre de lui donner une autre chance.

Et ensuite ? Ils passeraient encore deux ou trois mois ensemble. Elle tomberait encore plus amoureuse, et il finirait par la laisser tomber.

— Au revoir, Brett, dit-elle en lui effleurant le bras.

Puis, redressant les épaules, elle se tourna vers Rusty, qui souriait d'un air narquois.

— Souviens-toi bien de ce que je t'ai dit. Si tu t'en prends encore à mes enfants, je t'écorche vif.

— Tu deviens féroce avec l'âge.

Sarabeth ne releva même pas. Cet homme était tellement minable.

Rusty s'avança alors vers Brett.

— Toi et moi, on n'en a pas fini. Je vais te faire mordre la poussière.

— On verra ça.

Sarabeth le regarda et poussa un léger soupir. Le visage de Brett était dur comme la pierre, et il semblait si distant tout à coup. Mais c'était bien ce qu'elle voulait, non ?

— Fiche-lui la paix, Rusty. Notre relation ne te concerne pas.

— Une relation qui s'est achevée il y a trente secondes maintenant, dit Brett avant de tourner les talons.

Rusty eut un rire sans gaieté, méprisant.

— Tu as vraiment le don de tout gâcher, pas vrai, Bethie ?

Sarabeth se contenta de soutenir son regard jusqu'à ce que son sourire ignoble s'efface. Elle crut percevoir un peu de respect dans ses yeux, mais il ne fallait pas qu'elle se fasse d'illusions. Rusty ne la respectait pas. Pas plus que Brett ne la voyait comme la femme forte qu'elle était.

Et donc, il ne pourrait jamais l'aimer comme elle voulait être aimée.

Elle était sûre d'avoir pris la bonne décision...

11

Brett fit vrombir le moteur de son luxueux yacht et jeta un œil par-dessus son épaule. Jules était tranquillement allongé sur la banquette de cuir derrière lui, casquette de base-ball rejetée en arrière et sourire béat aux lèvres.

Ils avaient tous les deux besoin d'une pause. Jules parce qu'on lui avait tiré dessus lors d'un banal contrôle routier, et Brett parce qu'il venait de se faire larguer.

« Larguer. » Bon sang ! il se faisait l'impression d'être un gamin de quatorze ans.

Il soupira, heureux d'être sur l'eau. Hier soir, une semaine après le cocktail au club, il avait appelé Jules et lui avait proposé de prendre son bateau pour aller faire une virée. Et après trois heures de route, ils étaient enfin arrivés à Mustang Point, dans Trinity Bay, où son Riva 63 Virtus était amarré.

Il était presque midi, et c'était une journée parfaite pour naviguer. Une fois qu'ils auraient assouvi leur besoin de vitesse, ils sortiraient leurs cannes et lanceraient quelques lignes. Et ils parleraient. Ou pas.

Jules se leva, s'étira et vint rejoindre Brett, qui dirigeait d'une main le bateau filant sur les eaux calmes de la baie.

— C'est Appaloosa Island ?

— Oui.

Jules se pencha, comme pour voir l'île.

— Je n'y suis jamais allé. Il paraît que c'est le grand luxe.

Brett remit les gaz, et une fois plus près de l'île ils virent quelques maisons sur la côte ouest.

— De ce côté, il y a de grandes villas de vacances, avec chacune sa plage privée. Et un peu plus loin, près de la jetée, il y a un petit hôtel de luxe hyper sélect. Pour construire ici, il faut être très riche, avoir un nom et connaître la famille Edmond.

— L'île appartient à Rusty Edmond ?

Brett hocha la tête d'un air sinistre. Il en voulait toujours à l'ex de Sarabeth.

— C'est drôlement loin de tout.

— Oui. C'est l'idée. Il y a une petite ligne de ferry, mais on accède à l'île surtout en avion privé ou en hélicoptère. Ils se font livrer la nourriture, l'eau et tout le reste à partir de Mustang Point, mais on m'a dit – quand je faisais encore partie du comité – qu'il y avait un stock de secours à l'hôtel. Si ça te dit d'y séjourner, ils enverront un chauffeur dans une voiturette de golf ou une jeep te récupérer sur la jetée ou sur une des aires d'atterrissage.

— Bien trop rupin pour moi, déclara Jules.

Sa remarque fit sourire Brett. Jules appartenait à la classe moyenne et, à part les jours où il se faisait tirer dessus, adorait son métier. Et s'il aimait accompagner Brett dans des virées comme aujourd'hui, il n'était pas envieux de son mode de vie. Dans la petite maison de Jules, Brett se sentait chez lui, comme Jules dans son ranch. L'argent n'avait jamais été un problème entre eux.

Longeant la côte, Brett mena le bateau face à la partie est de l'île, plus sauvage, où allait se tenir le fameux festival de la baie. Brett coupa le contact, et Jules fit descendre l'ancre. Bientôt, on n'entendit plus que le léger clapotis des vagues contre la coque.

Jules alla ouvrir le petit réfrigérateur du pont. Il y avait une cambuse en bas, et des cabines, mais comme ils ne sortaient que pour la journée, il avait seulement mis au frais quelques sandwichs et des boissons ici, sur le pont. Jules lança un sandwich et une bouteille d'eau à Brett avant d'aller s'asseoir sur la banquette en cuir.

— J'ai entendu parler de ce qui s'est passé au club, dit-il tout en retirant l'emballage plastique de son sandwich au bacon.

— Ah oui ? dit Brett, l'appétit soudain coupé.

— Oui. Rusty raconte à qui veut l'entendre que Sarabeth t'a largué comme un malpropre. Tu te sens comment ?

— À ton avis ? marmonna Brett.

Mais Jules ne mordit pas à l'hameçon. Il continua à fixer son ami tout en dégustant tranquillement son sandwich.

Comment il se sentait ? Brett poussa un soupir et pressa la bouteille d'eau fraîche contre son front. Vidé ? Triste ? En colère ? Seul ?

Tout ça à la fois.

Elle lui manquait tellement. Son visage lui manquait, l'odeur de ses cheveux, son sourire, sa voix rauque si sexy. Et aussi son rire. Même quand il était stressé, il suffisait qu'elle le prenne dans ses bras pour que toutes ses tensions se relâchent, pour que son besoin de tout contrôler s'efface.

Grâce à Sarabeth, il avait compris qu'il n'était pas responsable de ce que faisaient les autres et qu'il ne devait pas rester prisonnier des choses qu'il ne pouvait pas changer.

Et bien sûr, le sexe avec elle lui manquait. Beaucoup. Mais surtout, il regrettait le sentiment qu'il avait d'être relié à elle. Avec les autres femmes, il avait passé tant de temps et d'énergie à s'assurer qu'elles étaient heureuses et en sécurité qu'il n'avait jamais pris ce dont *lui* avait besoin dans la relation : le sentiment d'appartenance, d'être la moitié d'un tout. Il s'était toujours senti extérieur, mais avec Sarabeth ça ne lui était jamais arrivé.

— Tu sais, je ne t'ai jamais vu comme ça. Pas la peine de me dire que tu es raide dingue d'elle...

— Pas du tout !

— Arrête de te mentir, mec, lui dit Jules d'un ton sévère. Et non seulement tu es amoureux d'elle, mais en plus tu es bien avec elle. D'où ma question : qu'est-ce que tu fiches ici avec *moi* ?

— Il se trouve qu'on est amis depuis qu'on a dix ans...

Jules le regarda, l'air de dire qu'il n'était pas dupe. Brett soupira, but quelques gorgées d'eau, puis se mit à raconter à son ami ce qui s'était passé. Lui-même ne comprenait pas comment ça avait pu mener à leur rupture.

— Je lui ai dit de la lâcher, et elle, tout ce qu'elle trouve à faire, c'est me jeter ensuite. Elle m'a dit qu'elle n'avait pas besoin que je la sauve ni que je la protège, que je ne la respectais pas. Que je refusais de croire qu'elle pouvait se débrouiller toute seule face à Rusty.

— Et tout ça parce que tu as dit à Rusty de la lâcher ?

— Oui. Et ensuite elle a rompu.

Il haussa les épaules, il n'y comprenait rien. Pas plus aujourd'hui que le soir où ça s'était passé.

Jules croisa les bras sur sa large poitrine et fronça les sourcils, l'air songeur.

— Je n'y comprends vraiment rien. Je sais bien qu'elle n'a pas besoin d'être sauvée. Mais ça n'est pas pour autant que je vais la supplier à genoux de me reprendre, de ressusciter quelque chose qu'*elle* a tué. Il ne me reste que ça, mais j'ai encore ma fierté.

— Et c'est ta fierté qui va te tenir chaud la nuit, qui va t'aider à soigner tes animaux blessés, avec qui tu vas faire l'amour ? T'es vraiment trop con.

Jules s'étira et attrapa sa cannette de soda.

— Vous vous êtes parlé depuis ce soir-là ?

Brett secoua la tête. Elle avait quitté le club avec Jaynie, et depuis, non, ils ne s'étaient pas revus. Lui partait à l'aube et rentrait tard le soir, et elle aussi faisait tout pour l'éviter, visiblement.

— Qu'est-ce que tu attends d'elle ?

— Mais je n'en sais rien !

— Mais si, tu le sais. Mais tu es trop lâche pour te l'avouer.

— Tu sais, je pourrais te jeter par-dessus bord et te laisser nager jusqu'à la plage. Je suis seul maître à bord, je te rappelle.

— Réponds plutôt à ma question : Qu'est-ce que tu attends d'elle ?

Cette conversation pourrait durer des heures. Jules ne lâcherait pas avant d'obtenir ce qu'il voulait ; à savoir un minimum de franchise de sa part. Et peut-être qu'en avouant ce qu'il voulait vraiment, il pourrait enfin être honnête avec lui-même.

— Avec elle, je veux tout ce que je ne voulais pas avec Lexi. Être son mari, son compagnon, son ami… son amour.

— Et ça ne te dérange toujours pas de ne pas avoir d'enfants à toi ?

C'était une des grandes différences entre eux. Jules rêvait d'être le père d'une tripotée d'enfants tandis que lui était très partagé sur la question. Ou plutôt, non. Il avait dû faire son éducation tout seul. Lui-même. Et il n'avait aucune envie de se relancer dans le processus.

— Je la veux elle, et rien d'autre, Jules.

Brett resta un long moment à fixer les lames du pont en teck avant le lever les yeux vers son ami. Il se gratta la tête, se frotta la nuque… bon sang, ce fichu ami n'allait pas enfin dire quelque chose ? Il se sentait sur le point de l'étrangler pour lui arracher ne serait-ce qu'un mot.

— C'est pas à moi qu'il faut le dire, gros malin. C'est *à elle*.

Oui, ce serait une excellente idée.

Bien sûr, il prendrait le risque qu'elle lui piétine le cœur une fois de plus, mais au moins il pourrait se dire qu'il avait essayé. Qu'il n'avait pas renoncé sans s'être battu pour elle, pour ce qu'ils pourraient vivre ensemble.

Mais il faudrait qu'elle aussi se batte, et il n'était pas sûr qu'elle le veuille. Parce qu'il y avait vraiment quelque chose qui clochait dans sa réaction quand il avait voulu la protéger de Rusty. Elle savait bien qu'il n'était pas du genre à laisser un homme maltraiter une femme sans intervenir... Du coup, sa réaction lui paraissait très exagérée. Il s'était passé, joué, autre chose, et sur le moment, il avait été trop furieux et trop blessé pour le comprendre.

Il fallait qu'ils aillent au fond des choses. Et ensuite si elle ne voulait toujours plus de lui, il trouverait le moyen de survivre sans elle.

Ça serait dur mais il y arriverait.

L'air satisfait, Jules posa son pied nu sur la table basse, abaissa sa casquette sur ses yeux et croisa les mains sur son estomac.

— Si ça marche, il faudra que j'écrive un nouveau discours de témoin du marié ou est-ce que je pourrai recycler celui du mariage avorté du mois dernier ?

Brett tourna la tête pour que Jules ne puisse pas voir son sourire.

— Pauvre nul, dit-il.

— Toi-même, répliqua Jules.

Eh oui ! parce que c'est comme ça que certains hommes, des adultes amis depuis toujours, expriment leur gratitude. Et leur amour.

L'après-midi même, alors qu'elle était au Royal Diner, Sarabeth entendit le petit ding ! annonçant un message et, pensant qu'il pouvait s'agir de Brett, elle fouilla fébrilement son fourre-tout Kate Spade à la recherche de son téléphone. Jaynie et Gina riaient, mais il y avait longtemps qu'elle n'écoutait plus leur conversation. Depuis qu'elle avait quitté le club la semaine précédente, elle était incapable de penser à autre chose qu'à Brett. Il lui manquait tellement.

C'était un message de son conseiller financier lui annonçant qu'elle allait recevoir des documents à signer pour les placements qu'elle était en train de faire établir au nom de ses enfants.

Elle sentit la main de Gina qui se posait doucement sur son bras.

— Ça va, maman ?

Elle se força à sourire pour sa fille chérie.

— Très bien ! Qu'est-ce qui te fait croire le contraire ?

Gina secoua la tête.

— Je t'assure, elle me prend encore pour une gamine de dix ans, dit-elle à Jaynie.

— Oui. Les mères sont comme ça. Elles prétendent que tout va bien quand ça n'est pas vrai, dit Jaynie en regardant d'un air lugubre le smoothie spécial et très vert qu'elle avait commandé.

Elle était encore une fois au régime, et ça ne l'enchantait pas.

En voyant ce smoothie, Sarabeth repensa à celui qu'elle avait préparé pour Brett quand ils étaient encore ensemble. Il était pressé, n'avait pas eu le temps de prendre son petit déjeuner, et elle lui en avait fait un à base d'épinards, de céleri et de pommes. Il avait détesté, et son expression avait été à peu près celle qu'affichait le visage de Jaynie. Il allait falloir encore un peu de temps avant que la mode des smoothies prenne à Royal.

Seigneur, ce qu'il lui manquait.

— Maman !

Sarabeth adressa un petit sourire à Gina. Elle voyait bien que sa ravissante fille se faisait du souci.

— Maman, je suis vraiment inquiète. Tu n'es plus toi-même depuis le cocktail au club.

— Tout va très bien, ma chérie.

— Mais oui, et un cochon violet volant vient de passer, marmonna Jaynie. Ta fille n'est pas idiote, Sarabeth, et moi non plus. Tu es distraite, pensive et triste. Qu'est-ce qui s'est passé entre Brett et toi, bon sang ?

Apparemment, elle n'échapperait pas à cette conversation.

— J'ai rompu et je n'ai pas envie d'en parler.

— Dommage pour toi, commenta Jaynie.

— Oui, dur, ajouta Gina.

Génial ! songea Sarabeth en posant son téléphone sur la table. En prévision de ce qui l'attendait, elle se dit aussi qu'elle allait avoir besoin de café et fit signe à la serveuse de venir la resservir.

Une fois cette dernière repartie, Gina se pencha vers elle et lui prit les mains.

— Qu'est-ce qui s'est passé ce soir-là, maman ? Avec Brett et avec Rusty ?

Elle n'allait pas dire à Gina que son père avait proposé de la payer pour qu'elle quitte Royal ; sa fille n'avait pas besoin de savoir ça. Pas plus que les détails de son histoire avec Brett.

— Entre Brett et moi, ça n'a jamais été sérieux, et j'ai rompu, voilà tout.

Jaynie émit un petit ricanement, et Sarabeth lui lança un regard noir.

— Quoi ?

— Pas sérieux ? Écoute, ma belle, tu peux te mentir si tu veux, mais pas à nous.

Pourquoi tourner autour du pot ? Gina était une adulte, après tout !

— Il n'y avait pas de sentiments entre nous. On couchait ensemble, c'est tout.

Jaynie pointa un doigt accusateur vers elle.

— C'est vrai qu'il est mignon, mais n'essaye pas de nous faire croire que tout se résumait à ce qui se passait au lit. Tu es raide dingue de ce type, Sarabeth.

— Elle a raison, maman. Alors, pourquoi est-ce que tu l'as largué ?

— Il ne me respectait pas... Il ne me pensait pas capable de me débrouiller seule contre ton père, marmonna Sarabeth avec un air buté.

— Moi, j'ai entendu dire que Rusty avait levé la main sur toi, dit Jaynie.

— Papa a voulu te frapper ? s'écria Gina, horrifiée.

Sarabeth fusilla son amie du regard, mais Jaynie se contenta de hausser les épaules. Elle n'avait pas l'air de regretter du tout.

— Écoute, Gina, c'est moi qui ai commencé en pointant mon index sur sa poitrine. Il m'a attrapé le doigt, et Brett est intervenu en lui disant de me lâcher.

— Donc papa ne t'a pas fait de mal, résuma Gina, les sourcils froncés.

— Pas vraiment, reconnut Sarabeth. Mais il a vraiment essayé de m'intimider.

— Mais de loin, on aurait pu croire qu'il te faisait mal ? insista Gina.

— Oui. Je suppose.

Elle vit Gina et Jaynie échanger des regards perplexes.

— Et Brett n'est intervenu qu'à ce moment-là ? Pas avant ?

Sarabeth comprenait bien qu'elles essayaient de la pousser dans ses retranchements, et ne voyant pas comment s'en sortir elle fit mine de s'intéresser à ce qui se passait sur Main Street. Rien de passionnant, malheureusement.

— Ross ou Asher, ou même papa, se précipiteraient s'ils voyaient que je me dispute avec un homme. Et s'il donnait l'impression qu'il va me faire du mal, ils lui casseraient la figure et poseraient des questions *après*.

Exact. Bien sûr.

— Et Brett n'a rien fait de tout ça ? Il s'est contenté de venir te rejoindre et a demandé à Rusty de te laisser tranquille ?

C'était au tour de Jaynie de mener l'interrogatoire.

Il ne manque plus qu'un projecteur dans les yeux et une baignoire d'eau glacée, songea Sarabeth.

— Qu'est-ce que Brett a fait de mal, au juste ?

Rien. Tout était sa faute à elle. Et elle était prête à l'admettre rien que pour mettre un terme à cette séance de torture.

Jaynie se tourna vers Gina.

— À mon avis, ta mère s'est servie de la réaction de Brett comme prétexte pour échapper à leur relation, parce que c'est une peureuse et qu'elle ne voulait surtout pas souffrir.

— Eh ! je suis là, dit Sarabeth.

— Mais elle souffre quand même, répondit Gina, faisant comme si elle n'était pas là. Elle est triste à en crever, et il lui manque atrocement.

— Je suis là ! insista-t-elle.

Mais à quoi bon ? Elles avaient l'air de tant apprécier leur petit exercice en duo.

Gina posa le menton sur sa main.

— Tu crois qu'elle a peur d'être aimée, peur de tenter sa chance ? Peur d'un énième échec sentimental ?

— Ça ne fait aucun doute, répondit joyeusement Jaynie. Elle est persuadée que les hommes vont la quitter, alors elle trouve une raison pour s'en aller avant eux.

Ouille ! C'était tellement vrai. C'était exactement ce qu'elle avait fait avec Brett. Mais elle en avait tellement assez qu'on parle d'elle comme si elle n'était pas là qu'elle décida de s'expliquer.

— Quel était l'intérêt de continuer ? De toute façon, ça n'aurait pas duré !

— Pourquoi ça ? demanda Gina, l'air sincèrement étonnée. Et surtout ne me dis pas que c'est parce qu'il est plus jeune que toi.

— Mais pourtant il l'est, balbutia Sarabeth, les yeux pleins de larmes.

Sa fille se leva immédiatement pour venir la prendre dans ses bras, mais Jaynie la retint par la ceinture de son jean et la força à se rasseoir.

— Ce n'est pas d'un câlin que ta maman a besoin, ma chérie.

Sarabeth jeta un regard mauvais à sa plus vieille amie.

— Et on peut savoir de quoi j'ai besoin ?

— D'un bon coup de pied où je pense, répondit Jaynie en soutenant son regard. Tu sais, Sarabeth, il y a très longtemps que je te connais, et ton problème c'est que pour toi l'amour a toujours été le fruit d'une transaction.

Sarabeth fronça les sourcils, et Gina demanda à Jaynie d'éclaircir son propos.

— Sarabeth, ta mère t'aimait quand tu remportais un concours de beauté et t'a adorée quand tu as épousé l'homme le plus en vue de Royal. Elle ne t'a jamais aimée pour *toi*. Rusty – désolée, Gina – ne t'a épousée que parce qu'il estimait qu'il était temps qu'il ait des enfants. Selon lui, il avait l'intelligence et toi la beauté, ce serait le jackpot génétique pour votre progéniture. Tu n'y es pour rien s'il aimait papillonner et courir après tous les jupons qui passent. Et les hommes que tu as rencontrés après Rusty t'ont aimée pour ton apparence, mais aucun d'eux n'a vu au-delà de l'emballage. Et après, tu es partie à LA et as consacré tout ton temps à ton entreprise, ne laissant aucune place à l'amour.

— Et où veux-tu en venir exactement ?

— Au fait que Brett est le premier à te voir. Tout entière. Il aime ta beauté, mais il apprécie ce que tu es et aime passer du temps avec toi, au lit et ailleurs. Il sait qui tu es, mais ça te fiche la trouille.

— Eh ! c'est normal d'avoir peur, non ? s'écria Sarabeth.

— Tu sais quoi ? Être seule, c'est affreux. Ne pas vivre, c'est affreux. Alors, oui, accepter de perdre le contrôle, ça peut faire peur, mais c'est courageux et merveilleux.

Sarabeth regarda longuement son amie avant de lâcher un immense soupir.

— Je vais y réfléchir.

12

Les mains tremblantes, Brett sella Ty et la jument préférée de Sarabeth, Bella. Il lui avait envoyé un SMS avant de se mettre en route pour Royal lui proposant de le rejoindre à la tombée de la nuit pour aller faire une promenade à cheval dans le ranch. Elle avait accepté, mais il n'était pas sûr qu'elle viendrait finalement.

Alors, quand il la vit approcher des écuries, même si son regard bleu était un peu sombre, il poussa un soupir de soulagement. Elle était venue. Ils allaient pouvoir parler.

Il était terriblement angoissé et avait les mains moites, mais Ty hennit bruyamment et lui donna un léger coup de tête comme pour lui signifier de se reprendre et de réparer les dégâts.

Il allait essayer.

Une fois près de lui, Sarabeth retira les mains des poches de sa parka sans manches et prit les rênes de Bella.

— Salut, dit-elle, l'air nerveuse.

Le fait qu'elle fût nerveuse aussi le calma légèrement, et il réussit à lui sourire.

— Salut. Je t'aide à monter ?

Sarabeth hocha la tête. Il la saisit par la taille et la déposa en douceur sur sa selle. Elle ne fit aucun commentaire, mais le regarda d'un air énigmatique. Que se passait-il donc derrière ses magnifiques yeux bleu marine ?

Brett se mit en selle et passa les pieds dans les étriers. D'un clappement de la langue, il ordonna à Ty de se mettre au trot et se retourna pour voir si Sarabeth suivait. Elle était si belle. Il avait hâte que le reste de sa vie commence... du moment que c'était avec elle.

Il espérait qu'elle le voulait autant que lui la voulait. Mais imaginons que ce ne soit pas le cas. Ses mains moites laissèrent échapper les rênes, et il grimaça. Puis, il retint un peu Ty pour que Sarabeth le rejoigne et chevauche à côté de lui.

— Ça va ?

Elle acquiesça, mais tourna la tête pour regarder dans le lointain. Au bout d'une minute environ, elle se tourna vers lui, les yeux brillants d'émotion.

— Il faut que je te dise quelque chose. Ça ne va pas être facile, et il se peut que ça ne te plaise pas...

Seigneur ! ça ne s'annonçait pas bien. Mais il fallait qu'il tente le tout pour le tout, il n'avait pas le choix.

— Moi aussi, j'ai des choses à te dire. Tu commences ou j'y vais ?

Sarabeth se frotta le front du bout des doigts, et il se demanda si elle avait mal à la tête. Pour sa part, il sentait déjà une douleur lancinante s'installer à l'arrière de son crâne. Elle regarda la longue route poussiéreuse bordée d'arbres qui se déroulait devant eux et haussa les épaules.

— Est-ce qu'on ne peut pas attendre ? Juste un tout petit moment ?

Il n'en voyait pas l'intérêt, mais voulait entendre ses raisons.

— Pourquoi ?

Les coins de sa bouche adorable, celle qu'il rêvait d'embrasser tout le reste de sa vie, se relevèrent légèrement.

— Le terrain est dégagé devant, j'ai envie de faire galoper un peu Bella.

Il secoua la tête.

— Tu ne portes pas de casque. Si jamais tu tombes...

— Toi non plus, tu n'en portes pas, lui fit remarquer Sarabeth.

Exact. Il se retourna. Ils n'étaient pas encore très loin des écuries.

— Je peux retourner chercher des casques.

— On est tous les deux des cavaliers expérimentés, et on ne va pas sauter d'obstacles. On va juste faire un petit galop sur ce terrain complètement désert. J'ai besoin de relâcher un peu la pression, et je suis sûre que toi aussi.

Il voyait bien un autre moyen plus agréable de se débarrasser de leurs frustrations, mais doutait qu'elle apprécierait sa proposition. Il regarda le terrain devant eux, puis la tête de Sarabeth sans protection.

— D'accord, mais pas de folie. Et ne t'avise pas de tomber, hein ?

Sarabeth lui lança un petit sourire, enfonça les talons dans les flancs de Bella, et sa jument accéléra. Brett prit le temps de la regarder avant de s'élancer à son tour. Il aimait la sensation de vitesse et sourit quand Sarabeth lança Bella au galop. Debout sur ses étriers, il se pencha en avant. Il avait l'impression d'être un oiseau volant en rase-mottes. Il sentit que Ty donnait toute sa puissance, ses sabots frappant le sol en cadence, et ils ne tardèrent pas à dépasser Bella et Sarabeth.

Depuis qu'ils avaient quitté les écuries, le vent s'était levé, mais malgré le bruit dans ses oreilles, il entendit le rire joyeux de Sarabeth. Il écarta une mèche de la crinière de Ty de sa joue. Les muscles de ses cuisses et de ses bras le brûlaient, et il eut un grand sourire de pur bonheur.

Ils allaient bientôt devoir s'arrêter, mais il voulait profiter à fond de cet instant de liberté, sur le dos de son cheval qui fendait le vent à toute allure. Ensuite, il faudrait ralentir et revenir à la réalité, et à cette conversation qui allait décider de leurs vies, à lui et Sarabeth. Pour lui, en tout cas, cette conversation serait décisive, mais il ne savait pas ce qu'en pensait Sarabeth. En tout cas, il fallait qu'ils parlent. Brett tira sur les rênes, et au milieu du bruit du vent, des sabots et de sa propre respiration, il entendit un grand claquement. Sa selle céda sous lui, et il vit le sol se précipiter à sa rencontre.

Pas grave. Ça va aller.

Ce furent ses dernières pensées avant que sa tête heurte la terre et qu'il sombre dans les ténèbres.

Le visage couvert de larmes, Sarabeth faisait les cent pas dans la salle d'attente de l'hôpital. Elle avait gardé son calme ces deux dernières heures, le temps d'appeler une ambulance et de laisser les secours faire leur travail quand ils étaient arrivés. Ils avaient vérifié les constantes de Brett, avaient placé une minerve autour de son cou et l'avaient chargé dans l'ambulance sans qu'il reprenne conscience un seul instant. En les entendant parler d'un traumatisme crânien, son sang s'était figé, d'autant qu'ils craignaient qu'il ne se réveille pas.

Une fois à l'hôpital ils avaient transporté Brett elle ne savait pas où, et on lui avait demandé d'attendre. Adossée au mur près d'une fontaine à eau, Sarabeth renversa la tête en arrière et fixa le plafond. Elle ne pourrait pas vivre sans Brett. C'était impossible. Inconcevable.

Peu importait leur différence d'âge. Et fuir le bonheur simplement parce qu'elle avait peur de ce qui pouvait arriver était tout simplement ridicule. Si Brett guérissait, elle prendrait tout ce qu'il pourrait lui donner. Amitié, sexe, un mélange des deux… aussi longtemps que ça pourrait durer.

Oh ! Seigneur… Il fallait qu'il se réveille.

Elle entendit des bruits de pas qui s'approchaient. Elle tourna la tête. C'était Jaynie, Gina, Ross et Charlotte. Son fils fut le premier à la prendre dans ses bras, et il la serra très fort contre lui. Elle s'agrippa à lui et posa le front contre sa large poitrine.

— Je ne peux pas le perdre. Je ne *veux* pas.

Gina posa une main dans son dos et la caressa tendrement.

— Ne t'inquiète pas, maman. Il va s'en remettre.

Sarabeth releva la tête et chassa ses larmes. Elle vit Jules qui se tenait derrière Jaynie, l'air tendu.

— Est-ce que vous pouvez nous dire ce qui s'est passé ? demanda-t-il.

Elle marqua un temps pour réfléchir.

— On galopait dans le ranch. Il montait Ty, et ils allaient à toute allure. Et puis, tout à coup, il a volé d'un côté et sa selle de l'autre.

— Apparemment, la sangle a lâché, dit Ross.

Jules fronça les sourcils.

— Et où est la selle maintenant ?

Sarabeth frotta les doigts sur son front douloureux.

— Je ne sais pas. De l'ambulance, j'ai appelé son contremaître. Je lui ai dit que Brett était blessé et que les chevaux s'étaient échappés. Il m'a dit qu'il s'en occupait. Il a dû récupérer la selle.

Elle surprit le long regard que Jules et Ross échangèrent. Que se passait-il ?

— Quoi ? Vous pensez à quoi ?

Jaynie, comme à son habitude, ne tourna pas autour du pot.

— Brett avait reçu des menaces. Est-ce qu'on ne devrait pas en parler à la police ?

Ross secoua la tête.

— Peut-être qu'on se fait des idées. Jules, est-ce que vous pourriez enquêter discrètement ?

Hein ? Quoi ? Qui a bien pu menacer Brett ? Gina fut la première à dire les choses.

— Arrêtez un peu, dit-elle d'air air excédé. Papa est un

gros nul qui se la joue mais, franchement, vous l'imaginez s'introduire dans le ranch de Brett pour aller saboter sa selle ? C'est grotesque !

Sarabeth hocha la tête. Rusty avait beaucoup de défauts, mais il ne serait quand même pas tombé si bas. Ou bien si…

— Toute la ville ne parle que de l'accident de Brett, dit Ross.

— Quoi ? Mais c'est arrivé il y a à peine deux heures !

— On est Royal, maman. L'info avait fait le tour de la ville en une demi-heure. Les spéculations vont bon train parce que tout le monde sait que Brett est hyper maniaque avec son matériel, et une sangle qui lâche, ça n'est pas normal. Or, Rusty l'a récemment menacé. Tu comprends que Jules et moi soyons inquiets, non ?

— Dès qu'on saura comment va Brett, j'irai au ranch récupérer la selle et la sangle, dit Jules. On saura vite si c'était un accident ou pas.

Sarabeth hocha la tête. Elle ne voulait pas penser à tout ça maintenant… Elle voulait juste savoir si Brett allait bien. Pourquoi est-ce que c'était si long ?

— Tu peux aller demander aux infirmières si elles ont des nouvelles ? demanda-t-elle à Ross.

— J'y vais, dit Jules. Je vais essayer de faire jouer mon titre de garde-chasse. Peut-être que ça marchera.

— Merci, Jules, dit Ross.

Sarabeth réussit à lui adresser un sourire reconnaissant.

Mais il n'avait pas eu le temps d'aller bien loin quand une porte à double battant s'ouvrit sur un médecin. Il balaya la salle d'attente du regard en passant la main dans ses cheveux hirsutes et aperçut leur petit groupe réuni dans un coin.

— Vous êtes la famille de Brett Hartson ?

— Oui, répondit Sarabeth sans hésiter. Il va bien ? Qu'est-ce qui se passe ?

— Je suis le docteur Mike Nicolls, neurologue.

Oh non ! Ils avaient appelé un neurologue ; c'était mauvais signe. Sarabeth s'agrippa à la main de Gina.

— Dites-moi tout, je vous en supplie.

— Comme il n'avait pas repris conscience tout de suite, j'ai demandé une IRM pour vérifier s'il y avait des lésions…

Quoi ?

— Mais alors, il a repris conscience ? Il est réveillé ?

Le médecin sourit.

— Il est réveillé depuis un moment et a demandé à voir Sarabeth… C'est vous, je présume ?

— Alors, il va bien ? demanda-t-elle, les jambes flageolantes.

— Il a un sacré mal de tête, mais il va bien, oui. L'IRM n'a rien montré d'anormal. J'ignore pourquoi il est resté inconscient si longtemps, mais avec le cerveau, on ne sait jamais. Il a une commotion…

— Mais il va bien ? insista Sarabeth.

Il fallait qu'elle entende ce médecin le dire à nouveau.

— Oui. Et il veut déjà s'en aller. Je voudrais qu'il passe la nuit ici en observation, mais il piaffe d'impatience de partir.

— Ça lui ressemble bien, commenta Jules, l'air soulagé. Et où est-il maintenant ?

— Il a été transféré dans une chambre individuelle et m'a laissé quinze minutes pour vous trouver. Après quoi, il voulait venir vous chercher lui-même. Dans sa tenue d'hôpital, a-t-il dit.

— Autrement dit avec les fesses à l'air ? dit Jules avec un sourire.

— Tout juste.

— Alors là, j'aimerais bien voir ça, dit Jules en éclatant de rire.

— Sauf que non ! dit vivement Sarabeth, enfin capable de respirer à pleins poumons maintenant qu'elle n'avait plus ce poids affreux sur la poitrine. Je vais y aller. Toute seule.

Les quinze minutes étaient passées, et Brett balança les jambes hors de son lit. Il fallait qu'il aille retrouver Sarabeth. Il ferma les yeux sous l'effet de la douleur, et des lumières multicolores se mirent à danser devant ses paupières.

Personne n'avait pu lui dire comment allait Sarabeth. Tout ce que les infirmières avaient été capables de lui répéter en boucle, c'était qu'il avait eu un accident et qu'il s'était cogné la tête. Et comme la dernière chose dont il se souvenait, c'était le moment où il avait quitté sa maison pour aller rejoindre Sarabeth, il ne savait pas ce qui s'était passé. Avaient-ils eu un accident de voiture ? Est-ce qu'elle était blessée ?

Ses pieds touchèrent le sol glacé, et il sentit un peu d'air froid dans son dos alors qu'il cherchait ses vêtements des yeux. Ils n'étaient nulle part. Tant pis, il montrerait ses fesses à qui voudrait les regarder.

La seule chose qui comptait, c'était de retrouver Sarabeth et de savoir si elle allait bien.

Dès qu'il se leva, sa tête se mit à tourner, et il retomba sur le lit. Il grogna. Il avait l'impression qu'on lui pilonnait le cerveau. Il lui fallait de quoi calmer la douleur...

Mais d'abord, il devait voir Sarabeth. Il allait rester assis une minute, le temps qu'il se sente un peu mieux.

— Tu as failli te briser le crâne, Brett. Pourquoi est-ce que tu essayes de te lever ?

Il releva lentement la tête. Elle était là. Il passa en revue tout son corps pour voir si elle était blessée, mais à part ses yeux rougis par les larmes elle semblait aller bien.

— Tu vas bien ?

— Contrairement à toi, je n'ai pas voltigé par-dessus mon cheval et je ne suis pas tombée sur la tête, dit Sarabeth en s'approchant.

Il huma son parfum délicieux, et sa gorge se dénoua enfin. Elle allait bien. C'était tout ce qui comptait.

— Donc c'est ce qui s'est passé ? Et Ty, il va bien ?

— Très bien. La dernière fois que je l'ai vu, il broutait tranquillement l'herbe du talus.

— Il m'a désarçonné, c'est ça ?

Sarabeth se rapprocha encore plus. Elle ressentait manifestement le besoin de le toucher. Sa main se promena le long de son bras, sur son cou…

— Non. C'est ta sangle qui a lâché.

— Ma sangle ? Mais c'est impossible.

Les yeux de Sarabeth se voilèrent légèrement.

— Jules va aller récupérer la selle et la sangle. Il veut vérifier si on ne l'a pas…

— Quoi ?

— … sabotée.

— Je ne comprends pas. Il croit que quelqu'un a voulu me faire du mal ?

— Il veut vérifier.

— S'il a du temps à perdre…

— Tu devrais te rallonger. On t'a donné des calmants pour la douleur ?

— Oui mais ça n'a rien fait, grommela Brett.

Sarabeth déposa un baiser au coin de sa bouche.

— On m'a dit que tu insistais pour rentrer chez toi.

— Oui. Et tu viens avec moi. Et tu y restes.

Sarabeth sourit.

— On ira ensemble demain, quand les médecins auront donné leur accord. Et je resterai. Et quand tu iras mieux, on aura la conversation qu'on était censés avoir…

Voyant à quel point elle était déterminée, Brett se tut. De toute façon, maintenant qu'il savait qu'elle allait bien, il pouvait se détendre.

— Tu veux que je t'aide à te recoucher ? demanda-t-elle en s'écartant d'un pas.

Il voulut la rattraper, mais ses bras ne lui obéissaient pas.

— Non, ça va.

Avec une grimace de douleur, il remonta les jambes sur le lit et s'allongea.

Sarabeth vint poser la main sur sa poitrine et le regarda, les yeux remplis d'inquiétude et, il osait l'espérer, d'amour.

— Tu m'as fait peur, Brett, murmura-t-elle. Ne recommence jamais ça.

Il leva la main et lui caressa la joue.

— Ne t'en va pas. Reste. Avec moi.

— Je serai là quand tu te réveilleras, promit-elle.

Brett ferma les yeux. Il devait lui dire qu'elle avait mal compris. Il fallait qu'elle sache qu'il ne disait pas ça juste pour maintenant mais pour toujours.

Mais avant d'avoir pu ouvrir la bouche, il s'était endormi.

Deux jours plus tard, Brett se réveillait dans son propre lit, - presque - remis. Il avait toujours mal à la tête, mais c'était maintenant supportable. Il s'étira. Ses muscles le faisaient encore un peu souffrir, mais ça allait bien mieux grâce à la crème à base d'arnica, d'huile essentielle de lavande et d'autres herbes que Sarabeth lui avait concoctée dans la cuisine du ranch.

En tout cas, ça fonctionnait mieux que les médicaments conventionnels qu'il avait essayés.

Il prit son téléphone sur la table de chevet. La messagerie était presque pleine. Il parcourut rapidement les messages de prompt rétablissement et s'arrêta sur celui que Jules lui avait envoyé la veille au soir :

J'ai regardé la sangle au microscope, mais impossible de savoir si elle a lâché naturellement ou si elle a été coupée. Si on veut en être sûrs, il faut l'envoyer à un laboratoire d'analyses légales.

Message auquel il avait répondu :

Attends pour ça, je vais y réfléchir.

Personnellement, il pensait que la sangle s'était rompue par accident ; c'était des choses qui arrivaient. Bien sûr, il allait quand même se montrer un peu plus vigilant, mais il n'allait pas passer sa vie à s'inquiéter. Ça ne servait à rien.

Qui plus est, il avait des problèmes plus importants à régler, comme faire en sorte que Sarabeth reste dans sa vie.

À ce propos, où était donc l'amour de sa vie ?

À en juger par le peu de lumière que laissaient filtrer les rideaux, il était encore tôt ; l'aube était encore à peine en train de poindre. Il se leva et passa à la salle de bains pour se brosser les dents. Il fallait qu'il se remette au travail ; le ranch n'allait pas se gérer tout seul. Mais avant ça, il fallait que Sarabeth et lui discutent.

Il enfila un jean et un T-shirt et descendit pieds nus. Arrivé en bas de l'escalier, il aperçut Sarabeth par une des portes-fenêtres de la salle de séjour. Elle était assise sur les marches de la terrasse, face au jardin, une tasse de café posée à côté d'elle. À en croire le tapis d'exercice et sa tenue, elle venait juste de terminer sa séance de yoga, Pilates et méditation...

Une nouvelle journée commençait, et c'était le moment idéal pour discuter.

Il se prépara une tasse de café, sortit sur la terrasse et s'adossa à la façade près de la porte-fenêtre restée ouverte.

— Bonjour.

Sarabeth se retourna, et son sourire lui serra la gorge. Oh oui ! il avait besoin de ce sourire dans sa vie.

— Salut. Tu as l'air d'aller mieux.

— Je suis encore un peu raide, mais il faut absolument que je me remette au travail.

Elle hocha la tête et jeta un œil en direction du cottage qu'elle lui louait. Elle rejeta les épaules en arrière et étira son dos.

— Et moi, il faut que j'aille faire mes bagages.

Il but une gorgée de café sans quitter des yeux le visage de Sarabeth.

— Et que comptes-tu faire de tes bagages ensuite ?

Il retint son souffle. Il savait que sa réponse marquerait soit le début de quelque chose de très doux, soit celui d'un âpre combat. Quoi qu'il arrive, il voulait qu'elle reste dans sa vie et était prêt à se battre s'il le fallait.

— J'aimerais venir m'installer ici, mais je ne sais pas trop ce que tu en penses, dit-elle.

Toutes ses douleurs disparurent d'un coup, remplacées par une telle joie qu'il en avait les genoux tremblants. Finalement, il n'allait pas devoir se battre. Mais il voulut se rassurer pleinement.

— Tu veux t'installer avec moi ? Pour toujours ?

Elle eut un petit sourire à la fois tendre et taquin.

— À moins qu'il y ait un autre célibataire ultra sexy dans le coin que je ne connaisse pas encore ?

Il se sentait incapable de plaisanter. Pas encore. C'était trop important.

— Pourquoi veux-tu rester ? demanda-t-il en venant s'accroupir à côté d'elle. Pourquoi veux-tu rester ici ? Avec moi ?

— Parce que, même si je ne sais pas si ça durera toujours, on est bien ensemble, et j'aimerais qu'on fasse un bout de chemin tous les deux.

Sarabeth posa la main sur le genou de Brett, à l'endroit où son jean était déchiré. Son contact sur sa peau le fit frissonner. De désir. Mais aussi d'amour.

— J'ai besoin de plus que ça, Sarabeth.

— Je t'aime. Je suis complètement, follement, amoureuse de toi, dit-elle, au bord des larmes.

— D'accord, murmura Brett en prenant son visage entre ses grandes mains. Moi aussi, je t'aime.

Sarabeth le regarda dans les yeux, pleine d'espoir. Et il frémit parce que cette petite lueur s'était éteinte aussi vite qu'elle était apparue.

— Ne dis pas ça si tu ne le penses pas vraiment, Brett. Je préfère que tu me dises la vérité, même si ça doit me faire mal.

Alors, il s'assit face à elle. Il regarda sa tête baissée, ses doigts qui jouaient avec la déchirure dans son jean...

— Ma chérie, jamais je ne dirais ça si je ne le pensais pas. Toi et moi...

— Oui ? Quoi ?

— Ça ne devait être rien d'autre qu'une passade de quelques semaines pour s'amuser, dit-il en prenant son temps pour trouver les bons mots. Après ce que je venais de faire à Lexi, je ne voulais pas m'engager. Et puis, toi, tu ne devais rester à Royal que trois mois. Alors, je me suis dit que ce n'était que du sexe, une attirance et que ça n'irait nulle part. Il n'y avait aucune raison.

Il marqua un temps, la regardant intensément, puis continua :

— Ça ne devrait pas fonctionner, et pourtant ça marche. J'aime tout avec toi ; faire l'amour, la cuisine, te regarder faire ton yoga ou t'absorber dans un livre, partir à cheval avec toi, soigner les animaux, discuter de tout et de rien...

— Je ne pourrai pas te donner d'enfants. D'abord parce que je suis trop vieille pour ça et aussi parce que je n'ai pas envie de recommencer.

— Je n'ai jamais ressenti le besoin d'être père, chérie. Tu n'as pas à t'inquiéter pour ça.

— Et puis aussi, je ne veux pas d'un sauveur, Brett. Ce que je veux, c'est un partenaire.

— Tant mieux. Moi, je ne veux pas être en permanence celui qui est fort, la voix de la raison. Parfois je mènerai la danse, parfois ce sera toi. En fonction de nos forces. Moi aussi, je cherche une partenaire, et tu es tout ce dont j'ai besoin.

C'était le moment de fixer les choses. De les rendre officielles.

— Un jour, tu m'as dit que tu détestais ton nom. Tu veux en changer ?

— Je suis trop vieille pour en changer... Mais j'adore quand tu m'appelles chérie.

Il sourit.

— Je parlais de ton nom de famille, *chérie*. Ton prénom plus mon nom de famille. Est-ce que ça te paraît bien ?

Son cœur bondit quand elle se jeta dans ses bras et se mit à picorer son visage de milliers de baisers.

— Est-ce que c'est un oui ?

— Oui, c'est un oui ! Où est-ce que tu veux qu'on se marie ? À Las Vegas ? À la mairie ? Et quand ? Aujourd'hui, demain, la semaine prochaine ?

Sa poitrine se gonfla de bonheur ; Sarabeth semblait si heureuse et impatiente de devenir sa femme.

— Non, je veux faire ça bien. Tu es la femme de ma vie et la seule que j'épouserai jamais. Je veux te voir remonter l'allée jusqu'à moi et prononcer mes vœux devant un prêtre. Et devant nos amis, ta famille et toute la ville.

— Je me sens un peu vieille pour la robe de mariée blanche et tout le tralala, Brett.

— Tu n'as qu'à mettre une robe noire, ou rose fluo, ou violette. Je m'en fiche du moment que tu m'épouses.

— Noir, ça ne serait pas mal, dit Sarabeth d'un air songeur. Ça choquerait terriblement toutes les commères du coin.

— Bravo ! dit-il avant de déposer un baiser sur ses lèvres.

Sarabeth gémit de désir, et il sentit qu'ils n'auraient pas le temps de monter jusque dans sa chambre et qu'il allait être en retard au travail aujourd'hui.

Elle lui caressa la joue, les yeux brillants de larmes.

— Khalil Gibran a dit un jour que l'enfer était dans un cœur vide. C'est exactement ce que je pense.

— Je ne sais pas du tout qui c'est, dit Brett, la gorge nouée par l'émotion, mais il a raison.

Sarabeth s'allongea sur le petit tapis d'exercice et l'attira à elle.

— J'ai besoin de ton amour, Brett.

— Il est à toi. Pour toujours, murmura-t-il contre ses lèvres.